과학 스토리 단편선

우아한 우주인

과학 스토리 단편선
우아한 우주인

전민석
채성민
원희재
남세오
양제열

토마토

여는 글

과학소설을
함께 사랑합시다

　대륙을 움직이는 지진파처럼 SF라는 장르가 한국 소설계에 격변을 일으키고 있습니다. 장르에 대한 이해도를 가진 독자도 많이 생겨났으며 SF만 전문으로 쓰는 창작자도 부쩍 늘어났지요. 무엇보다 대중들이 SF 이야기에 가진 철근 같던 마음의 장벽이 꽤나 많이 격파되고 있는 신나는 나날입니다. 감히 한국 SF의 황금기라는 것이 있다면 우린 그 여명을 목도하고 있는 것인지도 모르겠네요.

　그런 와중에 꾸준히 SF 창작의 꿈을 가진 신인을 발굴하고 육성해온 이 공모전이 이 대격변에 한 축을 담당하고 있었다고 저는 생각합니다. 여러 차례 예심과 본심에 참여하면서 장르의 최전선에서 비옥한 토양이 쌓여 나가고 있는 광경을 직접 체험할 수 있었던 것은 영광스러운 일입니다.

이야기를 창작하는 이들에게 최고의 자산은 촌스러워 보이겠지만 '사랑'이라고 생각합니다. 발상을 잡아채는 시선도, 설정을 구축하는 집념도, 플롯을 꾸려 나가는 동력도 모두 장르에 대한 사랑에서 비롯됩니다. 그런 사랑이 없다면 SF의 표피만을 건드리는 이야기를 할 수밖에 없으며 결국 독자의 마음에 명징한 그림을 그려 내지 못합니다. 누군가는 장르에 대한 연구가 부족하다고 말하겠고, 누군가는 전략의 부실함이라고 말할 테지만 저라면 그걸 애정 결핍이라고 하겠습니다.

공모전의 초창기부터 가장 많이 응모되는 이야기의 유형이 있습니다. 어떤 연구실에서 대단한 과학자가 혁신적인 기술을 개발해요. 그런데 그것이 탈이 나면서 이 모종의 신기술이 사회를 뒤흔드는 사고를 일으키게 되는 것이지요. SF라면 왠지 그래야 할 것 같다는 선입견들이 하나둘 모여 조립되면 그런 무성의한 이야기가 완제품이 되고 맙니다.

다행히도 이 공모전이 회를 거듭할수록 그런 '연구실 속 박사님' 이야기는 빠른 속도로 사라지고 진정 이 장르를 사랑하는 것이 행간에 뚝뚝 묻어 나오는 진짜배기 작품들이 늘어나고 있습니다.

좋은 SF 소설을 한마디로 정의하기란 불가능에 가깝지만 저는 설정에 매몰되지 않고 그것을 작가가 붓처럼 집어 들어 사람의 마음을 울리는 그림을 그려낼 줄 알아야 한다고 생각합니다. 세상 참신한 발상이라 하더라도 아이디어 자체는 이야기가 되지 못합니다. 그것을 집요하게 관찰해 지금 이 시대에 발붙이고 사는 우리의 귀를 기울이게 할 수 있는 목소리로 빚어내야 하죠. 올해 본심에 올라온 작품들은 모두 그렇게 '붓'을 다룰 줄 아는 작품들이었기에 심사 과정이 행복했습니다.

대상인 〈우아한 우주인〉은 우주선에서 15년간 단독 근무를 하다 절망에 빠진 사내와 그의 생존을 최우선 당면 과제로 인식한 우주복이 벌이는 서스펜스물입니다. 과학소설의 두 방점인 과학과 소설을 고루 챙기는 데 성공한 수작이었습니다. 작가가 부단한 습작을 거쳐 왔음을 짐작게 하는 정갈한 문장과 절제된 대사, 그리고 한정된 분량 안에서 경제적으로 테마를 빚어내는 솜씨 또한 단연 훌륭했습니다. 무엇보다 원고만으로 심사위원들을 설득시켰다는 점에서 기본기이 탄탄함이 주는 신뢰가 얼마나 중요한지 다시금 깨닫게 됩니다.

최우수상인 〈밤이 오기를〉은 마지막까지 대상작과 경합한 작품으로 한국 전쟁의 최전선에서 남북한의 두 초능력자가 서로 맞부딪치는 타임루프 액션물입니다. 민족의 비극으로 무던히도 많이 다뤄져 온 이 전쟁의 이야기에 시간 능력자 둘을 전면에 내세우는 신선한 발상, 한 편의 영화를 눈앞에서 보는 것 같은 싱싱한 플롯, 그리고 강한 여운을 주는 결말까지 대단한 흡입력을 가진 단편이었습니다. 영화나 드라마로 만들어질 수 있는 확장성이란 면에선 모든 심사위원들이 엄지를 치켜세웠습니다.

우수상으로 선정된 세 작품들도 결코 위의 작품들에 크게 뒤지지 않았습니다. 심사위원들이 2시간 가까이 화상 회의로 격론을 벌일 만큼 각자의 매력과 무기가 확고한 좋은 이야기들이었습니다.

섹스용 안드로이드의 1인칭 시점을 채택한 〈TM레기, 끝나지 않는 일〉은 무척 강렬하고 도발적인 소설입니다. 매력적인 반항아랄까요. 이야기를 극단으로 몰고 가 그 지점에서 벌어지는 일들을 날카롭게 파고드는 것 역시 SF 소설의 여러 미덕 중 하나 아니겠습니까. 그래서인지 이 소설은 최종심 과정에서 갑론을박을 일으킬 정도로 '뜨거운 감자'였습니다. 가장 다양한 반응이 터져 나온 본심작이었죠. 그 가운데 장면을 연출하는 기법과 충격적인 결말이 주는 패기가 큰 점수를 얻었습니다. 섹스용 안드로이드라는 소재가 주는 거부감과 기시감을 완벽히 극복해 내진 못했으나 많은 독자들에게 다양한 감상을 불러일으킬 수 있는 잠재력에 기대를 걸기로 했습니다.

〈스윙 바이 레테〉는 사회적으로 고립된 주인공이 레테라는 블랙홀을 향해 여정을 떠나는 트렌디한 우주 단막극입니다. 이 소설에선 하고자 하는 이야기, 그 이야기를 전달하는 인물, 그리고 그 인물이 몸담고 있는 세계라는 3박자를 작가가 모두 꽉 붙들어 맨 채 풀어내고 있다는 장악력이 돋보였습니다. 특히 결말을 궁금하게 만드는 솜

씨와 더불어 끝내 아름다운 풍경을 선사하는 미덕이 있습니다. 작가가 아마도 SF 단편을 꽤 많이 읽어 왔고, 또 다양한 작품 세계를 갖고 있을 것이라는 추측을 불러일으킬 정도였습니다. 과욕을 부리지 않고 세련된 기법으로 감동을 만들어 낸 모범적인 단편입니다.

〈침묵만이 들렸다〉는 유전자 조작이 일반화된 시대에 부모를 고소한 아이를 변호하게 된 주인공의 이야기입니다. 예심에서부터 눈여겨보던 작품이죠. '법정소설'은 이 공모전에만 해마다 여러 작품이 투고될 만큼 SF라는 장르와 의외로 궁합이 좋은 형태입니다. 하지만 손질해 내기 무척 까다로운 요리 재료이지요. 필수적으로 법정 공방으로 서스펜스를 진행시켜야 하는데 SF에선 '아직 존재하지 않는 법'으로 싸워야 하므로 핍진성 있게 이야기를 풀어내는 것이 극히 어렵습니다. 쉽게 말해 작가가 혀를 내두를 정도로 똑똑해야 해요. 그런데 말입니다. 이 소설은 그것을 해냅니다. 주인공이 겪는 내적 갈등과 그가 변호사로서 싸워야 하는 법정에서의 실감나는 충돌이 어찌나 박력 있는지 절로 감탄을 자아냈습니다. 이렇게 까다로운 재료로 작가는 강렬하게 맛있는 요리를 독자에게 선물하고 있지요.

공모전의 전체를 따져 봤을 때 가장 많이 응모된 이야기는 뭐니 뭐니 해도 인공 지능과 신인류라는 두 가지 소재였습니다. 이것은 기성작가들 역시 치열하게 고민하고 있는 당대의 화두라고도 할 수 있겠네요. 하지만 다시금 수상작들을 살펴보니 어떤 소재를 고르든 그것을 작가가 내면화한 뒤 진심으로 써 내려 가는지의 여부가 결국엔

당락을 가르지 않았나 싶어요. 그러니 아쉽게 탈락한 작가 분들 모두 용기를 잃지 마시고 꾸준히 써 내려 나가길 기원합니다. 본인이 '진실'이라고 믿는 것을 써 나가세요.

또한 수상자 여러분께 다시 한번 진심으로 축하의 말씀을 전합니다. SF를, 과학소설을 사랑하는 동지들이 또 이렇게 늘어난 것에 행복합니다. 독자들에게 앞으로 더욱 재미있는 이야기를 들려줄 거란 생각에 벌써부터 저는 설렙니다. 원래 '덕질'이라는 것은 함께할수록 즐거운 법이니까요.

2020년 12월
소설가 **임태운**

차 례

4

여는 글
**과학소설을
함께 사랑합시다**

13

대상
우아한 우주인
전민석

49

최우수상
밤이 오기를
채성민

135

우수상
**TM레기,
끝나지 않는 일**
원희재

169

우수상
스윙 바이 레테
남세오

229

우수상
**침묵만이
들렸다**
양제열

과학 스토리
단편선

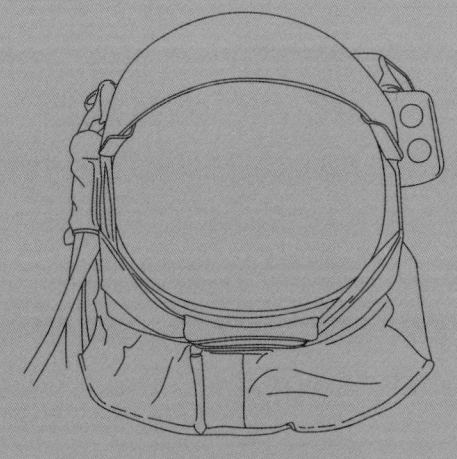

우아한 우주인
전민석

대상

전민석

1980년 안양에서 태어났다. SF는 미래를 빌려 와 현재를 말하는 장르라고 생각한다. 앞으로도 간간이 미래를 빌려 올 생각이다.

세상이 완벽해질수록 완벽한 세상에 대한 인류의 열망은 더 강해져 갔다. 여전히 불완전함은 남아 있었지만, 언젠가 과학이 완벽한 세상을 가져다줄 것이라는 사실을 누구도 의심하지 않았다.

그리고 마침내 2389년, 인류는 적어도 완벽한 도시를 갖게 되었다. '신탁(Oracle)'이라 불리는 양자 컴퓨터에 의해, 있을 수 있는 모든 변수가 통제되는 도시가 탄생한 것이다.

전 세계에 동시 생중계되는 인류 최초의 유전자조작인간 대통령의 연설에서, "이 세상엔 더 이상 대통령이 필요하지 않습니다. 고쳐야 할 것이 없기 때문입니다."라는 말과 함께 그가 자신의 공로를 신탁에게 돌릴 때, 사람들은 흙에서 나와 에덴을 처음 목격한 아담과 이브처럼 얼싸안으며 환호했다.

대통령의 연설문과 6일간에 걸친 축제는 완벽했을지 몰라도, 여전히 아직 모든 것이 완벽한 것은 아니었다. 자외선 흡수와 자동 정화 대기 시스템을 갖춘 투명한 돔이 사람들에게 시뮬레이션된 푸른 하늘과 떼 지어 날아가는 갈매기들을 보여 주고 있었지만, 그 바깥의 우주는 가속화된 엔트로피가 낳은 우주 쓰레기로 뒤덮여 있었다. 도시의 완벽한 청결 상태를 유지하기 위한 노력은 하루에만 500만 톤 이상의 썩지 않는 쓰레기를 뱉어 냈고, 지구에는 더 이상 남은 매립지가 없기에 나사의 가비지 셔틀이 하루 세 번 쓰레기를 우주로 퍼 날라야만 했다.

이뿐만이 아니었다. 지진과 화산 분출, 해일과 같은 가이아의 몸부림을 통제하기 위해 쓰이는 엄청난 에너지 문제도 간과할 수 없었다. 환경전문가들은 기껏해야 앞으로 500년 안에 지구의 수명이 끝장날 것이라는 정부 보고서를 내놓았다.

하지만 적어도 디스플레이 돔 안에 사는 시민들에게만큼은 세상은 아무런 문제가 없어 보였다. 하늘을 올려다보면 공장 굴뚝의 매캐한 연기 대신 홀로그램이 쏘아 내는 추국적 기업들의 로고가 형형색색으로 번쩍이고 있었다. 그것들이야말로 그들의 현재이고 미래였다. 일말의 미진도 느껴지지 않는 매끈한 티타늄 보도블록에선 버려진 담배꽁초 하나도 발견할 수 없었다.

상황이 이러한 탓에 새로운 우주개발계획은 시민들의 환심을 사지 못했다. 그래서 정부는 암암리에 우주식민지를 찾는 일을 추진했다. 그것은 정부가 음지에서 진행하고 있는 6,012개의 비밀 프로젝트 가운데 하나였다. 매년 26개의 우주 비행선이 우주 곳곳으로 날아갔다. 새로운 에너지 대체재와 쓰레기 매립지를 발견하기 위한 프로젝트였다.

　우주에 끝이 없다는 사실, 심지어 팽창하고 있다는 사실은 인류에겐 참으로 다행스러운 일이 아닐 수 없었다. 우주는 깊이를 알 수 없는 유전이자 광활한 쓰레기 매립지였다. 더구나 이 신대륙은 언제나 새로운 개척자를 대함에 있어 우호적이었다. 우주로 날아간 콜럼버스의 후손들은 지난 역사 속에서 그랬듯 그들이 실어 간 쓰레기를 신대륙의 풍부한 금과 다이아몬드로 맞바꿔 왔다.

　시민들은 만 18세가 되면 신탁으로부터 앞으로의 진로가 적힌 인생 설계서를 받게 되어 있었다. 완벽한 세상의 완벽한 축제와 더불어 태어났던 아이인 김낙경이 만 18세가 되던 날, 어김없이 그의 인생 설계서가 생일 선물처럼 도착했다. 신탁은 그가 30살이 될 때부터 15년 동안 우주정거장의 유일한 근무자로서 일할 것을 고지하고 있었다.

　15년은 긴 시간이었지만, 다른 시민들과 마찬가지로 낙경도 자신에게 주어진 운명을 순순히 받아들였다. 불행한 것은 이 완벽한 시스템의 일부가 될 가능성조차 없는 사람들이라고 그는 생각했다. 타고난 지체부자유자들이나 정신 이상자들, 혹은 사고로 그렇게 된 이들, 그리고 반사회적인 테러리스트들이 그랬다. 그들에 비하면 안전한 감옥 속에서 주어진 일상을 사는 죄수들이 오히려 마음 편할 터였다. 신탁의 부름을 받지 못한 사람들이야말로 평생을 언제 박멸될지 모를 불안 속에 떨어야 하는 박테리아에 지나지 않았다.

낙경은 항공 우주 대학에 입학해 우수한 성적으로 졸업을 했고, 곧 2살 어린 오페라 여가수 정세연과 결혼했다. 물론 그녀도 신탁이 정해 준 여자였다. 대학을 졸업한 그가 나사에서 우주 비행 훈련을 받는 동안 그들은 아이를 가질 수 있었다.

낙경은 자신의 인생이 '우주처럼 완벽하다(이것은 나사의 동료들 사이에서 유행어처럼 쓰이는 표현이었다)'고 입버릇처럼 말하곤 했다. 비록 그가 선택한 인생은 아니었지만, 자신이 신탁보다 더 완벽한 선택을 할 수는 없었을 거라고 그는 생각했다.

단 한 가지 완벽하지 못했던 일이라면, 끝내 딸의 입에서 아빠라 부르는 소리를 들을 수 없었다는 것이다. 아이가 엄마 젖을 채 떼기도 전에 낙경은 우주로 떠나야 했다.

지구에서의 마지막 날 밤, 낙경은 아내와 함께 딸의 잠자리를 봐주고 침실로 돌아왔다. 열어 놓은 거실 창으로 흘러 들어온 인공 바닷바람이 커튼을 부드럽게 흔들고 있었.

잠이 들지 않는다며 낙경이 세연의 품에 파고들어 뒤척이자, 그녀는 남편을 위해 노래를 불러 주었다.

"내가 이 노래를 어디서 들었을까?"

낙경은 의아했다. 그는 이 노래를 들어 본 적이 없었다. 국립 오페라단의 새로운 공연에서 선보이기 위해 최근 세연이 연습을 시작한 곡이었다. 하지만 그는 자기도 모르게 노래의 마지막 몇 음절을 따라 흥얼거리고 있었다.

"당신이 노래를 망치고 있어요."

세연이 핀잔을 주자, 낙경은 억울하다는 표정을 지었다.

"하지만 들어 봐. 내가 이 노래를 알고 있다니까?"
"그럴 리가 없어요. 당신은 처음 듣는 노래예요. 한 번도 불러준 적이 없으니까요."
"맞아. 그건 틀림없어."
"지금은 사라진 아시리아인들의 노래예요."
아내가 설명했다. 노래의 가사는 이랬다.

이제 하늘과 땅의 운명은 모두 정해졌습니다.
도랑과 운하는 제자리를 잡았으며,
티그리스와 유프라테스에는 둑을 쌓았습니다.
저희가 무엇을 더 해야 합니까?
무엇을 더 창조해야 합니까?
오, 아누나키시여, 저 하늘의 위대한 신들이시여!
무엇을 더 해야 합니까?

"알 수 없는 일이군. 어떻게 내가 이 노래를 알고 있을까?"
낙경은 중얼거렸다. 이해할 수 없는 일은 그를 불안하게 만들었다. 하지만 그는 세연에게 다시 한번 노래를 해 달라고 부탁했다. 아내는 그를 위해 노래해 주었다. 이해하지 못하는 언어였지만 운율은 아름다웠다.

가느다란 잎을 가진 열대성 플라스틱 나무 그림자가 양탄자 바닥에서 춤추는 것을 낙경은 홀린 듯이 한참 동안 바라보았다.
"불안해 하지 말아요. 깊은 잠을 잘 뿐이니까. 눈을 뜨면 다시 볼 수 있어요."

 창문에서 흘러 들어오는 인공바람 때문인지, 아내의 목소리는 머나먼 시대에서 건너오는 노래처럼 아득했다.
 세연이 아이에게 평소 하듯 낙경의 이마에 입을 맞추자, 낙경은 우주처럼 완벽한 행복감 속에서 비로소 잠이 들 수 있었다.

 다음 날 예정됐던 대로 케네디 우주 센터는 바빌론16을 하늘로 날려 보냈다.
 발사는 매우 성공적이었다. 하지만 언제나 가장 어려운 지점은 대기권을 벗어나면서부터였다. 우주 쓰레기들로 가득 찬 두터운 '가비지 정글'을 무사히 통과해야만 궤도에 진입할 수 있었다. 우주 파편에 손상 당한 우주선들이 공중에서 폭파되는 일은 빈번했고, 그런 사고들이 가비지 정글을 더욱 풍성하고 기름지게 만들곤 했다.
 날카로운 쇳조각이 동체 외벽을 긁고 지나가는 소리가 전신을 울렸다. 5분도 채 되지 않는 짧은 시간이 낙경에게는 영원처럼 느껴졌다. 우박이 쏟아지고, 불기둥이 치솟고, 빈 깡통 채찍질 이 공을 가르는 소리들이 거대한 불협화음의 오케스트라를 연주하고 있었다.
 이것은 안전한 모험이야, 이미 기록된 역사책처럼. 낙경은 스스로 주문을 걸었다. 끝이 좋으면 다 좋은 법이지.
 정복되지 않은 자연의 소름끼치는 웃음소리는 폭발하기 직전까지 고조되더니, 어느 순간이 되자 거짓말처럼 잦아들었다.
 이윽고 바빌론16이 정상 궤도에 들어섰음을 알리는 기계음이 실내에 울려 퍼졌다. 휴스턴의 축하 메시지를 받고 나서야 김낙경은 자신의 바지가 축축하게 젖었다는 사실을 알아차렸다. 그러고 나서 그는 한참을 웃었는데, 겁쟁이처럼 벌벌 떨었던 좀 전의 연약한 감성이 스스로 너무나 창피하게 느껴졌기 때문이었다.

바빌론16은 104년에 걸친 초광속 비행 끝에 목적지에 도착했다. 바빌론16의 자동 통제 시스템 바벨3가 액체 질소 속에 보관되어 있던 김낙경을 깊은 잠에서 깨웠다. 104년이 흘렀다는 체감은 전혀 없어서 그는 그저 짧은 낮잠을 잔 기분이었다. 그러나 너무 추운 환경에서 잠든 탓에 꽁꽁 언 몸이 체온을 회복하기까지는 꽤 오랜 시간을 필요로 했다.

탱크에서 나오자마자 차디찬 바닥에 엉덩방아를 찧으면서, 그는 지구에 있을 아내와 아이를 걱정했다. 그들도 지금쯤 기나긴 냉동 수면에서 깨었을 테고, 급격한 추위에 몸을 떨고 있을 것이었다.

낙경의 체온과 맥박, 방사능 수치 등을 점검하던 바벨3가 낙경의 생각을 읽어 내곤 부드럽게 말했다.

"일시적인 현상이니 안심하십시오. 초광속 이동 중의 과압력 때문에 느껴지는 불쾌함입니다. 모든 게 정상입니다. 모두 우리의 통제 하에 있습니다."

낙경은 채 해동되지 않은 다리로 비틀대며 창가에 다가갔다. 창밖에는 끝을 알 수 없는 깊은 어둠이 펼쳐져 있었고, 드문드문 사금 같은 별들이 박혀 있었다. 5시 방향에 손가락 한 마디만 한 크기로 반짝이는 붉은 행성이 보였다. 회오리치는 고온의 전리 가스로 붉게 타오르고 있는 '미노스(Minos)'라는 이 별이 그가 목적지에 제대로 찾아왔다는 사실을 말해 주고 있었다.

그렇게 우주에서 15년간의 단독 근무가 시작되었다. 길이 80m, 무게 110톤의 1억 불짜리 고철 덩어리 안에서 그가 해야 할 일은 단순하기 그지없었다. 그것은 하염없이 지구로부터의 방문을 기다리는 일이었다.

처음 2년 가까이는 손님을 기다리면서 우주정거장의 내외부를 꼼꼼히 관리했다. 그러나 밀레니엄 시대의 퇴락한 재즈 바처럼, 아무리 시간이 흘러도 방문객은 나타날 기미가 없었다.

근무 562일째, 통신안테나가 우주 공간을 떠다니는 알 수 없는 신호를 잡아냈다. 4분간 지속된 메시지에 낙경은 흥분했지만, 신호가 이진법으로 이루어져 있다는 것을 알고는 맥이 빠졌다. 그것은 2168년 아레시보 전파 천문대가 미지의 외계인을 향해 보낸 147번째 메시지였다. 그 안에는 인간의 몸을 이루는 중요한 원소들의 기호와 분자의 화학식, DNA의 이중 나선 구조, 인체의 형태, 도시의 설계도, 세계의 관광명소 등이 싸구려 여행정보책자처럼 담겨 있었다. 오랜 과거는 아니었지만 낙경의 눈에는 모든 것들이 불완전했나. 에컨내 인간의 유진자는 혁명직 진화의 진 딘게에 있었고, 도시를 이루는 길들은 암 덩어리를 이루는 혈관들처럼 어지러웠으며, 구닥다리 유물들까지 구석구석 곰팡이처럼 방치되어 있어 더욱더 세상을 복잡하고 혼란스럽게 만들고 있었다.

어쨌거나 외계인은 아니었지만, 결국 우주 공간을 떠돌던 전파는 그들과 다른 진화된 다른 형태의 생명체에게 성공적으로 메시지를 송신한 셈이었다. 또 낙경의 입장에서 보자면, 562일의 기다림 끝에 그는 새로운 형태의 우주 쓰레기 하나를 낚은 셈이기도 했다.

근무 3년째에 접어들면서 낙경은 마음을 정리했다. 그때부터 그는 지구로 귀환할 날짜만을 손꼽아 기다리기 시작했다.

낙경은 선배들의 조언을 떠올렸다. 시간을 견디는 가장 좋은 방법은 생각할 시간을 줄이는 것이라고 했다. 그리고 생각을 줄이는 가장 좋은 방법은 변수가 없는 일상을 반복하는 것이었다. 아침 7시에 일어나 기계에 이상이 있는지를 점검하고 휴스턴에 보고를 한 후, 식사를 하고 운동을 한 뒤 하루 종일 콘택터(Contactor)를 끼고 놀았다. 점심을 먹자마자 다시 우주정거장 내외부를 점검하고 재배 중인 채소들을 관리하고 휴스턴에 보고했다. 그리고 저녁이 되면 다시 맛없는 냉동건조 식품을 먹은 뒤 운동을 하고 휴스턴에 보고를 하고 잠이 들었다(휴스턴과 바빌론16이 서로에게 보내는 메시지는 상대방에게 닿기까지 26년이 걸렸으므로, 그것은 '보고'라기보다는 일기 혹은 기록에 가까웠다).

낙경은 한 치의 오차도 없이 정해진 스케줄을 반복했다. 반복이 반복될수록 오차는 줄어들었고, 그럴수록 그는 더욱더 오차를 줄이는 데 편집증적으로 매달리기 시작했다. 타임워치가 나타낸 0.1초의 기록에 울고 웃는 수영 선수처럼, 그는 전력을 다해 기록 경신에 매달렸다.

마침내 귀환 날짜가 가까워질 무렵, 낙경은 우주의 스케줄에 붙박여 있는 행성들처럼 정확한 궤도를 유지하고 있었다. 이제 남은 것은 이 냉동된 일상에서 그를 깨워 주러 올 지구의 방문자를 기다리는 일뿐이었다.

지구 귀환을 4달 앞둔 어느 날, 낙경은 여느 때처럼 아침을 시작하고 있었다.

간단한 세안을 하고, 바벨3로부터 내부점검 보고를 받은 뒤, 조식으로 훈제 연어 샐러드를 먹으며 메인 컨트롤 데스크에서 창밖의 거대한 질서를 감상했다. 식사를 마치고 나서는 간단한 스트레칭을 하며 그만의 특별한 취미를 즐겼다. 그것은 눈에 보이는 조그맣고 과묵한 친구들에게 이름을 지어 주는 것이었다.

그날은 1,908번째 별에 생명을 불어넣어 줄 차례였다. 비교적 밝게 빛나는 10시 방향의 항성에 발하슈 호수라는 이름을 붙였다. 아직 많은 부분이 비어 있었지만, 계산대로라면 귀환 당일 세계지도를 완성할 수 있었다. 눈앞의 별들을 이어 세계지도를 그리고 지구를 만들어 가는 일은 그의 외로움을 어느 정도 달래 주는 효과가 있었다.

우주인에게 심리적인 안정감을 주는 이보다 더 효과적인 방법도 있었다. 콘택터라 불리는 HMD(Head Mounted Display) 형태의 뇌파 신경 자극장치였다. 낙경은 하루에 4시간을 콘택터를 착용한 채 가상 현실 속에서 생활하는 데 할애했다. 1978년 러시아 우주비행사 이반 코나비치 중령이 궤도장애 증후군으로 자살한 이후 36건의 비슷한 사고가 재발했고, 나사는 대안책으로 우주비행사들이 콘택터를 통해 우울증과 폐쇄공포증을 다스리도록 규제하고 있었다(다만 현실 감각을 잃을 수 있다는 이유로, 나사에서는 4시간의 시간제한을 엄격히 규제했다).

착용자로 하여금 '원하는 것'을 경험하게 해 주는 이 훌륭한 발명품 덕택에, 낙경은 지금도 지구에서 그랬듯 하루에 4시간만은 안락

한 그의 집에서 아내와 함께 아이를 돌볼 수 있었다.

콘택터를 통해 특별한 삶을 사는 사람들도 있었지만, 낙경이 경험하고 싶은 것은 언제나 평범하기 이를 데 없는 것이었다. 예컨대 오늘은 아이가 얼마나 성장했는지 키와 몸무게를 재어 보고, 가족과 식사를 함께하고, 아내의 오페라 공연을 관람한 뒤 그녀와 함께 긴 산책을 하며 집까지 돌아오는 일 따위. 혹은 흔들의자에 벗은 발로 앉아 빨래에서 떨어지는 물을 하염없이 지켜본다거나, 이빨을 깨끗이 닦은 뒤 블랙커피를 마시는 버릇 때문에 아내에게 혼나는 일 따위.

아내는 그 어떤 오페라보다 아름다운 목소리를 가지고 있었지만, 결코 굽히지 않는 단단한 고집의 소유자이기도 했다. 그런 고집에 시달리는 것 역시 낙경의 특별한 즐거움 중의 하나였다.

그녀는 신탁이 허락하지 않은 두 아이의 엄마가 되고 싶어 했다.

"내가 돌아오면 아이는 벌써 16살이야. 동생을 갖기엔 나이가 너무 많지 않아?"

"세상에 정해진 게 어디 있겠어요? 혼자라는 건 너무 외로운 법이에요."

하지만 결정적인 문제는 아이의 나이가 아니었다. 낙경은 알고 있었다. 아내는 신탁의 결정을 거부하고 싶은 것이었다. 그녀는 여전히 '자유'라고 하는 케케묵은 관념의 신봉자였다. 이런 사실이 이따금 낙경을 화나고 짜증나게 만들었다. 그럼에도 그는 그녀를 사랑했고, 그는 자신의 완벽한 세계에 깊숙이 침입한 이 오류가 싫지 않았다.

낙경이 좋아하는 오류가 또 하나 있었다. 콘택터가 그에게 주는 가장 행복한 순간 가운데 하나인 그것은, 아내가 그의 앞에서 오페라를 연습하다가 내는 음이탈을 듣는 것이었다. 그것은 세상에 있을 수 있는 가장 유쾌하고 아름다운 오류였다. 그녀가 실수하는 단 한 순간을 위해 그는 몇 시간이고 그녀가 부르는 노래를 듣고 있을 수도 있었다.

아내의 실수 앞에 낙경이 웃음을 멈추지 않으면 그녀는 그에게 달려들어 겨드랑이를 간질였다. 물론 그것은 낙경의 웃음을 멈추게 하는 데 결코 좋은 방법은 아니었다. 하지만 곧 그녀가 자신의 입술로 그의 입술을 덮고 나면 더 이상 그는 웃을 수 없었다. 그리고 우주처럼 완벽한 순간이 찾아들었다.

반복을 반복할수록 더욱 완벽해지는 순간, 몇 달 뒤면 완벽한 현실로 이루어질 순간이….

"누가 음악을 껐지?"

불현듯 오디오에서 흘러나오던 슈베르트가 멈췄다는 걸 알고 놀란 낙경이 물었다. 눈앞에서 아내의 얼굴이 노이즈와 함께 일그러지며 명멸했다. 이해할 수 없는 일이었다. 예약 종료 시간을 아직 2시간 넘게 남겨 두고 있던 콘택터가 강제 종료되고 있었다.

낙경은 손을 뻗어 아내를 만지려 했으나, 환영은 모래처럼 손가락 틈으로 빠져 나가 버렸다. 그리고 고막을 찢을 듯한 비상 알람이 어둠의 장막을 잡아 흔들었다.

그는 황급히 HMD를 벗어 던졌다. 선내에는 날카롭게 울려 퍼지는 비상 알람에 맞춰 붉은 경고등이 번쩍이고 있었다. 바벨3가 우주정거장을 향해 날아오는 이상 물체를 반복적으로 경고하는 중이었다.

낙경의 눈이 겨우 빛에 적응했다고 생각한 순간, 거대한 충격이 우주정거장을 뒤흔들었다. 균형을 잃고 바닥에 나자빠진 낙경은 귀에 익은 웃음소리를 들었다. 꿈에서라도 듣고 싶지 않던 그 소리에 낙경의 몸이 먼저 반응했다. 다시는 그러지 않으리라 다짐했건만, 그의 의지와 상관없이 사타구니가 열리고 아래가 축축하게 젖어 들고 있었다.

눈앞에는 믿을 수 없는 광경이 펼쳐지고 있었다. 언뜻 보기엔 유성체들 같았지만, 유리창에 부딪혀 오는 것들은 그보다는 훨씬 익숙한 것들이었다. 낙경이 자신의 눈을 의심하는 동안 대형 냉장고 하나가 창 우측을 스치고 지나갔다. 그 충돌로 냉장고 문이 열리면서 내용물들이 쏟아져 나왔기 때문에, 낙경은 자신이 잘못 본 게 아니라는 사실을 확인할 수 있었다.

케첩과 오렌지 주스 캔, 소시지, 시리얼, 양상추 샐러드와 사과 3알이 몇 달은 방치해 둔 알코올 중독자의 부엌처럼 공중으로 어지럽게 흩어지고 있었다. 충격이 잦아들기도 전에 자동차 문짝과 가로등이 방패와 창으로 무장한 십자군처럼 달려들었다. 경고음은 더욱 맹렬하게 울어 댔고, 그러는 동안에도 쓰레기들은 쉴 새 없이 날아들었다.

낙경은 메인 컨트롤 데스크 아래 숨어들어, 몸을 똘똘 만 채 귀를 막고 웃음소리가 멈추길 기다렸다. 지축을 뒤흔드는 굉음이 멈추지 않을 것처럼 계속됐다. 그 공포가 너무나 엄청났기 때문에, 쓰레기의 행렬이 지나간 이후로도 한참 동안 그는 떨고 있어야 했다.

"13-4 도킹 모듈에 문제가 발견되었습니다. 화재는 자동 진압되었습니다. F2-106 구역을 확인해 주십시오."

바벨3는 여전히 비상 알람을 울리고 있었다. 낙경은 파랗게 질린 얼굴로 기어 나와 의자에 앉았다. 바벨3에게 닥치라고 말해 주고 싶었지만, 자동 통제 시스템은 자신의 의지가 관철되었다는 사실을 확인할 때까지 결코 고집을 꺾는 법이 없다는 것을 그는 잘 알고 있었다.

"T3 트러스에 문제가 발견되었습니다. 화재는 자동 진압되었습니다. R1-1-4 구역을 확인해 주십시오. 위험은 지나갔습니다. 모두 우리의 통제 하에 있습니다. 승무원은 지금 이상 구역을 확인해 주십시오. 다시 경고합니다. 13-4 도킹 모듈에 문제가 발견되었습니다…."

선외 활동 우주복 코스모스(Cosmos)를 착용한 낙경이 해치 밖으로 모습을 드러냈다. 볼은 여전히 붉게 상기되어 있었고 호흡은 거칠었다.

언제 그랬냐는 듯 우주는 고요했다. 좀 전의 흔적은 어디에도 없었지만, 불안감이 가시지 않은 낙경은 자기도 모르게 자꾸만 뒤를 살폈다.

"휴스턴, 여기는 바빌론16이다. 우주 쓰레기와 충돌이 있었다. 지금 선외 이상을 확인하러 가는 중이다. 이상."

낙경은 대답 없는 상대에게 말을 걸며 문제의 구역으로 걸어갔다. 그리고 도킹 모듈 표면에 좌변식 변기가 반쯤 박혀 있는 걸 발견했다. 우주 한복판에서 발견한 변기도 충분히 놀라웠지만, 우주정거장과 부딪힌 변기에 아무런 손상도 없다는 것이 더 놀라웠다.

가까이 다가간 낙경은 변기 안쪽에 달라붙어 있던 전자 신문지를 발견했다. 전자 신문지 상단부에는 발행연도가 점멸하고 있었다.

2607년 8월 27일.

낙경은 자신의 눈을 의심했다. 2607년은 오지 않은 미래였지만, 대충 훑어본 몇 개의 기사는 분명 벌어지지 않은 사건들을 기록하고 있었다.

정황상 쓰레기들은 미래에서 온 것들이었다. 우주를 떠돌던 중에 웜홀을 만나 시간을 넘어온 것일지도 모른다. 그러니까 이것은 미래에서 온 변기였다. 하지만 세상에 어떤 소재가 웜홀의 압력을 이겨 낼 수 있을까? 대체 어떤 세상이, 웜홀의 압력을 이겨 낼 정도의 재질로 만든 변기를 필요로 하는 걸까?

낙경은 코스모스의 체스트 포켓에 신문지를 구겨 넣고 변기에 달라붙었다. 하지만 변기는 오래 자리 잡은 나무처럼 단단히 뿌리 박혀 있어 아무리 힘을 써도 꿈쩍조차 하지 않았다.

"당장은 방법이 없다. 원격 제어 슈트를 이용하면 제거 가능할지도 모른다. 다른 구역들을 확인해 본 뒤 다시 돌아와 좀 더 자세히 살펴보겠다. 이상."

낙경이 허리를 펴고 이동하려는 순간, 헬멧 안에서 비상 알람음이 울리기 시작했다. 우주정거장을 향해 초속 7.9km의 속도로 다가오고 있는 위험을 경고하기 위해서였다.

불길한 예감은 비껴가지 않았다. 우주 쓰레기 행렬의 뒤편에 처졌던 물건들이 속속 우주정거장에 도착하고 있었다.

낙경은 지체 없이 변기에 매달렸다. 옷장, 야구공, 화분, 볼펜, 오디오, 큐브, 종, 파이프, 전신주, 화분, 피아노, 의자, 농구골대, 기린 인형, 접시, 식기세척기, 히터, 커피포트가 그의 곁을 스치고 지나갔다. 쓰레기들이 우주정거장에 부딪힐 때마다 바닥으로부터 강한 진동이 느껴졌고, 낙경은 변기를 있는 힘껏 붙잡으며 주문을 외웠다.

기록된 역사책. 끝이 좋으면 다 좋은 법.

주문은 용기를 주었고, 그는 고통스러운 순간을 다시 한번 견뎌낼 수 있었다.

한 차례의 폭풍이 지나간 뒤, 낙경은 그제야 놀란 가슴을 쓸어내리며 한숨을 내쉬었다. 그러나 미진이 멈추고 상황이 정리된 뒤에도 비상 알람음은 멈추지 않고 빽빽 울어 대고 있었다. 낙경은 신경질적으로 헬멧을 두드리며 일어섰다.

하지만 헬멧에는 아무런 이상이 없었고, 그 사실을 깨달았을 때는 이미 너무 늦어버린 뒤였다. 쓰레기 행렬의 마지막 물건인 가로 세로 23cm, 무게 1.2kg짜리 체중계가 정확히 낙경의 헬멧 정면으로 날아들고 있었던 것이다.

낙경은 순간적으로 최대한 몸을 틀면서 두 손으로 헬멧 유리를 가렸다. 다행히 헬멧은 부서지지 않았지만 기적은 거기까지였다. 공중으로 튕겨 올라간 몸이 우주정거장 후미를 향해 천천히 떠밀려 가기 시작했다.

그를 붙잡아 줄 수 있는 건 아무것도 없었다. 무의식적인 반응으로 컨트롤 패널에 손을 뻗어 케이퍼(Complete Aid For EVA Rescue)의 질소 분사 추진장치 버튼을 눌렀지만, 이 행위가 상황을 더욱 악화시켰다. 몸이 공중에서 빙글빙글 돌아가기 시작하더니, 우주정거장 끄트머리의 돌출부와 충돌한 뒤 우주 공간을 향해 튕겨져 나갔다.

순간적인 충격으로 낙경은 한순간에 정신을 놓쳤고, 그것이 우주정거장에서의 그의 마지막 기억이었다.

눈꺼풀이 너무 무거워 들어 올릴 수가 없었다. 머리가 깨질 듯이 아프고 속이 메슥거렸다.
어젯밤 파티에서 보드카를 너무 많이 마신 걸까?
낙경은 스스로의 유머 감각에 만족하며 웃었다.
그나저나 온몸이 욱신거리고 가려웠다. 특히 코가 근질거려 참을 수가 없었다. 코를 긁으려고 손을 가져다 대자, 손바닥으로 넓적하고 딱딱한 표면이 만져졌다.
헬멧….
그럴 리가 없다고 생각하며 낙경이 힘겹게 눈을 떴을 때, 그 앞에는 언제나처럼 우주가 펼쳐져 있었다.
여느 때와는 달리 사각의 테두리가 없는, 사방이 어둠과 별들뿐인 우주였다.
블랙홀이 배설해 낸 쓰레기 더미의 습격, 우주정거장 표면에 구멍을 뚫어 놓은 변기, 로켓처럼 달려들던 체중계…. 그 모든 게 꿈이 아니었다.
낙경이 이름 붙여 놓은 별들은 어디서도 찾아볼 수 없었다. 오랜 근무기간 동안 그의 북극성이 되어 주었던 미노스도 보이지 않았다.
그가 우주 공간에 표류하고 있다는 사실은 분명했다.
팔목에 달려 있는 계기판을 살폈다. 우주정거장으로부터 떠밀려 온 지 37시간이 흘러 있었다. 그리고 여전히 그는 초속 2m의 속도로 우주정거장과 멀어지는 중이었다.

판독 거울을 이용해 주위를 샅샅이 훑어보았다. 당연한 일이지만 사방 어디를 둘러보아도, 그 어디에도 우주정거장은 보이지 않았다.

"바벨3, 여기는 김낙경이다. 들리나?"

예상대로 응답은 없었지만, 낙경은 몇 번이고 더 교신을 시도했다. 목구멍 끝까지 올라온 절망감으로 결국은 입을 다물게 될 때까지, 그는 최선을 다해 소리를 질렀다.

그때 헬멧 안쪽에서 음악이 재생되기 시작했다. 빈 필하모닉 오케스트라가 연주한 요한 스트라우스 2세의 '아름답고 푸른 도나우 강'이었다. 낙경의 치솟는 맥박수를 감지한 코스모스가 우주인의 심신을 안정시키기 위해 스스로 안전모드를 실행한 것이었다.

시도는 좋았지만, 고상한 음악은 이 절망적인 상황에 큰 도움이 되지 않았다. 숨이 조금씩 가빠 왔다. 이성을 잃고 호르몬이 날뛰기 전에 해결책을 생각해 내야만 했다.

죽을 거야. 낙경은 극도의 공포감에 사로잡혀 생각했다. 아무도 날 찾지 못할 거야.

그 순간 헬멧 아래쪽으로부터 가느다란 유리 호스 하나가 비죽 솟아올랐다. 놀랄 틈도 없이, 그것은 마치 살아 있는 뱀처럼 정확히 낙경의 입 쪽으로 대가리를 쑤셔 넣었다. 그리고는 반투명한 우윳빛 액체를 뿜어내기 시작했다. 낙경의 심신 상태를 지속적으로 체크하던 우주복이 그의 부족한 영양 상태를 감지하고 자동으로 작동한 것이었다.

호스가 입안 깊숙이 들어왔기 때문에 낙경은 반강제적으로 영양액을 받아먹어야만 했다. 오래 굶주렸던 위장이 거부 반응을 일으키는 바람에 처음 얼마간은 삼키자마자 게워내길 거듭했다. 목구멍 안으로 쉬지 않고 쏟아지는 영양액을 도리질치며 거부해 봤지만 코스모스의 의지를 꺾기엔 역부족이었다. 체념한 낙경은 영양액을 받아 삼키면서 이 치욕스러운 상황이 빨리 지나가기만을 기도했다.

그런데 어느 순간, 낙경은 놀라운 사실을 깨달았다. 영양액에서 브로콜리 수프 맛이 느껴지는 것이었다. 아니, 그것도 아주 특별한 브로콜리 수프였다. 아내와 자주 가던 레스토랑 '아이언 불'에서 애피타이저로 즐기곤 했던 바로 그 수프였다. 그리고 지금 바뀐 이 맛, 이건 분명 앤초비 샐러드…. 설마, 하는 의심이 확신으로 바뀐 건 애피타이저를 거둬들인 영양액이 곧바로 메인 메뉴를 내놓았을 때였다. 갈릭 토마토 소스를 얹은 덜 익힌 필렛 미뇽! 담백하고도 달콤한 소스에 부드러운 육질…. 주방장을 불러 볼에 키스라도 해 주고 싶은 심정이었다. 아이가 생기고는 잘 가지 못했지만, 아내와 외식을 할 때면 항상 아이언 불을 찾곤 했다. 세연은 디저트로 나오는 라즈베리 셔벗을 특히 좋아했다. 그래, 지금 바로 그 날카로운 신맛이 코끝을 쏘아 대고 있었다. 낙경은 양쪽 턱에 얼얼함을 느끼며 이내 눈물을 흘리기 시작했다.

호스는 제 할 일을 마치자 헬멧 아래쪽으로 재빠르게 모습을 감췄다. 허기가 가시고, 눈물까지 쏟아 내고 나니 낙경은 편안해졌다. 이제 머리가 제대로 돌아가는 것 같았다. 뭘 해야 할지 감이 왔다. 적어도 포기하기엔 너무 일렀다.

눈에 보이는 가장 가까운 별과의 거리를 가늠해 보았다. 어림짐작으로도 지구에서 달까지의 거리보다 멀어 보였다. 그렇다면 적어도 40만 km 이상이라는 얘기였다. 계산대로라면 질소 분사 추진장치는 초속 약 5m의 속도로 5시간 30분여에 걸쳐 최대 98km까지 이동할 수 있었다. 아무리 낙관적으로 생각해도 우주에서 그 정도 거리는 티끌만큼 무의미했다. 그러나 낙경은 배가 든든했고, 못할 게 무어냐는 자신감마저 자라고 있었다.

할 수 있어. 낙경은 새로운 주문을 외웠다. 브로콜리 수프. 앤초비 샐러드. 필렛 미뇽. 라즈베리 셔벗. 집에 가면 먹을 수 있어. 끝이 좋으면 다 좋다.

낙경은 컨트롤 패널의 조이스틱을 움직여 자신이 떠밀려 온 방향을 향해 이동하기 시작했다. 이대로 바빌론16에 귀환할 수 있는 가능성은 제로에 가까웠다. 그걸 알고는 있었지만, 아무것도 하지 않는 편보다는 나을 터였다.

레스토랑에 가려면 신발부터 신어야 하는 법.

"전화라도 해 봐요."

아내의 목소리가 떠올랐다. 화를 낼 때도 노래하듯 감미롭던 그 음성….

"방금 해 봤다니까. 금요일은 원래 자리가 꽉 차 있어. 당신도 알잖아?"

"안다고 생각하는 게 문제예요. 그래서 전화도 하지 않은 거고."

"전화해 봤어. 오늘은 금요일이야. 아이언 불은 금요일엔 예약손님 외엔 받지 않아. 헛수고라고."

세연은 말없이 낙경을 응시했다. 바라보기 전까지 무얼 생각하고 있었는지도 잊게 만드는 그녀의 짙은 갈색 눈동자….

그녀는 입을 떼더니 천천히 물었다.

"말해 봐요. 먹고 싶어요?"

낙경은 대답하지 않았다.

"시위하는 거예요? 스테이크를 먹고 싶은 건 당신이지 내가 아니에요."

"먹고 싶으면 뭐 해. 오늘은 금요일인걸."

"밥을 먹을 땐 숟가락부터 들어야죠. 레스토랑에 가려면 신발부터 신어요."

낙경은 아이처럼 세연이 시키는 대로 따랐다. 신을 신고, 차를 탔다. 레스토랑에 도착하자 긴 줄이 가게 밖 거리까지 이어져 있었다.

"내가 뭐랬어."

풀 죽은 표정으로 낙경이 말했다.

"잔말 말고 주차나 해 놔요."

레스토랑에 들어간 세연이 5분 뒤 환하게 웃으며 돌아왔다. 줄을 무시하고 레스토랑에 들어가는 그들을 아무도 막아서지 않았다. 심지어 종업원은 그들이 평소 즐겨 앉던 7번 테이블로 안내해 주었다.

"음악을 이해할 수 있는 사람들이 있다는 건 행복한 일이에요."

요리를 주문한 뒤, 세연이 잠깐 다녀오겠다며 일어섰다.

"그건 이 세상에 아직 좋은 거래를 할 수 있는 가능성이 남아 있단 의미죠."

잠시 후 레스토랑 중앙에 위치한 무대에 세연이 나타났다. 그녀는 피아노 앞에 앉아 마이크 스탠드를 조절했다. 낙경은 그녀의 가느다란 손가락이 건반 위를 미끄러지는 것을 홀린 듯이 바라보았다. 그녀가 입을 떼고 말하듯 노래하기 시작하자, 모두가 그 속삭임을 들으려 귀 기울이기 시작한 것처럼 레스토랑을 떠돌던 소음이 일시에 가라앉았다.

그때 지배인이 직접 낙경의 테이블에 찾아와서는 샴페인을 놓아 주었다.

"자리는 마음에 드십니까?"

"네. 하지만 저희는 샴페인을 시킨 적이 없는데요."

"감사의 표시입니다. 그리고 앞으로 찾아오실 때는 따로 예약을 할 필요가 없으실 겁니다. 오늘의 연주를 기억하는 의미로 이 자리를 늘 비워 둘 테니까요."

그날의 필렛 미뇽은 낙경이 그때까지 먹었던 요리들 중 가장 맛이 훌륭했다. 아내의 노래에 감탄한 요리사의 정성스러운 서비스였을까? 아니면 그날은 결코 먹을 수 없으리라 생각했던 요리이기에 더욱 특별하게 느껴졌던 것일까?

완벽한 연주. 완벽한 요리. 그렇게 모든 것이 완벽했던 하루. 아직도 손을 뻗으면 만져질 듯이 그날의 기억이 생생했다.

…추억을 곱씹는 사이에 기나긴 시간이 흘러갔다. 그러는 동안에도 낙경의 눈앞에 보이는 우주 공간은 고체처럼 완벽한 형태로 굳은 채 조금도 변하려 들지 않았다. 질소를 뿜어내는 12개의 노즐에서도 아무런 소리가 들리지 않았기 때문에, 자신이 움직이고 있다는 사실조차 거짓말처럼 느껴졌다. '아름답고 푸른 도나우 강'이 19번 재생되는 동안, 모든 별들이 여전히 닿을 수 없는 거리에서 차가운 빛을

내뿜고 있었다.

브로콜리 수프. 앤초비 샐러드. 필렛 미뇽. 라즈베리 셔벗. 레스토랑에 가려면 신발을 신어야 한다. 차에 시동을 걸고, 액셀을 밟아야지.

하지만 연료는 점점 떨어져 가고 있었고, 시야에는 어떤 주유소도 들어오지 않았다. 희망은 현실 앞에 무력했다.

낙경은 질소탱크에 8%의 잔량이 남은 것을 확인하고 조이스틱에서 손을 거뒀다. 이제는 현실을 인정해야 할 때였다.

끝이 정해진 역사책.

케이퍼의 질소 분사 추진장치가 작동을 멈추자, 낙경은 끝없는 우주로 추락하는 기분을 느꼈다. 실제로 그는 추락하고 있는지도 몰랐다. 다만 그가 떨어지고 있는 방향엔 바닥이 없었기 때문에, 그 추락은 아마도 영원할 것이었다.

브로콜리 수프. 앤초비 샐러드. 필렛 미뇽. 라즈베리 셔벗. 메뉴를 묻지도 않고 음식을 내오는 무례한 레스토랑 같으니라구.

영원히 반복되는 메뉴. 아무리 맛 좋은 요리라 해도 삼시 세끼 반복해 먹다 보면 질리는 법이지.

표류 32일째.

뱉어 내고 싶은 라즈베리 셔벗을 쭉쭉 들이켜면서, 낙경은 자살을 결심했다. 그것은 필연적인 결과였다.

이만하면 오래 버틴 셈이지.

그래도 낙경은 코스모스가 완벽한 우주복이라는 것만은 인정했다. 그동안 100여 개에 가까운 우주 파편이 우주복을 스쳐 지나갔지만 어디에도 손상을 입지 않았다. 강도와 경도, 유연성까지 고루 갖춘 뛰어난 방호용 피복 덕분이었다. 낙경의 몸 상태를 초 단위로 체크하는 생명유지장치는 영양 상태가 부족할 때면 지체 없이 영양액을 공급했다. 고농축 영양액은 낙경의 몸에서 배설된 것들까지 높은 효율로 정화해 재활용했다. 이론적으로는 70kg의 몸무게를 가진 성인에게 약 50년간 영양 상태를 보충해 줄 수 있었다. 또한 자외선과 온도 변화, 방사능으로부터 우주인을 보호하고 체온을 유지시키며, 우주 공간의 희소한 산소 분자를 이용해 반영구적으로 산소를 공급했다. 낙경은 우주 공간을 유영하는 동안 나사의 매뉴얼을 작성했던 연구원들의 코스모스에 대한 자부심과 긍지를 어느 정도 이해할 수 있을 것 같았다.

그러나 코스모스는 그의 집이 아니었고, 집으로 데려다주지도 못했다. 정맥 주사를 꼽고 아무리 맛 좋은 스테이크 소스를 주입한다 한들 그것은 달콤한 마약에 지나지 않았다. 마약에서 깼을 때, 그는 자신이 처한 현실과 마주하고 매번 절망할 수밖에 없었다. 언제 끝날지 모르는 그 반복되는 일상은 그를 너무나 지치게 만들었다.

우연히 알게 된 뜻밖의 사실도 그의 결심에 용기를 주었다.

낙경은 그동안 시간을 때울 취미거리를 찾기 위해 노력했다. 우주에는 즐길 만한 취미거리가 그리 많지 않았다. 별들에 이름을 지어주고 질서를 부여하는 일은 무용했다. 낙경은 아주 조금씩이긴 하지만 어디론가 떠내려가고 있었고, 잠을 자고 일어나면 그는 새로운 별들의 카오스 속을 유영하고 있었다. 새로운 무언가가 필요했다. 미쳐 버리지 않을 만한 취미. 그때 체스트 포켓 속에 있던 전자 신문지가 생각났다.

　낙경은 신문을 읽는 데 맛을 들였다. 읽을 거리가 풍부하고, 시간도 잘 가는 데다가 생산적이기까지 한 취미였다. 신문은 2400년부터 2700년까지, 300년 치의 기사 데이터가 다운돼 있었다. 그것을 통해 그는 만물박사가 될 수도 있었다. 하지만 그보다 좋은 건 미래를 미리 읽고 부자가 되는 것이었다. 주식과 로또만으로 세계 최고의 갑부가 되기에 충분할 것이었다. 풍부한 광물이 매장돼 있는 행성을 미리 알고 개발할 수도 있었다. 신탁이 알고 있는 역사의 뒤페이지를 그도 엿볼 수 있었다(물론 이 모든 건 그가 지구로 귀환할 수 있다는 전제 하에 가능한 일이긴 했다).

　낙경은 신문에서 그를 부자로 만들어 줄 수 있는 몇 개의 훌륭한 회사들을 찾아낼 수 있었다. 그 중 가장 유망한 회사는 리바이어던(Leviathan)이라는 에너지 기업이었다. 리바이어던은 낙경이 지구를 떠나오기 전까지만 해도 전 세계 에너지 공급의 70% 이상을 맡고 있던 초국적 기업이었다. 그들은 은하계에 퍼져 있는 47개의 광물 행성에 대한 독점적 채굴권을 가지고 있었고, 항공 우주 분야에 관계된 사업을 계속 확장해 나가고 있었다. 낙경이 우주로 떠나고 얼마 안 있어 국가는 항공 우주 산업을 리바이어던에 매각했다. 그것은 엄청난 사건이었다. 리바이어던이 없이는 한밤중에 전구 하나 켤 수 없는 시대가 온 것이다. 리바이어던은 여전히 배가 고팠다. 제약 산업과 유전자 공학 산업을 차례로 집어삼킨 리바이어던은 쓰레기 처리 산업까지 눈독을 들이기 시작했다.

　쓰레기 처리는 리바이어던에게 거저먹는 분야였을 것이다. 광물을 캔 자리에 쓰레기를 묻고 오면 그만이었다. 하지만 리바이어던에게는 더 좋은 해결책이 있었다. 그 방법은 더 싸고, 더 깨끗하고, 적어도 그들이 보기엔 더 윤리적이었다.

그들은 평행우주를 발견했던 것이다. 그제야 낙경은 난데없이 바빌론16에 날아와 꽂혔던 변기를 이해할 수 있었다. 리바이어던이 뚫은 터널이 바로 변기가 통과한 웜홀이었다. 그들에게는 낙경이 살고 있는 평행우주가 새로운 식민지였다. 낙경이 사는 이 세계가 그들에게는 무한한 광물을 가진 유전이자 광활한 쓰레기 매립지였다.

그제야 낙경은 알게 되었다. 리바이어던이 고향을 삼켜 버렸다. 그는 다시는 예전과 같은 집으로 돌아갈 수 없을 것이었다.

모든 사실을 알고 나니 결정을 내리기는 오히려 쉬웠다. 낙경은 어금니를 깨물어 부수고, 잇몸 안에 있던 극약 캡슐을 혀 위에 올려 두었다. 이것은 제2차 세계 대전 당시 독일에 파견됐던 연합군 스파이들이 쓰던 자살 방법이었다. 극한의 위기에 처했을 때 우주인이 택할 수 있는 몇 안 되는 선택지의 하나이기도 했다.

낙경은 가족들에게 마지막 메시지를 송신하기 위해 전파수신기를 켰다.

"미안해. 미안…."

그리고는 말을 더 이을 수가 없었다. 스스로도 무엇이 미안한지 알 수가 없었다.

머뭇거리는 동안 울음이 터져 나왔다. 처음엔 눈가에 고이기만 하던 것이, 곧 주체할 수 없는 울부짖음과 함께 볼을 흠뻑 적시고 있었다. 그는 아내를 보고 싶었다. 아이가 얼마나 컸는지 알고 싶었다. 폐허가 된 집이라도 좋았다. 거기엔 가족이 있으니까.

"왜!"

그는 소리를 질렀다.

"왜 나야! 왜!"

우주로 퍼져 나가지 못하는 소리, 헬멧 안에서 맴돌 뿐인 무기력한 소리로 그는 미친 듯이 외쳤다. 몇 번은 사레가 걸려 기침을 하면서, 그래도 멈추지 않고 소리쳤다.

낙경의 심리 상태를 감지한 코스모스가 '아름답고 푸른 도나우 강'을 연주하기 시작했다. 이 아이러니한 상황에 그만 웃음이 터져 버렸다. 낙경은 웃고 울기를 반복하다가, 한참이 지나고 나서야 겨우 진정을 할 수 있었다.

그리고 나서 보니 혀 위에 올려 두었던 극약 캡슐이 느껴지지 않았다. 입안 어디에도 없었다. 낙경은 당황했다. 뒤늦게 헬멧 유리에 달라붙어 있는 캡슐을 발견했다. 광분 상태에서 기침을 하던 와중에 튀어나온 것 같았다.

낙경은 길게 혀를 내밀어 봤지만 유리까지 닿지 않았다. 캡슐이 천천히 아래쪽으로 미끄러지고 있었다. 다급하게 있는 힘껏 혀를 뽑아 봤지만 캡슐까지는 너무 멀었다. 눈물이 쏟아졌다.

"안 돼!"

낙경은 헬멧 안에서 맴돌 뿐인 소리로 울부짖었다. 코스모스는 점점 더 볼륨을 높여 가며, 우아하고 장중하게 '아름답고 푸른 도나우 강'을 연주하고 있었다.

그러는 사이에 캡슐은 유리 아래로 미끄러져 시야에서 완전히 사라져 버렸다. 낙경은 우주의 저 너머에 있는 누군가를 향해 소리 질렀다.

"왜! 도대체 왜! 왜 나야! 어떻게 나일 수가 있어!"

낙경은 한 번도 만나 보지 못한 이반 코나비치 중령을 이해할 수 있을 것 같았다. 우주정거장 밖으로 사라져 버린 이반 코나비치 중령처럼, 그 역시 이 갑갑한 우주복 밖으로 나가고 싶었다. 우주는 거대한 교도소였고, 우주복은 독방이었으며, 낙경은 영원한 수인이었다. 죽음만이 그에게 구원이 될 수 있었다.

하지만 코스모스는 완벽한 우주복이었다. 영양액은 우주인의 허기를 달래는 효과만 있는 것이 아니었다. 표류 83일째. 영양액에 섞여 있는 테트라하이드로카나비놀(THC)과 메프로바메이트(meprobamate) 성분이 점차 효과를 보기 시작했다. 24시간 술에 취한 듯한 뇌는 현실 감각을 잃었고, 자살에 대한 욕구도 점차 옅게 흐려졌다. 간혹 기분 좋은 날이면 '아름답고 푸른 도나우 강'에 가사를 붙여 가며 노래를 불렀다. 그는 아름다운 별들을 위해 노래를 만들어 바쳤고, 별들은 눈부시게 환한 미소를 지으며 그를 따스하게 감싸 주었다. 그 안이 너무나 포근했기 때문에 낙경은 죽고 싶지 않았다. 세상엔 재미있는 일들도 너무나 많았다. 예컨대 그는 오후 9시에서 11시 사이, 별들을 대상으로 라디오 방송을 시작했다. 낙경의 열혈 청취자들은 제 몸을 빛내며 모스 부호로 쉬지 않고 듣고 싶은 곡을 신청했다. 현실과 망상이 곤죽이 된 세계에서 아인슈타인이 비틀즈를 부르고, 비틀즈는 마돈나를 부르며 웨이브 댄스를 췄다. 별들의 현란한 사이킥 조명이 분위기를 돋우는 파티에서 낙경은 지금껏 경험해 보지 못한 희열을 느꼈다.

하하하. 왜 이 재미를 모르고 살았을까? 멍청한 이반 코나비치 중령.

그러나 영양액에는 부작용도 있었다. 너무 신을 낸 날이면 너무 깊은 잠에 빠져 들었다. 깊은 잠은 깊은 꿈을 낳았다. 깊은 꿈은 코스모스의 유일한 사각지대였다.

어느 날, 깊은 꿈속에서 낙경은 어떤 여자와 함께 있었다. 둘 사이에는 아이가 있었고, 아이는 그들보다 앞장서서 아장아장 걸어갔다. 여자의 배가 불러 있는 걸 발견한 낙경은 너무나 기뻤다. 여자에게 키스를 하려고 돌아선 낙경은 얼어붙고 말았다. 여자에겐 얼굴이 없었다. 아이도 마찬가지였다. 목 위에는 깊은 허공이 소용돌이치고 있었다. 그러고 보니 건물들은 간판이 없었고, 땅을 박차고 날아가는 새들에겐 날개가 없었다. 우주 같은 깊은 어둠의 얼룩들이 그의 기억을 곰팡이처럼 잠식해 들어오고 있었다.

꿈에서 깬 뒤에도 낙경은 그들의 얼굴을 떠올리려 애썼다. 하지만 영양액에 푹 절어 있는 뇌는 아무것도 떠올리지 못했다. 당황한 낙경의 심박수가 치솟자 안전모드가 실행되고, 그의 입으로 호스가 대가리를 들이밀었다. 평소보다 많은 양의 마약 성분이 포함된 영양액이 그의 입속으로 쏟아져 들어왔다. 낙경은 고개를 흔들며 저항하려 노력했지만 쉽지 않았다. 약에 취한 몸이 그의 말을 들어주지 않았다. 다만 혀를 움직여 약간의 영양액을 입 밖으로 밀어낼 수 있을 뿐이었다.

꿈은 다시 반복됐다. 여자와 아이를 항상 만날 수 있는 것은 아니었다. 겨우 그들을 보게 돼도 언제나 그들의 얼굴은 비어 있었다. 잠에서 깬 낙경은 입안으로 들어오는 영양액을 조금씩 입 밖으로 뱉어냈다. 그는 필사적으로 그들의 얼굴을 떠올리려 애썼다.

그리고 어느 날, 여전히 영양액에 취해 있었지만, 아주 잠깐 낙경은 그들이 누군지 기억해 냈다. 그의 아내와 딸이었다. 순간 눈물이 쏟아졌고, 곧장 안전모드가 실행되면서 코스모스가 그의 입에 호스를 물렸다. 귓가에서는 '아름답고 푸른 도나우 강'의 연주가 시작되고 있었다. 낙경은 있는 힘껏 고개를 흔들고, 혀끝으로 호스를 밀어냈다. 그는 조금이라도 더 아내와 아이를 기억하고 싶었다.

이제 그는 확실히 알 수 있었다. 우주복의 목적은 분명했다. 그를 살려 두는 것이었다. 그것이 전부였다. 그래서 무슨 이득이 있는지, 어떤 결과를 낳는지는 상관할 바가 아니었다. 코스모스에게는 두 번의 위기가 있었다. 체중계가 그의 헬멧을 부숴 버릴 수 있었고, 청산가리가 그의 식도와 내장을 태워 버릴 수 있었다. 그것은 우주복으로서는 손을 써 볼 도리가 없는 위기였고, 낙경으로서는 다시 잡을 수 없는 기회였다. 그리고 그 위기와 기회는 이제 영영 사라져 버렸다.

호스가 영양액을 뿜어냈다. 진정제는 그의 발작을 가라앉히고, 천천히 의식을 잠재웠다. 생각을 하지 않으면 편해져요. 정신과 의사처럼 그를 소파에 눕히고 최면을 걸기 시작했다. 하지만 낙경은 생각을 멈추고 싶지 않았다. 어떻게 해야 할지는 몰랐지만, 어떻게든 방법을 찾아내고 싶었다. 그것은 그의 의지로 이루어져야 했다. 그는 아내의 체취를 떠올리려 애썼다. 그녀가 쓰던 보디로션과 향수가 뭐였는지 기억했다. 그들이 산책하던 오솔길과 공원을, 거기서 연을 날리던 아이들을, 분수대의 물줄기가 공중에 그려 내던 눈부신 아치형의 궁전을, 날아가던 비둘기 떼들과 그들을 뒤로하고 맺었던 영원의 약속들을….

오선지에 그려 넣을 수 없는 그녀의 목소리, 벨벳처럼 미끄러지는 눈빛, 손등 위에 포개지는 손바닥의 작은 온기….

그리고 하지 못했던 무수한 약속들.

이제 나는 준비가 됐다. 아내의 소원을 들어주리라. 우리는 아이를 낳을 것이다. 그리고 다시는 그들과 떨어지지 않으리라. 쓰레기 더미 속에서라도 우리들은 우리가 원하는 삶을 살아갈 것이다. 나는 기록되지 않은 일들을 하고, 기록되지 않은 인간으로 태어날 것이다. 나는 먹고 싶은 걸 마음껏 먹을 것이다. 색소와 향 첨가물로 그럴듯하게 만들어진 대체 식품이 아니라, 밭에서 난 채소를 나무에서 딴 과일과 함께 샐러드로 만들어 먹을 것이다. 아이들에게 꽃의 이름을 알려 주고, 그들이 언젠가는 그들의 자식들에게 그 이름을 알려 주는 모습을 지켜볼 것이다.

만약 살아남는다면, 그리고 내가 그대를 잊지 않는다면.

낙경은 죽지 않을 만큼의 영양액만을 받아들였다. 코스모스를 거부한 대가는 단순하지만 가혹했다. 간혹 그의 몸을 때리는 우주 쓰레기 정도는 아무것도 아니었다. 낙경은 절망과 싸웠다. 그 절망은 끝을 알 수 없기에 더욱 무서웠다.

낙경은 매일 아내에게 메시지를 녹음해 보냈다. 메시지는 언제 지구에 닿을지 알 수 없었다. 하지만 레스토랑에 가려면 신발부터 신는 법. 무엇이라도 그에게는 기회가 될 수 있었다. 다른 우주에서 온 신문을 받아 볼 수 있는 기회가 그에게는 있었다. 그의 메시지가 아내에게 닿을 수 있으리란 희망도 전혀 헛되지는 않아 보였다.

그리고 표류 122일째, 정말 기적은 찾아왔다. 헬멧의 비상 알람이 울렸다. 낙경은 눈을 뜨지 않았다. 우주 쓰레기들은 너무 자주 그를 찾아왔다. 일일이 신경 쓰기에는 몸이 너무 피곤했다. 영양 부족으로 그의 체지방률은 3% 이하로 떨어져 있었다. 생명유지장치는 끊임없이 알람을 울려 대고 있었고, 호스는 아예 그의 입에서 빠져나오지 않았다. 그러나 낙경은 영양액을 거부했다. 그는 온전히 아내와 아이의 모습을 기억하고 싶었다. 그는 끝까지 코스모스와 싸워 볼 생각이었다.

눈가가 간지러웠다. 낙경은 몸에 이상이 생긴 거라고만 생각했다. 하지만 곧 눈꺼풀이 뜨겁게 달아올랐다. 처음 겪는 일이었다. 낙경은 슬며시 눈을 떴다. 엄청난 빛이 한순간에 그의 눈 속으로 파고들어 왔다. 그는 다시 질끈 눈을 감았다. 그때 그는 우주의 음성을 들었다. 그것은 헬멧의 전파 수신장치를 통해 뚜렷하게 들려왔다.

"오래 찾았다, 미스터 김. 상태는 어떤가?"

낙경은 천천히 눈을 떴다. 우주비행선이 그의 위로 헤드라이트를 비추며 천천히 다가오고 있었다. 다시 환각이 시작되려는 것인지도 몰랐다. 하지만 음성은 너무나 분명했다.

"집에 가자."

낙경은 말없이 우주비행선을 바라보았다.

"온 우주를 찾아 헤맸다. 우린 한 번도 자넬 잊은 적이 없다."

우주선의 표면에는 바빌론17이라는 마크가 인쇄돼 있었다. 꿈도 아니고, 환각도 아니었다. 낙경은 눈물을 흘리며, 남은 힘을 다해 읊조리듯 중얼거렸다.

"브로콜리 수프. 앤초비 샐러드. 필렛 미뇽. 라즈베리 셔벗."

"그래, 집으로 돌아가자. 모든 것은 우리의 통제 하에 있다."

낙경을 구하러 온 거대한 우주선의 눈부신 빛이 신의 거대한 손아귀처럼 낙경의 몸을 감쌌다. 그리고 음성이 들렸다.

"끝이 좋으면 다 좋은 법이다."

"끝이 좋으면 다 좋은 법."

낙경은 낮게 읊조리며 머릿속으로 계획을 되짚었다.

지구에 귀환한 뒤 제일 먼저 할 일.

아내의 입술에 키스를 하고, 아이언 불에서 스테이크를 먹는다. 그녀의 아름다운 연주를 들으며 약속하리라.

다시는 당신을 떠나지 않겠다고.

…비로소 완벽한 우주복 코스모스의 생명유지장치가 알람을 멈췄다.

낙경의 눈에는 안전모드의 마지막 장치인 HMD가 장착되어 있었다.

그의 입가에는 웃음이 가시지 않았다. 낙경은 지구에 막 도착해 땅에서 그를 기다리던 가족과 막 상봉한 참이었다. 물론 그것은 HMD가 그의 정신을 보호하기 위해 보여 주는 시뮬레이션일 뿐이었다.

그 환상을 통해 낙경은 그가 꿀 수 있는 가장 행복한 꿈을 꾸고 있었다.

실제로는, 현실 속의 그는 결코 부서지지 않는 우주복에 감싸인 채로 끝없는 우주의 심해 저편으로 천천히 떠밀려 가고 있었다.

지구의 과학은 완벽했고, 최후의 순간에 직면해서도 결국은 낙경을 성공적으로 지켜 냈다.

낙경의 귓가에는 '아름답고 푸른 도나우 강'의 연주가 흐르고 있었다. 이 완벽한 우주에 무척이나 어울리는, 정말이지 우아한 연주가 아닐 수 없었다.

그 우아한 연주와 함께, 낙경은 영원한 우주의 저편으로 우아하게 추락하고 있었다.

과학 스토리
단편선

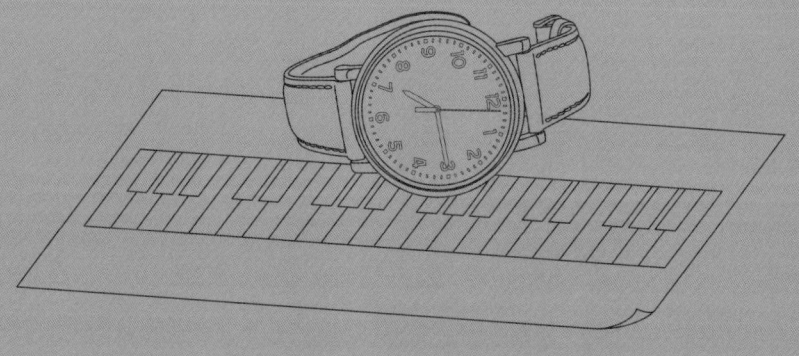

밤이 오기를
채성민

최우수상

채성민

직장을 다니며 취미로 글을 쓰기 시작했다. 후로 근로자문학제 단막극 부문에서 3년 연속으로 입상했고 처음 쓴 단편소설이 최우수상을 받아 이 책에 실리게 되었다. 아이디어를 발현할 수만 있다면 갈래 없이 모두 쓸 줄 아는 전천후 작가가 되고 싶다.

01

1951년 9월 10일 22시 55분

고희산은 콧소리를 내며 바삐 손을 움직였다. 그가 소리를 내는 대로 작은 오선지에 음표가 하나씩 그려졌다. '쾅!' 지축이 흔들리고 곧바로 폭발음이 따라와 텐트를 때렸다. 토끼 눈이 된 고희산이 손목시계를 확인하고 몸을 돌려 탄띠를 찾아 맸다. 고희산이 소총을 들어 올릴 때쯤 소대장이 텐트 안으로 달려왔다.

"중대장님! 야습입니다!"

"공격 방향과 일시! 적 규모 보고!"

고희산이 소총을 장전하며 밖으로 나가자 소대장도 따라 나오며 보고를 시작했다.

"공격 방향 북서쪽 10시 방향! 23시에 적 공습 시작됐습니다! 2개 중대 규모로 예상됩니다!"

계속되는 폭발음과 섬광에 소대장이 연신 고개를 숙이며 보고를 마쳤다. 고희산은 아수라장이 된 자신의 진지를 보고 소리 질렀다.

"중대원 산개하여 응사한다! 산개!"

고희산의 명령에 따라 소대장이 고함을 질렀다. 중대원들은 빗발치는 포탄에도 중대장 고희산의 명령대로 움직였다. 하지만 고희산의 귀에 들리는 부하들의 비명은 그의 부대에도 피해가 있음을 예상케 했다. 자신의 병사들이 전투에 집중한 사이, 고희산은 슬금슬금 물러나더니 등을 돌려 도망가기 시작했다.

"중대장님! 중대장님!"

소대장의 목소리를 들었지만 고희산은 전혀 멈추지 않았다. 소대장은 도망가느라 바쁜 고희산의 뒤통수에 바로 욕을 뱉어 냈다.

"야, 이 새꺄! 전투 중에 어딜 가는 거야!"

고희산의 등 뒤로 중대원들의 비명과 폭발음이 아귀처럼 쫓아왔다.

한참을 달려 전장을 이탈한 고희산은 안도의 한숨을 내쉬다가 등 뒤로 불타고 있는 자신의 진지를 보고 얼굴을 떨궜다. 폭발로 일어난 화염 때문에 산 너머 한국군 진지가 대낮처럼 밝아져 있었다. 고희산은 뒤를 보지 않고 발을 멈추지 않았다.

겨우 도망친 그는 자신이 야산 중턱에 파 놓은 참호 안에 몸을 숨길 수 있었다. 딱 성인 남성 한 명이 누울 수 있는 크기의 참호. 몸을 구겨 누운 고희산이 품에서 꺼낸 작은 수첩에는 날짜와 시간이 빼곡히 적혀 있었다. 수첩 제일 밑에 적은 시간을 중얼거린 뒤 그는 참호 안에 누워 잠을 청했다.

1951년 9월 10일 7시 15분 인민군 야습 15시간 전

고희산은 자신의 텐트 침상에서 눈을 떴다. 일어나자마자 시간을 확인한 그는 수첩을 꺼내 펼쳤다. 수첩에 마지막으로 적어 놓았던 기상 시간이 빈칸이었다. 고희산이 마지막 기상 시간으로 시간을 되돌린 것이다.

"돌아왔다, 이번에도."

고희산은 잠이 들면 마지막 기상 시간으로 돌아갈 수 있는 능력이 있었다.

수첩에 빼곡히 적어 둔 숫자들은 자신이 시간을 되돌릴 때 언제로 돌아가는 것인지 확인하기 위함이었다. 고희산은 그렇게 시간을 되돌리며 전쟁터에서 살아남았다. 한 번도 진 적이 없고 중대장이 되고 나서는 중대 내의 단 한 명의 사상자도 발생하지 않은 백전무패의 지휘관.

"15시간 후…."

시간을 확인하고 밖으로 나온 고희산이 장비를 정비하는 중대원들에게 소리쳤다.

"중대 주목! 현 시간부로 진지 북동쪽 고지에 매복 호를 판다!"
"참호요? 어제 전투 끝으로 정비를 하라 시지 않았습니까?"
"기도비닉 유지하며 오후 2시까지 완료한다. 이상!"

소대장이 되물었지만, 고희산은 웅성거리는 중대원들을 뒤로하고 텐트로 들어가 버렸다. 항상 불만에 싸여 있는 소대장을 제외하고는 고희산의 명령에 따라 야전삽을 집어 들었다. 영문은 모르지만, 중대장의 명령을 따르면 언제나 신묘한 결과가 있었다. 고희산은 이런 방식으로 몇 번이고 자신의 부하들을 구했기 때문에 중대원들에게 더 이상의 설명은 필요하지 않았다.

1951년 9월 10일 22시 55분 인민군 야습 5분 전

고희산과 중대원들은 낮에 파 놓은 매복 호 안에서 눈을 번쩍였다. 전날의 전투로 지친 상태였지만 잠 따위를 목숨과 바꿀 수 있을까. 고희산이 달빛에 비춰 손목시계를 확인하고 무언가 중얼거리자 같은 참호의 병사들이 소총을 고쳐 잡았다. 그리고 마침내 그들의 눈앞에 천천히 움직이는 인민군이 보이기 시작했다.

고희산은 비장한 표정을 하고 가늠자에 눈알을 집어넣었다. 인민군과 참호의 거리는 불과 몇십 m 남짓. 약속이나 한 듯 중대원 모두가 각자의 표적을 잡고 방아쇠에 손을 넣었다. 인민군의 발소리 말고는 아무 소리도 들리지 않는 어둠 속, 인민군이 기관총과 각종 화기를 내려놓고 설치하려는 사이.

'탕!'

고희산의 첫 탄을 시작으로 한국군 중대의 모든 화기가 불을 뿜기 시작했다. 총구에서 나오는 불꽃이 어둠을 잠시 밝혔다가 사라지

고 총소리가 날 때마다 인민군의 비명이 어둠 속에 울려 퍼졌다. 사실 고희산은 첫 발만 발사하고 그 후로는 허공에 총을 쐈다. 죽이고 싶지 않다. 싸우고 싶지 않다. 부하들을 살리기 위해서 시간을 되돌렸지만, 전쟁일지라도 사람은 죽이고 싶지 않았다. 한심한 위선이라 해도 좋다. 고희산은 이런 방법이 전쟁터에서 최소한의 희생자만 내는 방법이라고 자위했다.

해가 뜨고서야 고희산과 중대원 모두 전날 밤의 전투를 실감했다. 여기저기 널브러진 인민군 시체들. 중화기도 챙기지 못하고 달아난 꼴이 인민군의 급박함을 대신 말해 줬다. 중대원이 시체를 처리하며 전리품을 챙기는데 고희산은 인민군의 시체만 바라봤다. 군인이기에 적을 죽인다고 하지만, 누군가 목숨을 잃는다는 것은 아무리 반복해도 적응되지 않는 것이었다. 하지만 그에게는 목숨을 책임져야 할 100명의 부하가 있기에 속 편한 생각을 할 틈 따위는 전혀 없었다. 소대장이 다가와서 경례를 하자 고희산이 물었다.

"사상자 보고."
"사망 0명. 부상 2명. 모두 경상입니다."

고희산이 안도의 한숨을 내쉬었다. 아무도 안 죽었다. 다시 시간을 되돌리지 않아도 되겠구나. 대답을 마친 고희산이 진지로 가려고 몸을 돌리자 소대장이 물었다.

"중대장님. 야습이 올지 어떻게 아신 겁니까?"
"그만하자. 졸려 죽겠다."

고희산이 엉뚱한 대답을 하고 돌아서자 병사들은 고희산이 귀신 같다며 수군거렸다. 매번 적의 작전과 기습을 먼저 알아차리고 조치를 하니 병사들 눈에는 귀신처럼 보일 수밖에.

하지만 소대장만큼은 달랐다. 그는 고희산을 칭찬하는 병사들에게 작업이나 하라며 쫓아낸 후에 구겨진 얼굴로 고희산의 뒷모습을 바라봤다. 소대장의 얼굴에는 여러 가지 감정이 올라왔다 사라지기를 반복했다. 열등감일까. 존경심일까. 아니면 질투일까.

자신의 텐트로 돌아온 고희산이 소총을 내려놓자 코피가 바닥에 떨어졌다. 그의 시간 이동 능력에는 두 가지 부작용이 있었는데 하나는 출혈이었고 나머지 하나는 능력을 사용할 때마다 자신의 머릿속에 있는 사람들의 얼굴이 하나씩 지워진다는 것이었다.

천 쪼가리를 주워 급히 코를 틀어막았지만, 피가 천 밖으로 새어 나왔다. 하지만 그는 신경 쓰지 않고 현재 시각을 수첩에 받아 적었다. 이번 전투는 한 명의 사상자도 없었지만 이런 경우는 드물었다. 작전이 성공했더라도 사상자가 생긴다면 고희산은 마지막 기상 시간으로 돌아가서 다시 전투를 치렀다. 모두가 안전할 때까지. 자신을 따르는 중대원들을 단 한 명도 버릴 수 없었다. 고희산의 머릿속에 맴도는 참혹했던 지난 전투들. 그는 애써 잠을 청했다.

　고희산은 반나절이 지나고 눈을 떴다. 지난 전투의 기억이 꿈에 따라와 잠을 망쳤지만, 그는 빼먹지 않고 기상 시간을 수첩에 남겼다. 일어나면 기계적으로 하는 행동. 이제 이 시간 전으로는 돌아갈 수 없다. 고희산이 텐트에서 나와 진지가 바로 아래 보이는 언덕으로 올라갔다. 시간만 나면 올라가는 진지 옆 작은 언덕. 자신의 진지 전체가 보이고 자신의 병력 움직임을 볼 수 있어서 자주 앉아 있는 곳이었다. 아니면 갑작스러운 전투가 생겨도 먼저 도망갈 수 있어서일까. 포탄과 화약 때문에 가을의 정취라고는 찾아볼 수 없는 산을 바라보며 고희산은 나무에 기대앉았다.

　그가 시간을 적는 수첩을 뒷면부터 펴자 손으로 그린 오선지가 나왔다. 고희산이 흥얼거리며 음표를 그려 나가기 시작하는데 한국군 병사 한 명이 다가와 경례를 했다. 고희산은 경례를 받긴 했지만, 병사를 전혀 모르는 듯한 얼굴로 쳐다봤다. 이번 시간 이동에 얼굴이 지워진 것이다. 하지만 군대에서는 군복의 이름표로 이름을 확인하면 되기 때문에 문제가 크지는 않았다. 신입 중대원에게도 기를 쓰고 군복에 이름을 달라는 고희산을 보고 사람들은 마음 따뜻한 사람으로 생각하기도 했지만 진짜 이유는 따로 있었다.

　경례한 병사의 이름은 한정출. 고희산이 이름을 보고 수첩을 넣으며 미소 지었다.

"정비 끝났나? 다친 곳 없고?"
"중대장님 계시는데 다칠 수 있겠습니까?"
"그래, 딸도 있는 사람이 다치면 안 되지."

딸이란 말에 넉살이 넘치던 한정출의 얼굴이 굳어 버렸다. 고희산은 한정출의 표정을 보고 담뱃갑에서 몇 개 남지 않은 담배를 꺼내 건넸다.

"보고 싶냐."

한정출은 받아 들은 담배를 한 모금 들이마셨지만, 답이 없었다.

"걱정하지 마라. 중대장이 약속했잖아. 우리 전부 아무 일 없이 돌아갈 거야."

한정출이 고개를 끄덕이고 말했다.

"중대장님."
"왜?"
"야습이 올 줄 어떻게 아셨는지, 저한테만 알려 주시면 안 됩니까?"
"안 돼, 인마. 군사 기밀이야."

한정출이 기대도 안 했다는 듯 웃어 보이자 고희산도 한정출의 머리를 몇 번 두드리고는 너털웃음을 지었다.

02

고희산의 부대가 역습에 성공한 날. 얼마 떨어지지 않은 한국군 고지는 인민군의 공격을 당하고 있었다. 고지를 점령하는 일은 공격하는 쪽이 절대적으로 불리하다. 산을 오르며 약진을 해야 하는 병사들의 체력도 문제거니와 탁 트인 시야로 내려다보는 수비 쪽에서 훨씬 더 수월한 사격이 가능하기 때문이다.

하지만 고지를 공격하는 인민군은 달랐다. 화력이 더 강한 것도, 병력이 더 많은 것도 아니었다. 열세일지도 모르는 인민군의 눈에는 확신이 가득 차 있었다. 이길 수 있다는 확신. 그리하여 한국군이 모든 화력을 쏟아부었지만 고지는 슬금슬금 인민군에게 집어삼켜지고 있었다.

수비에 집중하던 한국군 고지 옆으로 인민군 한 개 소대가 기습을 가했다. 갑작스러운 공격에 한국군은 아군에게 경고도 주지 못하고 쓰러져 나가기 시작했다.

그때, 기습한 인민군 소대 안에서 대위 한 명이 뛰어나와 길게 파인 참호 안으로 뛰어들었다. 그는 참호를 종횡무진 휩쓸며 무방비인 한국군을 사살했고 소총, 권총, 대검까지 자유자재로 쓰며 사격전과 백병전 모두 피하지 않았다. 그가 참호 사이를 비집고 들어가 들쑤실 때마다 그의 몸은 피를 뒤집어써 새빨갛게 변했고 점점 인간이 아닌 살인귀처럼 보였다.

　인민군 대위는 거침없이 앞으로 나가다가 마침내 한국군의 마지막 기관총 사수를 사살했다. 순간, 발악하던 고지가 고요해졌다. 화약 연기 사이로 인민군 대위가 천천히 올라오자 고지를 기어오르던 인민군 눈에 환희가 가득해졌다. 그가 소총을 들어 올리자 곧 인민군이 소리를 지르며 환호했다.
　백전백승의 인민군 박시후 대위.

　한국 전쟁 중, 인민군은 참호뿐 아니라 산을 파내서 갱도를 만드는 특징이 있었는데 개미굴처럼 갱도 사이사이에는 한 개 소대가 들어갈 만한 크기의 지휘소를 만들어 내기도 했다. 임무를 마친 박시후는 지휘소 한가운데에 앉아 있었다. 책상에 펼쳐진 지도에는 오늘 점령한 고지가 빨갛게 칠해져 있었고 전투가 치열한 듯 다른 고지에도 각종 표식으로 가득했다. 귀에 발소리가 들리자 박시후는 바로 의자에서 일어났다. 곧 인민군 소좌가 지휘소 안으로 들어와 말했다.

　"편히 앉으라."

　박시후가 자리에 앉자 소좌는 씩 웃으며 물었다.

"비결이 뭐이가?"
"비결이라면?"
"고지 우측이 비어있는 걸 니 어찌 알았느냐 말이다."

박시후가 앉은 자세에서 몸을 꼿꼿이 세웠다.

"정확한 정찰. 정확한 작전. 정확한 이행입니다."
"길티. 정확한 게 신기해서 물었지비. 이번에도 박시후 대위 덕에 승리했구먼."

박시후가 제자리에서 일어나 차려 자세를 취했다. 얼굴에 미소가 남은 소좌는 박시후 앞의 지도로 다가와 부대 모형을 움직여 근처 진지 위에 올렸다.

"다음은 여기로 가 줘야갔어. 무슨 일인지 여기는 탈환을 못 하고 있으니. 박시후 대위라면 무너뜨릴 수 있갔지?"
"네! 알겠습니다!"

동굴이 울리는 큰 소리가 마음에 드는지 소좌는 박시후의 어깨를 두드렸다.

"뭐이가? 벌써 싸우고 싶은기야?"

소좌가 씩 웃으며 지휘소를 빠져나가자 혼자 남은 박시후는 지도를 멍하니 보면서 중얼거렸다.

"싸우고 싶지… 않습네다."

명령을 받은 다음 날. 박시후는 자신의 부관, 강두건과 함께 다른 인민군 진지로 떠났다. 탈환 명령을 받은 남한군 진지는 바로 고희산의 진지였고 박시후는 역습을 당한 진지의 재편과 지휘를 맡게 되었다. 박시후와 강두건을 실은 지프가 인민군 진지로 들어가자 그들을 발견한 인민군 중위가 달려와 경례했다.

"오셨습네까."

북한군 진지에는 아직 역습의 흉터가 남아 있었다. 미처 정비하지 못한 장비들과 아직 치료받지 못한 인민군이 함께 뒤섞여 신음했다. 강두건이 중위에게 물었다.

"무슨 일인가?"
"야습에 실패했습네다…."

박시후가 하얀 얼굴에 인상을 구기며 명령했다.

"상세히 보고하라."

"네! 저희가 차지하고 있던 고지로 공습을 받고 나서 그날 밤에 바로 야습을 가했는데, 한국군이 매복하고 저희를 기다리고 있었습네다…"

박시후의 미간에 주름이 깊어졌다.

"기다리고 있었다?"
"네. 하는 짓이 귀신 같습네다. 듣기로는 한 번도 전투에서 진 적이 없다고 하는데… 기래서 병사들 사기도 바닥입네다."

박시후가 얼굴을 펴고 강두건에게 말했다.

"한번 보고 오자우."

박시후와 강두건은 지휘관의 경례도 받지 않은 채 등을 돌려 지프에 올라탔다. 강두건이 시동을 걸자 지프에서 검은 연기가 뿜어져 나오고 이내 인민군 진지를 빠져나갔다. 한동안 숲길을 달리던 강두건이 액셀에서 발을 떼고 속도를 낮췄다. 앞의 도로가 끊겨 더는 차로 진입할 수 없는 상황. 강두건이 지형을 눈에 넣고 있는 박시후에게 말했다.

"중대장 동지, 예서 더 들어가면 위험합네다."
"내 눈으로 진지를 봐야갔어."

박시후가 차에서 내려 걷기 시작하자 강두건도 불평 없이 박시후의 뒤를 따랐다. 한참을 걸어 올라간 두 사람이 산꼭대기에 다다랐다. 멀지 않은 곳에 고희산의 진지가 내려다보였다. 박시후는 하나도 놓치지 않고 기억하려는 듯 미간을 구기며 진지를 관찰했다.

"괜찮으십네까."

강두건이 손수건을 건네자 박시후는 그제야 자신의 코에서 피가 쏟아지고 있는 것을 알게 됐다. 수건으로 코를 막았지만, 박시후는 진지에서 눈을 떼지 않았다.

"낮잠 한 번 자야갔군."

어둠이 깔린 한국군 진지. 고희산의 중대원들은 대형텐트 안에 정렬해 앉아 있었고 가득 들어차 있는 중대원 앞에 병사 한 명이 일어나 열변을 토하고 있었다.

"꼼짝없이 죽었구나, 생각했는데 그때! 중대장님이 눈앞에 나타났더라고! 도대체 어떻게 아신 건지. 총알이 날아오는 상황에서 그대로 날 끌어당기시는데…"

병사의 무용담에 중대원들은 고개를 끄덕이며 듣지만, 소대장은 관심 없는 듯 콧방귀를 뀌고 앉아 있었다.

"날 데리고 뛰시면서 여기서 몇 초. 여기서 몇 발자국. 귀신같이 아시더라구!"

고희산도 텐트 구석에서 자신을 찬양하는 연설을 들었다. 저 녀석 한 명 구하려고 8번을 치른 전투의 이야기였다. 그는 찬양받아 마땅하다고 혼자 고개를 끄덕였다. 고희산은 그새 졸고 있는 신병의 뒤통수를 치며 잘 들으라고 앞쪽을 손가락질했지만, 자신도 잠기운이 도는지 눈을 몇 번 끔벅거리고 손목시계를 확인했다. 고희산이 현재 시각을 수첩에 적고 그의 눈이 감기려는 찰나.

'쾅!'

폭발음이 들리자마자 중대원들이 순식간에 텐트 밖으로 이탈하기 시작했다. 고희산도 자신의 소총을 챙기기 위해 몸을 날렸다. 밖으로 나온 고희산이 주변을 둘러보니 여기저기 포탄이 터지며 진지 전체가 동시다발적으로 공격을 받고 있었다. 고희산은 눈앞의 상황이 믿어지지 않았다. 분명 공격을 할 수 있는 병력은 없을 텐데. 다른 변수가 생긴 것일까. 고희산이 소대장을 찾았다.

"소대장! 소대장!"
"네!"

'쾅!'

폭발음에 대답하며 달려오던 소대장이 고희산의 눈앞에서 사라져 버렸고 폭발의 충격으로 고희산도 뒤로 튕겨 나갔다. 정신을 차리려고 고개를 흔드는 고희산의 눈앞에 화염에 휩싸인 진지가 보였다. 겨우 일어난 고희산은 소총도, 장비도 챙기지 못한 채 도망가기 시작했다.

"중대장님! 살려 주십시오!"

도망가던 고희산이 뒤를 돌아보니 자신을 찬양하던 병사가 텐트에 깔려 소리를 지르고 있었다. 병사에게서 눈을 뗄 수 없었지만 고희산의 가슴은 도망치라고 소리를 질러 댔다. 지금 멈추면 모두가 죽는다고, 당신이 죽으면 전부 끝이라고. 몇 초간 몸을 움직이지 못하던 고희산은 계속되는 폭발음에 고개를 돌려 전력으로 달렸다.

고희산은 그대로 도망쳐서 어슴푸레 해가 뜨려는 시각까지 걸었다. 밤새 달려서 전선을 이탈한 것이다. 군복만 입었지, 아무것도 챙기지 못한 탈영병 신세. 힘없이 걷던 고희산 눈에 민가가 보이지만 더는 다가가지 않고 근처 숲에 몸을 숨겼다.

덤불 근처에 몸을 숨긴 고희산이 자신의 수첩과 손목시계를 확인했다. 그리고 잠들어 시간을 돌리기 위해 눈을 감았지만, 자신을 부르던 부하의 비명이 귓속에 울려 퍼졌다. '중대장님! 살려 주십시오!' 고희산이 귀를 틀어막아도 머릿속 비명은 좀체 작아지지 않았다. 고희산의 감은 눈에서 눈물이 흘러나오기 시작했다. 고희산은 벌어지는 입을 다물지 못하고 끅끅 소리 내며 울었다.

"기다려. 내가 전부 구해 줄게."

고희산은 박시후 공격 날 아침으로 시간을 되돌렸다. 다시 중대원과 함께 야습에 대비해 참호를 준비하고 달이 오기를 기다렸다. 매복을 마친 고희산은 자신의 참호에서 초조하게 시간을 확인했다. 드디어 다가온 공격 시간. 손목시계 초침이 공격 시각을 지나쳤지만 아무 일도 일어나지 않았다. 재차 시간을 확인하는 고희산의 얼굴이 일그러졌다.

'탕!'

고희산의 참호 뒤쪽에서 총소리가 났다. 고희산이 준비한 매복을 어떻게 안 것인지 인민군이 참호 뒤로 치고 들어온 것이다.

"뒤쪽이다! 참호 뒤쪽이다!"

고희산 옆에서 소리를 지른 병사는 뒤따라오는 총소리에 앞으로 고꾸라져 버렸다. 중대원들이 무방비로 공격당하자 고희산은 참호 밖으로 제일 먼저 뛰어나갔다. 그리고 산을 뛰어 내려가는지 굴러 내려가는지 모를 형태로 도망가기 시작했다. 그는 방탄모 옆으로 총알이 지나가는데도 쉴 새 없이 중얼거렸다.

"말도 안 돼. 말도 안 돼…."

고희산은 다시 시간을 되돌려 침상에서 눈을 떴다. 중대원들은 속옷 바람으로 텐트에서 뛰쳐나온 중대장 고희산을 멍하니 쳐다봤다.

"전 중대원 전투 준비!"

중대원은 기특하게도 고희산의 눈빛이 다름을 읽어 냈다.

"먼저 치고 들어간다."

중대원들은 뜬금없이 선공(先攻)을 하자는 고희산의 말에도 바로 장비를 챙겨 이동길에 올랐다. 이미 부대를 움직였지만 고희산도 상세한 작전 없이 출발했기에 불안한 기색이 역력했다. 그는 항상 수비를 해 왔지 먼저 공격한 경험은 많지 않기 때문이었다. 소대장이 고희산의 불안감을 눈치챘는지 다가와 물었다.

"중대장님, 작전이 어떻게 됩니까?"

고희산이 달리 대답하지 못하자 소대장이 재차 물으려는 찰나. '쾅!' 부대 선두에서 부비트랩이 터지고 뒤따라 들리는 총소리에 중대원들이 쓰러졌다. 고희산은 자신의 귀를 스치는 총알 소리에 부하들에게 명령 한마디 남기지 못하고 몸을 돌려 전력으로 도망가기 시작했다.

 벌써 몇 번이나 시간을 되돌린 것일까. 고희산의 피부는 잿빛으로 변했고 팔과 다리에는 총상을 입은 채 절뚝거리며 도망치고 있었다. 아직 전투 지역에서 멀리 떨어지지 못했는지 그의 귀에 총성과 폭발음이 들렸다. 고희산의 얼굴은 혼이 나가 있었다. 일어날 일은 꼭 일어났어야 했다. 미래를 경험한 자신이 과거로 돌아와 곧 닥칠 일을 아는 것이 그가 승리할 수 있는 이유였는데 미래가 계속 바뀌다니. 더 이상 다른 대처 방법도 생각나지 않았다.

 "꼼짝 말라!"

 총 장전 소리를 들은 고희산이 두 손을 힘겹게 들어 올렸다. 그러자 숲에서 매복하고 있던 박시후의 부관, 강두건과 인민군 병사 몇몇이 다가왔다. 그 모습을 본 고희산의 얼굴이 절망으로 가득 찼다.

 "꿇으라."

 고희산이 무릎을 꿇자 인민군 병사들이 달려와 고희산을 묶기 시작했다. 고희산이 총상 때문에 고통에 젖은 신음을 내뱉었지만, 인민군 병사들은 공을 세웠다는 생각뿐인지 더욱 단단히 고희산을 묶었다. 병사들이 일으켜 세운 고희산을 보고 강두건은 말했다.

"드디어 귀신을 잡았구만기래."

고희산은 묶인 상태로 인민군 진지에 끌려갔다. 이 위급한 상황에도 고희산의 머릿속에는 한가지 생각뿐이었다. 하루를 벌어야 한다. 하루만 번다면 모두를 살릴 수 있다. 고희산을 보는 인민군 병사들의 눈에 비소(誹笑)와 분노가 뒤섞여 있었다. 지난날의 전투에서 고희산에게 당한 동료들을 생각하는 것이 자명했다.

고희산이 인민군에게 발길질을 당하며 진지 중앙으로 끌려갔고 포로로 잡힌 자신의 중대원들 사이에 던져졌다. 쓰러진 고희산이 겨우 균형을 잡고 앉자 강두건은 고희산 바로 앞에 얼굴을 들이밀었다. 굴곡이 많은 강두건의 얼굴이 달빛을 받아 그림자가 져서 더욱 깊어 보였다.

"지휘관이 도망가다가 잡히다니. 참으로 자랑스럽고만기래."

인민군 병사들이 비웃기 시작하자 한국군 병사가 소리를 질렀다.

"개소리하지 마!"

같이 묶여 있던 소대장이 발끈했다.

"아냐! 나도 봤어. 저 새끼 총소리 나자마자 제일 먼저 도망갔어! 중대장이란 놈이! 전투 시작하자마자 도망을 가? 이 개새끼야!"

소대장이 고래고래 소리 지르자 한국군 포로들이 술렁이기 시작했다. 비웃는 인민군 병사들을 뒤로하고 인상을 잔뜩 구긴 고희산이 소대장에게 소리 질렀다.

"내가 널 몇 번이나 살린 줄 알아? 등신 새끼, 알지도 못하는 게."

고희산의 말이 끝나기 무섭게 어둠 속에서 발소리가 들렸다. 곧 발소리의 주인, 박시후가 모습을 드러냈다. 달빛을 받아 더욱 하얗게 빛나는 박시후의 얼굴. 강두건과 인민군 병사들이 모두 경례를 하고 박시후가 곧장 고희산에게 다가가 물었다.

"임자가 그 귀신이가?"

고희산이 입을 닫자 박시후가 재차 물었다.

"내래 한 번만 더 묻갔어. 임자가 귀신 지휘관이가?"

여전히 답이 없자 박시후는 흥미가 없다는 듯 등을 돌리고 말했다.

"전원 사살하라."

"잠깐!"

고희산의 고함에 박시후가 멈춰 고개를 돌렸다. 고민하던 고희산의 입술에서 힘겹게 몇 마디가 나왔다.

"나는… 내일 죽여 주면 안 되나?"

고희산의 말에 인민군 병사 모두가 자지러졌다. 고희산은 모든 이의 비웃음에도 하루의 시간을 벌기 위해 애원했다. 하루만 번다면, 하루 전으로만 돌아갈 수 있다면, 이 모든 것은 없던 일이 될 수 있다. 부하들의 웃음소리가 잦아들자 박시후도 웃음을 멈추고 말했다.

"소원대로 내일 처리하라."

고희산과 한국군 병사들은 각종 오물이 무릎까지 차 있는 구덩이로 던져졌다. 고희산은 자신을 향해 달려드는 소대장을 보고 '다음에는 저놈을 살리지 말아 볼까?' 생각도 했지만, 지금은 그저 하루를 더 벌었다는 사실에 감사할 뿐이었다.

소대장의 욕지거리에도 고희산은 꼼짝하지 않고 생각에 잠겨 있었다. 다시 과거로 돌아갔을 때 쓸 작전을 만들어 내는 중이리라. 갑자기 구덩이 위를 막고 있던 나무 창살이 열렸다. 박시후의 마음이 바뀌어 포로들을 죽이러 온 것일까. 구덩이 안의 모두가 긴장한 상태로 위를 올려다봤지만, 구덩이 위로 보인 것은 총부리가 아니라 박시후의 얼굴이었다. 박시후는 구덩이에 걸터앉아 고희산을 한참 바라보더니 입을 열었다.

"임자지? 매일 돌아오는 놈."

고희산은 눈이 동그래져서 박시후를 올려다볼 뿐 아무 대답도 하지 못했다. 돌아오다니. 고희산의 능력을 아는 것일까. 그보다 그것을 알고 있다면 왜 죽이지 않은 것일까. 아니면 지금 죽이러 온 것일까. 온갖 생각이 고희산의 머리를 스쳐 지나가는데 박시후는 고희산의 얼빠진 얼굴을 보고 피식 웃었다.

"임자 아이가? 계속 하루 전으로 돌아오는 놈."

말을 마치자 박시후의 코에서 피가 쏟아졌다. 박시후가 급히 소매로 얼굴을 가렸지만 고희산은 상대의 얼굴에 떠오른 당혹감을 놓치지 않았다. 대강 얼굴을 닦은 박시후가 말을 이었다.

"돌아가는 것도 마지막이다. 퇴각하라. 다른 방법은 없다."

박시후가 구덩이 위로 올라갔다. 나무 창살이 닫혔지만 고희산은 박시후가 있던 곳에서 눈을 떼지 못했다.

03

고희산이 마지막 공습 전으로 돌아와 침상에서 눈을 떴다. 그는 동그래진 눈으로 시간을 확인하고 침상에 바로 앉았다. 고희산이 과거로 돌아가는 것을 그 인민군은 어떻게 아는 것일까.

고희산은 머릿속이 정리되지 않아 텐트 안을 빙글빙글 돌기 시작했다. 분명 하루 전으로 돌아오는 놈이라고 했다. 고희산이 어떤 능력을 가지고 있는지 아는 것이다. 그리고 고희산의 능력을 알고도 풀어 주었다. 다시 돌아가라고 말이다. 퇴각하라는 말은 무엇일까. 왜 기회를 주는 것일까. 왜 고희산의 작전은 모두 실패한 것일까. 고희산의 머리가 터지기 직전, 코에서 피가 흘러나왔다. 고희산의 머릿속에 자신처럼 코피를 흘리던 박시후의 얼굴이 스쳤다. 코를 틀어막은 고희산이 소총도 챙기지 않고 텐트 밖으로 나갔다.

고희산은 한국군 진지를 벗어나 강두건에게 생포되었던 야산의 샛길로 달려왔다. 계속해서 두리번거리던 고희산의 눈에 샛길 숲 사이로 공터가 보였다. 씨름판처럼 동그랗게 모래밭이 있는 공터. 강두건 무리가 숨어있던 곳일까. 고희산은 천천히 걸어 공터 가운데 섰다. '철컥' 고희산은 장전 소리를 들었지만, 손은 들지 않았다.

"나와. 죽이려면 벌써 죽였겠지."

고희산이 몸을 돌리니 나무 사이로 총구 하나가 삐져나왔다. 고희산은 소총을 들고 다가오는 박시후와 눈을 마주쳤고 박시후는 거리를 두고 경계를 풀지 않았다.

"우리 어제 만났지?"
"그럴지도."
"아마, 기억은 나한테만 있나 보군."

박시후가 인상을 구기자 고희산은 그 변화를 놓치지 않았다.

"내가 여기 있는 건 어떻게 알았지?"

마음을 들키기 싫은 것일까. 박시후는 답이 없었다.

"설마 미래가 보이는 건가? 그래서 내가 계속 과거로 돌아가도 미래가 바뀌는 거였어. 그렇지?"

박시후는 고희산의 계속되는 질문에 아무런 답도 하지 않을 요량인 듯 입술을 굳게 다물고 있었다.

"넌 모르겠지만 너는 날 생포하고도 죽이지 않았다. 왜지?"

고희산이 질문을 끝내자 박시후의 코에서 피가 흘러내렸다. 전보다 많아진 출혈량에 박시후 발아래 잔디가 붉게 변했다. 고희산이 자신의 속주머니에 손을 넣자 박시후가 곧바로 가늠자에 눈알을 넣고 상대의 심장을 겨냥했다. 하지만 고희산이 품에서 꺼낸 것은 작은 손수건. 고희산이 천천히 손수건을 꺼내 보이고 건너편으로 던졌지만, 박시후는 가늠자에서 눈만 뺄 뿐 손수건을 줍지는 않았다. 말없이 대치하던 두 사람 사이로 고희산이 먼저 입을 열었다.

"소모전은 그만하고 거래를 하자."
"그거이 무슨 말이가."
"시간을 돌려 주겠다."

박시후의 총구는 아직 고희산을 향하고 있었다.

"그동안 전투를 하면서 많은 동료를 잃었겠지. 돌발상황이 생겨도 당신은 과거로 돌아가는 재주는 없을 테니까."
"기래서?"
"오늘 밤 공격을 하지 않는다면 나중에 당신이 원하는 때로 시간을 돌려 주겠다. 그리고…."

고희산이 눈을 가늘게 떴다.

"거래를 받아들이지 않으면 난 몇 번이고 과거로 돌아간다."

말을 마친 고희산은 발광하는 자신의 심장을 부여잡고 아무렇지 않은 척 한국군 진지 쪽으로 걸었다. 고희산으로써는 모든 것을 걸었다고 할 수 있는 도박. 그는 자신을 죽이지 않은 이유가 있을 것이라는 패에 모든 것을 걸었다. 눈앞에 고희산이 작게 변할 때까지 보던 박시후는 그제야 소총을 내리고 손수건을 집어 들었다.

진지로 돌아온 고희산은 낮부터 다음 날 해가 뜰 때까지 하루를 꼴딱 새웠다. 잠들면 그 시간 이후로 시간을 되돌릴 수 없기에. 새벽이 돼서야 깜박 잠이 든 고희산이 놀라서 일어나 텐트 밖으로 뛰어나왔다. 아직 병사들이 기상하지 않아 고요한 진지. 곧 해가 뜨려는지 산 너머가 새파랗게 빛났다. 박시후는 고희산의 제의를 받아들인 걸까.

마음이 급한 고희산은 소총을 챙겨 들고 진지에서 나와 박시후를 만났던 공터로 발을 옮겼다. 공터에 다다르니 흙바닥에 큼직하게 적혀있는 글자가 그를 반겼다.

'필요할 때 찾아가겠다.'

고희산은 피식 웃더니 군화로 글자를 비벼 지웠다.

박시후와 공터에서 만난 이후로 이틀이 지났지만, 아직 공습은 없었다. 고희산도 선제공격을 하지 않은 채 부대 정비를 하고 병사를 움직이지 않았다. 상부에서도 공격 명령이 내려오지 않았는데 아무래도 휴전 협정을 하는 와중에 서로 공격을 자제하는 영향도 있었을 것이다.

 해가 조금씩 빛을 잃어 가는 시간, 고희산은 급한 용무를 해결하려고 종이를 비비며 숲속에 숨었다. 몇 차례 소음이 지나가고 그만 일어나려는데 차가운 총구가 고희산의 뒤통수에 닿았다. 그대로 얼어붙은 고희산의 뒤통수에 누군가 말했다.

 "살리라."

 박시후의 목소리가 들리자 고희산은 천천히 고개를 돌려 목소리의 주인을 확인했다.

 "약속을 이행하라."

 그제야 고희산이 일어나 바지를 정리하며 퉁명스럽게 물었다.

 "도대체 어디까지 보이는 거야? 오려면 좀 멀쩡할 때 올 것이지."
 "네놈이 부대 밖으로 나오는 때는 지금밖에 없으니까니."

 허리띠를 다 묶은 고희산이 고개를 치켜들었다.

 "무슨 일이야?"

"내 부관이 사망했다. 살리라."

"부관? 아, 저번에 나 잡았던?"

"본대로 이동 중에 너희 쪽에서 설치한 지뢰가 터졌다."

"사망 시각은? 내가 마지막으로 기상하기 전이면 나도 어떻게 할 수 없어."

"오후 2시 40분."

고희산이 수첩을 꺼내려고 속주머니에 손을 넣었지만, 박시후의 총구는 움직이지 않았다. 수첩에 기상 시간을 확인한 고희산이 고개를 끄덕였다.

"오늘 아침 6시에 기상했으니 할 수 있겠네."

고희산은 말을 마치더니 고개를 갸웃거렸다.

"전에 물어보고 싶긴 했는데, 미래가 보인다면 부관이 죽을 것을 왜 몰랐지?"

"내 능력 밖에서 일어난 일이다."

"오, 약점이 있으시다. 재미있네."

박시후가 불편한 기색을 내비치지만 고희산이 캐물었다.

"미래가 어떤 형태로 어디까지 보이는 거야?"

"지금 적군에게 군사 기밀을 지껄이라는 건가?"

"아니, 이 양반아. 내가 당신 부관 죽는다고 편지라도 배달해 줘? 당신 능력과 방식을 알아야 전달할 방법을 찾든가 할 것 아냐."

가만히 듣고 있던 박시후가 그제야 인상을 풀고 입을 열었다.

"내래 꿈에서 앞으로 일어날 일을 본다. 전부 알 수 있는 것은 아니고 내가 직접 눈으로 봤던 곳에서 일어날 일들이 보인다. 실제로 자는 시간만큼만 꿈 안에서 움직일 수 있어서 많은 곳을 확인할 수는 없디."

"자는 동안에도 꿈 안에서 움직여야 한다는 거군."

"확인하는 장소는 정해져 있다. 우리 쪽 진지. 적군 진지. 주요 정찰로. 그리고…."

"그리고?"

"그 공터도 확인한다."

"저번에 코피 흘린 거기? 거긴 인지하지 않아도 항상 확인한다는 말이지?"

박시후가 고개를 끄덕이자 잠시 생각을 하던 고희산이 입을 열었다.

"일단 진지로 돌아갑시다."

"나에게 알릴 방법이 뭐이가?"

"그 공터에 남겨야지. 전에 당신이 바닥에 써 놓은 것처럼."

박시후가 의심스러운 눈으로 고희산을 쳐다본다. 미덥지 못한 것일까.

"일이 잘 풀리든 안 풀리든 지금, 이 시각에 공터에서 봅시다."

자신만만히 말을 마친 고희산은 자신의 진지로 돌아왔다. 미군에게 얻은 수면제 한 알을 삼키고 잠들어 그날 아침으로 시간을 되돌렸고 약속한 대로 공터에 큼지막하게 글자를 남겼다. '부관 본대 복귀 금지. 사망 예정.' 거사를 마치고 진지로 돌아온 고희산은 박시후가 말해 준 시각이 되자 괜스레 손목시계를 확인했다.

"나 참, 적군 생사가 걱정되긴 처음이네."

04

고희산은 산 뒤로 넘어가는 해를 보고 중대원 눈을 피해서 진지를 빠져나왔다. 그는 자신의 발걸음이 전보다는 가벼워진 것을 느꼈다. 적군 지휘관을 사적으로 만나다니. 피식거리던 고희산이 약속한 공터에 도착했고 등을 보이고 앉아 있는 박시후를 발견했다. 고희산은 괜히 말을 걸며 자신이 다가가는 것을 알렸다.

"총구가 다른 쪽인 거 보니 별일 없었나 보네."

고희산이 무언가에 집중한 박시후의 어깨 너머를 보니 그는 바닥에 낡은 종이 건반을 펼쳐 놓고 꾹꾹 누르고 있었다. 건반 누르는 순서를 보던 고희산이 말했다.

"오빠 생각?"

박시후가 건반 누르던 것을 멈추고 고개를 돌려 고희산을 쳐다봤다.

"전쟁 나는 날 가르쳐야 했던 곡이다. 그때는 밤새 연습해서 전부 외우고 있었는데. 지금은 기억이 안 나는구만기래."
"선생이었수?"
"내래 소학교 선생이었지."
"그럼 앞날은 언제부터 보였나?"

고희산이 옆에 자리를 잡고 앉자 박시후는 종이 건반을 접어 품 안에 넣었다.

"어렸을 때 내래 신병(神病)을 앓았어. 박수가 되어야 한다길래. 누름 굿을 하고 자라서는 선생이 됐는데, 전쟁이 나고 글을 읽고 쓸 줄 아니까 지휘관으로 차출됐지. 굿이 풀린 것인지. 전투에 들어가니까 앞날이 보이더구만. 임자는? 건반 누르는 것만 봐도 아는 걸 보니?"

고희산이 입꼬리를 씩 올리고 말했다.

"난 악단 연주가였어. 제법 알아줬는데…. 갑자기 총을 주고 쏘라니. 내 참 어이가 없어서. 언제부터였는지도 정확히 모르겠어. 군복 받고 시작된 건 확실해. 그래도 덕분에 우리 중대원들은 전사자가 하나도 없었어."

박시후가 놀라며 물었다.

"기럼 과거로 가서 하나하나 살려 가며 전투를 치룬 거이가?"
"다 살린 건 아니지. 나쁜 상관 놈은 안 살리기도 하고."
"그거이 나랑 같고만기래."

두 사람이 키득거리며 어깨를 들썩였고 고희산은 몸을 뒤로 기대며 말했다.

"전쟁터야 죽지 않으면 계급이 오르니 계속 살아 있던 내가 중대장이 된 거고. 약속했거든, 중대원들 전부 살려서 고향으로 돌아가게 해 주겠다고. 그래서 전부 살려 가며 버틴 거지."

고희산이 고개를 끄덕이는 박시후를 보고 물었다.

"근데 말이야, 내가 계속 과거로 돌아가는 건 어떻게 알았어?"
"느낌이 달랐지비. 예지몽을 꾸는 와중에도 뭔가 반복된다는 느낌이 드는 거이야. 내 감이 점점 날카로워지는데, 남조선 지휘관이 귀신같이 전투에 대비한다길래. 옳다구나 싶었지."

"그럼, 날 잡은 날에는 왜 안 죽였어?"

"내래 그런 적이 없지. 임자만 기억하는 날이니. 기리고 착각하지 말라. 지금도 임자 죽이는 건 일도 아니야."

박시후는 구겨진 고희산의 얼굴을 보고 피식 웃더니 똑같이 뒤로 몸을 젖히며 말했다.

"불쌍해서 아이겠나. 어디 나처럼 불쌍한 놈이 또 있구나 하고."

말을 들은 고희산이 고개를 끄덕였다.

"오늘 임자가 살린 내 부관 놈이 총 들기 전에 스님이었지. 내가 제일 아끼는 녀석인데 그놈이 말하기로 인간이 죽어서 가는 지옥 중에 무간지옥이라는 게 있다는 기야. 시간이 계속 반복되는 지옥이라는데. 임자랑 내가 딱 그 꼴 아이가? 매일매일, 이 지옥에 갇혀서는."

가만히 박시후를 보던 고희산이 속주머니를 뒤져 담뱃갑을 꺼내 내밀었다. 박시후가 담배를 집어 들지 않고 고희산을 가만히 쳐다보자 고희산이 담뱃갑을 흔들며 이북 사투리를 흉내냈다.

"담뱃갑에 지뢰 안 박아 놨시오. 한 대 피시라요. 동무."

박시후가 그제야 피식 웃으며 담배를 집어 들자 고희산이 불을 붙여 주고 슬그머니 말했다.

"저기 말이야. 잠깐 우리끼리 휴전을 하면 어떨까?"

박시후의 미간이 구겨지자 고희산은 괜히 말을 더듬었다.

"아니 뭐. 지금 협상도 하고 있다니까. 공식적으로 하기 전에 우리가 조금 먼저 하면 안 되나? 휴전."

박시후는 말없이 담배에 길게 빨고 연기를 뿜어내며 답했다.

"형님이라 한 번 해 보라. 그럼 해 주지. 휴전."

그 뒤로 두 지휘관은 메시지를 주고받은 공터에서 계속 만나기 시작했다. 고희산은 박시후를 위해 몇 번의 시간을 되돌려 주었고 박시후는 고희산에게 몇 번의 위험을 넘길 수 있게 미래를 귀띔해 주었다. 만약 무슨 일이 생긴다면 공터에 메시지만 남기니 고희산도 박시후도 각자 초능력을 써도 되지 않아 얼굴을 잊어버리고 피를 쏟아 내는 부작용도 사라졌다.

군사적인 문제뿐 아니라 고희산은 박시후가 잊어버린 '오빠 생각' 연주법을 알려 주기도 하고 박시후는 고희산에게 필요한 물건을 가져다주기도 했지만 아무 일 없이 만나는 날도 많았다. 그러다가 그들의 마음에는 공통된 바람이 생겨 버렸다.

악몽 같은 낮이 끝나고 어서 밤이 오기를.

그렇게 이 주 정도의 불안한 평화가 지나갔다.
고희산은 침상에 누워 음표를 적었다. 막히는 곳은 콧소리로 몇 번씩 재확인하고 펜을 움직였다. 고희산의 얼굴은 전과는 비교되지 않을 정도로 밝아졌다. 전쟁터에서 얼마나 편한 생활이 가능하겠냐마는 하루하루가 지옥 같은 전투의 연속이었던 고희산에게 이런 조용한 시간이 마지막으로 언제였는지 기억나지 않을 정도였다.

"중대장님. 들어가도 괜찮겠습니까?"
"들어와."

달갑지 않은 목소리에 고희산의 얼굴에 입술이 구겨졌다. 고희산이 종이를 챙겨 몸을 일으키자 소대장이 들어왔다. 불만 가득한 얼굴을 한 소대장은 무언가 다짐이라도 했는지 비장한 표정이었다.

"무슨 일인가?"
"이 주째 아무 전투도 벌어지지 않고 있습니다."
"그리고?"
"이는 인민군이 지난 전투 이후로 타격을 입어 현재 정비를 하며 힘을 비축하는 것이 아닐까 예상됩니다."

"그래서?"

"하여 선제공격을 건의합니다."

소대장은 처음 고희산의 중대로 왔을 때부터 열정에 가득 차 있었다. 본래 군인이 되려던 사람이었기에 한 번도 패한 적이 없는 부대로 와서 고속승진을 할 마음에 들떠 있었겠지만 하는 것이라곤 뜬금없이 내리는 고희산의 명령을 이행하는 것뿐이니. 게다가 고희산의 명령은 합리적인 판단이라고는 볼 수 없는 것들 뿐이라 지휘관으로서 배울 것은 전혀 없었다. 고희산은 고개를 가로저었다.

"뜻은 알겠지만 불허한다."

"중대장님, 적에게 더 이상의 시간을 주는 것은…."

고희산이 소대장의 말을 끊어 버렸다.

"소대장은 전투가 즐거운가?"

"그렇지는 않지만 필요한 전투는 해야 한다고 생각합니다."

필요한 전투라는 말이 고희산의 마음을 쿡쿡 찔렀다. 필요한 전투. 필요한 희생. 필요한 죽음. 전부 고희산이 동의하지 못하는 말뿐이었다. 게다가 소대장의 공격 건의는 이번이 처음이 아니었다. 과거의 일이 생각난 고희산은 괘씸한 마음에 소리를 버럭 지르고 싶었지만, 조용히 자신의 개인 장구만 챙겼다.

"지금은 전투가 필요하지 않은 때니까 생각을 접어. 그리고 이후 추가적인 공격 건의 역시 모두 불허한다."

고희산이 소대장을 지나쳐 텐트를 나가자 소대장은 고희산의 뒷모습을 보고 쌍욕을 뱉어 냈다. 고희산이 듣는지 마는지 신경도 안 쓰는 듯.

별 사이로 밝게 뜬 달이 숲을 비췄다. 달빛이 어찌나 밝은지 숲이 새파랗게 질렸다. 약속에 늦은 박시후가 급하게 다가오자 고희산이 면박을 줬다.

"늦었는데 총까지 들고 오기 있어?"
"아이고, 내 미안허다."

박시후가 고분고분 자신의 소총을 풀어 나무에 기대어 놓았다. 고희산이 다가온 박시후에게 불붙인 담배를 물려 줬다. 한 모금 담배 연기를 삼킨 박시후가 말했다.

"내래 담배 한 갑만 더 줄 수 있네?"
"담배? 얼마 전에 줬잖아?"
"그건 강두건이 주느라…."

고희산은 박시후가 무안해 하기 전에 담배 한 갑을 꺼내 박시후의 윗옷 주머니에 넣어 줬다.

"그 간나가 남쪽 담배를 좋아하는지 몰랐는데, 구해다 주는 족족 다 태워 피지 않갔어? 참…."
"형도 어지간히 신경 쓰네."
"신경은 무슨. 그냥 손이 많이 가는 놈이지."
"나도 그런 놈이 하나 있어."

담배를 입에 문 고희산이 속주머니에서 접은 종이를 꺼내 건넸다. 박시후가 종이를 받아 펴 보니 알약 너덧 개가 들어 있다.

"이거이 뭐이가?"
"잠 오는 약인데 양키놈들한테 좀 얻었어. 형, 저번에 잠을 못 잔다고 했잖아. 내가 급할 때 먹는 건데 형도 써 봐. 효과 좋아. 먹으면 몸에 힘이 쭉 빠지는 게."

박시후가 종이를 접다가 종이 바깥쪽에 그려진 악보를 보고 종이를 다시 폈다.

"오빠 생각. 붙잡고 가르쳐 봤자 늘지를 않길래. 한번 그려 봤어."
"고맙다야. 잠 오는 약도 그렇고, 그래도 요즘에는 잘 잔다. 원래는 꿈속에서도 움직인다고 잘 수가 없었는데, 요즘은 무슨 일 있는지 여기만 확인하면 되니."

고희산이 자신의 군화에 담배를 끄며 말했다.

"보름 정도 됐나. 잠깐이지만 안 싸우니까 좋긴 하네. 얼굴도 안 잊어버리고. 코피도 멈추고."
"길티. 나도 피가 멈췄어."

두 사람은 멍한 표정으로 달구경만 했다. 한마디 없이 달만 바라봤다.

"위에서는 별말 없네?"
"흠, 아직 딱히 없어. 형 쪽은?"
"우리 쪽에서는 슬슬 온다야. 어이 해서 전투를 하지 않느냐고."

고희산이 입을 삐죽거리다가 말한다.

"전쟁통이 아니라, 다른 곳에서 형을 봤으면 좋았을걸."
"일없다야."
"별일… 없겠지?"

마주 보고 웃는 두 사람 얼굴에 하얗게 달빛이 쏟아졌다.

05

　인민군 진지에 강두건이 야간 경계를 서는 병사들을 하나씩 살폈다.

"일없네?"
"네, 부관 동지. 일없습네다."

　시시덕거리며 농담을 주고받는 사이, '탕!' 총소리가 나고 강두건의 머리에 총알구멍이 생겼다. 강두건은 온몸에 힘이 풀린 채 그대로 앞으로 고꾸라져 버렸다. 이어지는 총소리에 경계병들이 쓰러지고 인민군 진지 내에 비상이 걸렸다. 갑작스러운 야습이었지만 인민군은 바로 응사를 시작했고 조금씩 야습을 진압하기 시작했다.

　해가 떠 하늘이 파래질 때쯤, 참혹했던 전투의 흔적이 드러나기 시작했다. 진지 안에 널브러진 인민군 시체들과 멀지 않은 곳에 쓰러져 있는 한국군 시체들. 박시후가 자신의 신을 돌며 두리번거리는데 인민군 병사 한 명이 다가와 보고했다.

"중대장 동지. 남조선군 한 개 소대 전멸입네다."

　박시후는 병사의 보고는 신경도 쓰지 않고 인민군 시체만 찾아 뒤지다가 싸늘하게 굳어 버린 강두건의 시신과 마주쳤다. 박시후가 그 자리에 주저앉아 쓰러진 강두건의 시신을 안고 울기 시작했다. 새파란 하늘이 밝게 변하며 하루가 지나 버렸다.

"시간을 못 돌린다니! 그거이 무슨 소리가?"

고희산이 어금니를 깨문 채 아무런 대답도 하지 못하자 박시후가 미간을 잔뜩 구기며 소리를 질러 댔다.

"네 부하가 우리 진지를 공격하는데 아무것도 모르고 자고 있었다는 거이야?"
"내 명령이 아니었다고 했잖아!"
"부하의 잘못은 곧 지휘관의 책임이다! 남조선 군대는 그렇지 않은가."
"그쪽 부관만 죽은 게 아니야! 우리 쪽도 한 개 소대원이 전부 죽었어!"
"그럼 그냥 달래서 돌려보내기라도 해야 했었나!"

고희산의 소대장이 자신의 소대를 이끌어 무단으로 박시후를 공격해 버렸다. 항상 공터만 확인하던 박시후도 알 수 없었고 소대장이 독단적으로 행동할 줄 몰랐던 고희산도 그 시간에 깨어 있지 않았다.

누구의 잘못도 아니다. 어찌 보면 전쟁 중에 이 두 사람이 한 행동이 잘못된 것일지도 모른다. 소대장의 독단 때문에 고희산은 한 개 소대를 잃어 문책을 받았고 박시후는 틀어막고 있던 소좌와의 갈등이 터져 버렸다. 하지만 날을 세워 언쟁하는 와중에도 서로 자신이 처한 상황은 이야기하지 않았다. 그것은 서로에게 짐을 지우지 않으려는 마지막 배려일지도 몰랐다.

고희산이 힘겨운 대화를 더는 견딜 수 없는지 박시후에게서 몸을 돌려 버렸다. 박시후가 등을 보이는 고희산에게 말했다.

"휴전, 깨질 수 있다. 살고 싶으면… 퇴각하라."

박시후가 먼저 공터를 떠 버리자 고희산은 차마 박시후를 붙잡지 못하고 뒷모습만 바라봤다.

다음 날, 박시후가 자신의 침상에서 모포를 떨쳐 내고 일어났다. 잠을 자지 못했는지 목을 풀고 있는 박시후에게 인민군 병사가 급히 나가왔다.

"중대장 동지! 소좌 동지 들어오십네다!"

병사를 따라나선 박시후의 표정은 딱딱하게 굳어 있었다. 그동안 전투를 벌이지 않은 이유를 추궁할 것이고 박시후는 아직 그럴싸한 답을 생각해 내지 못했기 때문이다. 박시후가 인민군 지휘 통제소로 들어가자 소좌가 잔뜩 구긴 인상으로 박시후를 맞이했다. 소좌는 박시후의 경례도 받지 않고 박시후를 다그쳤다.

"박시후 대위, 참으로 실망스럽구만기래. 임무 하달한 지 벌써 이 주가 넘었는데 아무런 성과가 없으니. 도대체 문제가 뭐이야?"
"죄송합네다."
"당에 대한 충성심이 떨어진 거이가?"

박시후가 벌떡 일어섰다.

"아닙네다!"
"지휘권을 박탈하고 이제 전투는 내가 직접 지휘하갔어. 바로 전투 준비하라!"
"네! 알갔습네다!"

박시후는 소좌가 자신을 지나칠 때까지 경례를 풀지 못하다가 혼자 남게 되자 그제야 손을 내리고 흘리는 땀을 닦아 냈다. 늦었다. 바로 전투라니. 녀석이 제때 퇴각을 해야 했을 텐데.

한편, 고희산은 한동안 신경 쓰지 못했던 수첩을 꺼내 시간을 뒤적이며 확인했다. 다시 시간을 되돌릴 방법을 고민하는 것일까. '쾅!' 갑작스러운 폭발음에 고희산은 텐트 밖으로 뛰어나갔다. 한국군 진지에 하나씩 떨어지는 박격포 포탄. 고희산은 머리를 쥐어 싸매고 중얼거렸다.

"안 돼, 형… 안 돼."

병사들이 분주하게 움직이며 공격에 대응하기 시작하지만 고희산은 몸을 돌려 도망가기 시작했다. 고희산의 등 뒤로 중대장을 찾는 목소리가 들리지만 고희산은 계속 중얼거리며 발을 멈추지 않았다.

"안 돼… 안 된다고!"

박시후가 자신의 침상에서 모포를 떨쳐 내고 일어났다. 잠을 자지 못했는지 목을 풀고 있는 박시후에게 인민군 병사가 급히 다가왔다.

"중대장 동지! 소좌 동지 들어오십네다!"

고희산이 박시후 공격 전으로 시간을 되돌렸다. 하지만 박시후가 달리 할 수 있는 것은 없었다. 소좌는 바로 공격에 나섰고 박시후는 소좌의 명령에 따라 고희산의 진지 공격에 따라나섰다. 박격포 대를 설치하고 중화기를 배치한 후 대기하는 인민군. 후방에서 작전을 지휘하는 박시후가 조용한 한국군 진지를 바라봤다. 인기척 없는 것을 보니 퇴각을 한 것일까.

"공격 개시하라."

소좌의 무전에 인민군은 일제히 공격을 시작했지만, 그동안 공격에 즉각 반응했던 한국군은 반격하지 않았다. 진지는 박격포 포탄이 떨어지는 대로 무너졌다. 한차례 포격이 지나고 보병 중대가 움직여 무너진 한국군 진지를 탐색하는 데 박시후가 함께했다. 한국군 진지는 텅 비어 있었다. 사상자가 한 명도 없는 진지에 박시후가 불안감을 느끼는 사이, 인민군 통신병이 달려왔다.

"중대장 동지! 큰일입네다! 본부가 공격당했다고 합니다!"

고희산이 진지를 완전히 비우고 박시후가 모르는 루트로 공격을 감행한 것이다. 통신병의 말에 박시후의 머릿속에 고희산의 목소리가 맴돌았다.

'거래를 받아들이지 않으면 난 몇 번이고 과거로 돌아간다.'

박시후가 자신의 침상에서 모포를 떨쳐 내고 일어났다. 잠을 자지 못했는지 목을 풀고 있는 박시후에게 인민군 병사가 급히 다가왔다.

"중대장 동지! 소좌 동지 들어오십네다!"

고희산이 다시 시간을 돌렸다. 박시후의 코에서 피가 흐르기 시작했다.

"중대장 동지! 괜찮으십네까?"

"이 간나새끼래…."

박시후의 살기 가득한 눈에 인민군 병사가 주춤거리며 뒤로 물러났다. 박시후가 피를 대강 닦아 내고 일어나 말했다.

"소좌 동지께 작전을 짜 가겠다고 말씀드리라."

그날 저녁, 고희산은 모든 중대원을 출동 준비태세로 만들고 혼자 지도에 얼굴을 파묻고 있었다. 해가 졌지만, 아직 공격을 받지 않았다. 공격을 멈추려는 것일까. 그때, 고희산의 코피가 지도 위에 똑똑 떨어졌다. 고희산은 종이가 빨갛게 물들자 코피를 대강 닦아 냈다.

박시후가 계속해서 미래를 볼 수 있는 공간을 늘려 간다면 고희산에게는 불리해질 수밖에 없었다. 아무리 과거로 돌아가 공격 방식을 바꾼다고 해도 박시후가 알아차릴 것이기 때문에. 초반에 고희산이 계속 당했던 이유도 그 때문이다. 고희산이 고심하는 사이, 텐트 안으로 신임 소대장이 들어왔다.

"보고. 지형 정찰 복귀했습니다."

전임 소대장이 전사하고 새로 배정받은 소위였다. 새로 온 녀석은 전임자 같지 않았지만 지금 상황에서 그것은 중요치 않았다.

"중대장님. 그런데…."

고희산이 말끝을 흐리는 신임 소대장을 쳐다보자 8살쯤 되어 보이는 여자아이가 눈에 들어왔다. 낯선 환경인데도 아이는 전혀 어색해하지 않고 오히려 생글거리며 흥미롭다는 표정으로 고희산을 쳐다보고 있었다. 같이 보고하러 들어왔던 한정출이 여자아이를 자신 옆으로 끌어당겨 세우고 말했다.

"지형 정찰하다가 동굴 안에서 발견했습니다. 안 되는 건 알지만, 동굴에 그냥 둘 수는 없어서 일단 데려왔습니다."
"내일 본대로 후송시켜."
"네, 알겠습니다."

고희산이 귀찮은 듯 답했다. 지금 시각까지 공격받지 않았기에 고희산은 어느 시각에 되돌아갈 포인트를 만들어야 할지에 가장 집중하고 있었다. 시간을 되돌리고 나면 생기지도 않을 일에 신경 쓸 겨를이 없었다. 신임 소대장이 경례하고 나가려는데 여자아이가 고개를 돌려 고희산에게 말했다.

"나랑 있으면 괜찮은데."

고희산이 아이를 쳐다봤지만, 곧 시선을 돌려 버렸다. 이내 텐트에 혼자 남은 고희산은 시간을 돌려야겠다고 마음먹었다. 박시후에게 시간을 줘 봤자 더 많은 정보를 수집하는 결과만 초래할 것이기 때문에.

한편, 아이의 손을 잡고 나온 한정출이 눈높이를 맞춰 앉아 물었다.

"이름이 뭐야?"
"정인주."

한정출의 반짝이는 눈을 본 신임 소대장이 물었다.

"딸이 있다고 했나?"
"맞습니다. 집에서 떠날 때 딱 요만했습니다. 저, 소대장님. 이 아이 내일 후송 가기 전까지만 제가 데리고 있어도 되겠습니까? 걱정이 돼서…."
"그렇게 해. 내일 늦지 말고 후송차에 태우도록."

신임 소대장이 떠나자 한정출이 건빵 몇 개를 주머니에서 꺼내 정인주에게 줬다.

"내일은 집에 가고 오늘만 아저씨랑 있자."

한정출이 정인주를 데리고 소대 텐트로 걸어가지만, 정인주는 불 켜진 고희산의 텐트에서 눈을 떼지 못했다.

고희산은 자신의 침상에서 눈을 뜨자마자 손목시계를 확인했다. 시간이 되돌아가지 않았다. 화들짝 놀란 고희산은 수첩에 적어 놓은 시각과 현재 시각을 동시에 확인해 보지만, 시간이 돌아가지 않은 것이 맞았다.

"뭐, 뭐야. 왜 안 돌아갔지?"

고희산은 자리에서 일어나 중얼거림을 멈추지 못했다. 이런 적은 한 번도 없었다. 시간을 되돌리려고 마음먹었을 때, 단 한 번도 실패한 적은 없었다. 그때, 고희산의 머릿속에 어젯밤 정인주가 했던 말이 스쳐 지나갔다.

'나랑 있으면 괜찮은데.'

고희산은 곧바로 텐트에서 빠져나와 진지 후방으로 달려갔다. 모든 것이 똑같았던 어제와 다른 점이 있다면 그 여자아이의 존재였다. 게다가 아이의 이상한 말 한마디. 그것이 정인주를 잡으라며 고희산을 충동질했다. 겨우 진지 후방에 도착한 고희산이 시동을 거는 후송차에 소리를 질렀다.

"정지! 후송차, 정지!!"

소리를 들은 병사가 트럭을 두드리며 신호를 주자 차에 시동이 꺼졌다. 고희산은 헐레벌떡 뛰어와서 트럭 화물칸을 확인했다. 구석에 짐과 함께 쪼그려 앉아 있는 정인주를 보고 고희산이 화물칸으로 올라갔다. 무서운 얼굴의 사내가 다가오는데도, 아이의 눈에는 두려움이 전혀 없었다. 오히려 그럴 줄 알았다는 표정을 하고 고희산을 쳐다봤다. 고희산은 두 걸음 정도 떨어져서 정인주에게 물었다.

"너랑 있으면 괜찮다는 게 무슨 말이야?"
"뒤로 못 돌아가서 왔지?"

눈이 동그래진 고희산을 보고 정인주가 웃음을 보였다.

"너, 나랑 있으면 그놈이 널 못 봐. 우리 할머니 때문에."
"그놈? 그놈이 누군데?"
"알잖아? 저 위에 있는 박수무당."

고희산은 떨어진 입을 다물지 못했다.

"대신 너도 마찬가지야. 그래서 오늘 못 돌아간 거야."

고희산이 한참 정인주를 바라봤다. 무언가 계산해 보는 걸까. 정인주는 고희산의 반응이 재미있는지 빙긋 웃었다. 고희산은 유지하던 거리 안으로 들어가 정인주의 손목을 잡고 화물칸을 내려왔다. 고희산이 정인주를 안고 화물칸에서 내려오자 한정출이 다가와 물었다.

"중대장님. 애는 왜?"
"지금은… 이 아이가 필요하다. 후송은 나중에 시킨다."
"네? 전쟁터 한복판에 애를 어떻게 둡니까?"

고희산은 대답 없이 진지 안으로 들어가 버렸다. 말할 수도 없고 말해 봤자 이해 못 할 테니까. 하지만 한정출은 잔뜩 인상을 쓰고 고희산의 뒷모습을 바라봤다.

고희산이 정인주를 자신의 텐트로 데려와 침상에 앉히고 서랍에서 초콜릿 조각을 꺼내 주며 물었다.

"넌 누구야. 이름 말고."
"만신(萬神)이야. 이 나라에서 제일 큰 무당."

고희산은 순간 어린아이 얼굴에 주름 가득한 할머니 얼굴이 지나가는 것을 애써 무시해야만 했다. 그리고 정인주는 여전히 여유 넘치는 표정을 하고 있었다.

"왜 동굴에 있었어?"
"할머니가 전쟁이 끝날 때까지 숨어 있으라고 했는데 너희들이 날 찾았네. 기도할 때만 가는 깊은 동굴인데."
"전쟁이… 끝나?"
"응. 끝나. 얼마 안 남았어."

"언제?"

정인주가 갑자기 멍한 표정을 하고 대답을 하지 않자 고희산이 보채듯이 물었다.

"언제? 전쟁이 언제 끝나는데?"
"할머니가 말하지 말래."

고희산은 정인주의 대답이 실망스러웠는지 고개를 돌려 버렸다. 정인주이 고희산을 보고 피식 웃더니 중얼거렸다.

"그놈도 어지간히 놀랬네."
"누구?"
"그 박수."

06

"생각한 작전을 말해 보라."

소좌의 날카로운 목소리가 인민군 본대 지휘소를 채웠다. 박시후는 질문에 답하지 못했다. 얼굴에는 당혹감만 가득하고 식은땀은 멈추지 않았다. 갑작스럽게 잃어버린 자신의 능력을 누구한테 말할 수도 없고 되찾을 방법도 모르기에. 대답 없는 박시후를 보고 소좌가 책상을 내리쳤다.

"시간을 달라지 않았나!"
"죄송합네다. 시간이 조금 더….'"
"도대체 문제가 뭐이야! 이제 이길 필요가 없다는 기야?"
"아닙네다. 하루만 더 시간을 주시면….'"
"듣고 싶지 않다! 바로 전투 준비하라!"

박시후가 자리에서 일어나려는데 인민군 병사가 지휘소로 뛰어들어왔다.

"중대장 동지! 진지가 공격당합니다!"

지휘소에서 뛰어나온 박시후가 주변을 둘러보자 한국군의 공격에 우왕좌왕하던 인민군 병사들이 우르르 몰려왔다.

"동쪽 고지도 공격당하고 있다고 합네다! 동시에 공격한 것 같습네다!"
"명령을 내려 주시라요!"

박시후가 차지했던 동쪽 고지에 대공포 사정거리를 피해 폭격하는 미군 항공기가 보였다. 이미 고지에 연기가 가득하고 인민군 본대 진지에도 공격이 거세지는 상황. 여기저기서 박시후를 찾는 목소리가 높아지지만, 박시후는 눈앞이 흐려지는 것을 느꼈다. 정신을 차려 보려 고개를 흔들지만, 소리 지르는 부하들의 얼굴이 파도처럼 눈앞에서 출렁였다. 가까스로 정신을 차린 박시후가 소리쳤다.

"동쪽 고지를 포기한다! 후퇴한 병력은 본대로 돌아와 본부 방어에 투입된다!"

반면, 고희산은 박시후가 포기한 동쪽 고지를 공격 중이었다. 고희산의 중대가 고지 탈환을 시도하되 한국군 본대가 공격한 인민군 본부가 먼저 무너지면 본부를 탈환한다는 양동작전을 수행하고 있던 것이다. 고희산의 중대가 총알과 포탄을 퍼부었지만, 인민군이 점령한 고지는 쉽게 무너지지 않았다.

"으악!"

고지를 공격하던 중대원들이 고희산의 눈앞에서 쓰러졌다. 그는 빗발치는 총알에 돌격하지 못하고 숨어 있었다. 고희산이 폭발음 사이로 무전병을 불러 본부에 퇴각을 요청했다.

"대대장님! 고지 점령은 힘들 것으로 보입니다. 퇴각하겠습니다."
"안 돼! 인민군 본대를 타격했던 중대가 지원하러 가는 중이다. 버텨!"

보고하는 와중에도 고희산의 눈앞으로 굴러 떨어지는 중대원들. 고희산은 여기저기서 들리는 비명에 눈과 귀를 막아 버렸다.

전투는 해가 질 때쯤이 돼서야 끝이 났다. 한국군은 인민군 본부를 포기하고 고지를 빼앗았지만 병력에 큰 피해를 보았다. 고희산은 시름 하는 부상병 사이에 앉아 신임 소대장을 불렀다.

"소대장, 사상자 보고."
"사망 7명. 부상 6명. 대부분 중상입니다."

고희산은 대답을 하지 못하고 고개를 숙였다. 고희산 뒤에서 부상병들을 옮기던 병사들이 수군거렸다. 전임 소대장의 공격이야 고희산이 없었다고 하지만 이번 전투는 고희산이 함께 있었는데도 전사자가 나왔으니. 처음 있는 사건에 중대의 사기는 바닥으로 떨어졌다. 하나하나 고희산의 귀에 꽂히는 중대원들의 불안한 목소리. 꼼짝 못 하고 앉아 있는 고희산에게 소대장이 말했다.

"중대장님, 작전 회의가 있다고 합니다. 여기는 제가 확인할 테니 준비를…."

고희산이 힘없이 고개를 끄덕이고 일어섰다.

자신의 텐트로 돌아온 고희산은 혼자 남게 되자마자 오열하기 시작했다. 소리를 내지 않으려 모포로 얼굴을 감쌌지만, 울음소리가 텐트 밖으로 새어 나갔다. 정인주가 텐트 안으로 들어와 오열하는 그를 빤히 바라봤다.

"슬픈 거야?"

고희산이 금방이라도 욕을 내뱉을 것만 같은 표정으로 정인주를 쳐다봤다.

"전쟁통이잖아. 사람 죽어 나가는 건 당연한 거지."
"내 부하들은 안 돼."
"왜?"

정인주의 질문이 고희산의 입을 막아 버렸다.

"누가 죽어도 되고 누가 죽으면 안 되는데? 그길 누가 정하는데?"
"주둥이 안 다물어!"

고희산이 정인주에게 달려가 어깨춤을 부여잡지만, 아이의 맑은 눈빛에 더는 아무 말도 잇지 못했다.

"할머니가 이게 맞는 거래. 오늘 죽은 사람들, 원래 죽었어야 했는데 그동안 네가 못 죽게 틀어막고 있던 거래."

고희산은 아무 말도 하지 못했다. 그저 아직 떨어지지 못한 눈물을 눈에 담은 채 정인주 앞에서 무릎 꿇었다.

한편, 고희산의 텐트 근처에 모인 중대원들이 안에서 큰소리가 나자 수군거렸다.

"저 애는 왜 후송을 안 보내는 거야?"
"후송이야 둘째 치고 텐트 안에서 같이 재우는 게 더 이상하지 않아?"

마침 고희산이 부은 눈으로 텐트에서 나오자 근처에서 기다리던 한정출이 다가와 물었다.

"중대장님?"

고희산이 대답 없이 한정출을 바라봤다.

"정인주 후송 안 보내십니까?"

고희산이 대답하지 않고 밖에 있던 군화만 집어 텐트로 들어가 버리자 한정출은 결판을 짓겠다는 듯, 고희산을 따라 들어갔다.

"중대장님?"

고희산은 답하지 않고 더플백에 자신의 짐만 챙겼다.

"머리 위로 총알이 날아다니는데 왜 후송을 안 보내시냐고요!"
"내가 필요해서."

고희산이 그제야 짧게 대답했다.

"뭐라고요?"
"쟤 없으면 우리 다 죽어. 넌 절대 모르겠지만. 소대장!"

고희산의 부름에 신임 소대장이 텐트로 들어왔다.

"네. 중대장님."
"작전 회의 참석하고 올 테니까 중대원 전투 준비 상태로 대기하도록."

고희산은 신임 소대장이 대답하기도 전에 더플백을 챙겨 텐트 밖으로 나가 버렸다. 원하는 대답을 듣지 못한 한정출의 눈에 정인주가 들어왔다. 뭔가를 결심한 한정출이 다가가 정인주 앞에 한쪽 무릎을 꿇었다.

"인주야. 아저씨랑 어디 좀 가자."

고희산은 작전 회의실에 제일 늦게 도착했다. 경례하고 자리에 앉으려 했으나 의자가 남아 있지 않았다. 키득대는 다른 중대장들. 가장 크게 웃던 신 대위가 말했다.

"야, 여기 운 좋은 아저씨 의자 좀 갖다줘라."

신 대위는 항상 고희산을 고깝게 보던 지휘관이었다. 전투의 공으로 진급한 것이 아니라 운이 좋아 지휘관이 됐다는 게 그 이유였다. 고희산이 굳은 표정으로 의자에 앉자 신 대위가 눈을 부라리며 말했다.

"표정 풀어. 이 새꺄. 네 새끼만 죽었어? 그동안 다른 중대원 죽여서 살았으면 됐지."
"대대장님 오십니다!"

병사의 외침에 모두 기립했다. 고희산이 어두운 얼굴로 경례를 올렸다. 경례를 받은 대대장은 부하들을 치하하기 시작했다.

"오늘 작전간 다들 수고가 많았다. 우리 쪽 희생도 있었지만, 오늘 차지한 고지는 앞으로 중요 거점이 되어 적의 숨통을 조를 것이다."

고희산은 대대장 바로 앞에 앉은 신 대위의 가슴이 점점 벌어지는 것을 보았다.

"자, 이제 총공격이다. 미 공군 지원과 화력 지원으로 현재 일대에 있는 모든 고지를 동시다발적으로 공격하여 탈환한다. 어떤 출혈과 희생이 따르더라도 이 작전만큼은 성공해 낸다! 알겠나?"

고희산이 작전 회의를 마치고 자신의 텐트로 돌아와 한숨을 내쉬었다. 대대장의 명령이 다시금 머릿속에 울렸다. 총공격이라니. 고희산은 그 목소리를 밖으로 내보내고 싶은지 머리를 툭툭 치고 중얼거렸다.

"총공격…."

고희산이 시선을 침상으로 돌리는데 침상에서 정인주의 물건이 사라진 것을 알아차렸다. 고희산은 자리에서 벌떡 일어나 소리를 질렀다.

"정인주!"

아무 답이 없다. 소리를 듣고 텐트에서 나온 중대원을 보고 고희산이 물었다.

"정인주. 아니, 한정출 어디 있나?"
"아까 후방 후송로 쪽으로 가는 것 봤습니다."
"이 새끼가…!"

고희산이 욕을 내뱉으며 후송로로 달려갔다. 고희산은 후송로로 달리는 내내 정인주가 없으면 박시후가 다시 한국군 진지를 볼 수 있을지도 모른다는 생각에 사로잡혔다. 그 때문에 숨이 턱 끝까지 찼지만, 발은 멈출 수가 없었다. 후방 경계 병사가 코앞으로 다가온 고희산에게 경례를 했다.

"멸공!"
"한정출 어디 갔어?"
"한정출 상병, 아이랑 잠깐 나갔다 온다고…"

고희산이 병사가 말을 끝내기도 전에 뺨을 후려친다. 바닥에 쓰러진 병사.

"경계병이 진지 밖으로 사람을 내보내! 제정신이야?"

고희산이 병사의 소총을 집어 들고 진지 밖으로 나와 한정출의 발자국을 따라 추격하기 시작했다.

이미 야산으로 들어온 한정출은 정인주의 손목을 잡고 빠르게 움직이려 했지만, 정인주는 길이 아닌 땅을 걷기가 어려운지 한정출의 손을 잡고 비틀비틀 걸었다. 정인주가 겨우겨우 한정출의 발을 따라가며 말했다.

"나 저기서 나오면 안 되는데."
"아저씨랑 같이 본대로 가자. 여긴 위험해서 안 돼."
"너희 다 죽는데…."

한정출은 정인주가 뭐라고 하는지 신경 쓰지 않고 갈 길을 재촉했다. 그때, 등 뒤에서 들리는 고희산의 목소리.

"한정출!"

한정출은 나무숲 사이에서 들리는 고희산의 외침에 깜짝 놀라 멈췄다가 곧바로 정인주의 손을 잡고 뛰기 시작했다.

발자국을 따라왔지만, 야산에서 방향을 잃었던 고희산은 뛰느라 커져 버린 한정출의 발소리를 잡아냈다. 발소리가 들리는 방향으로 추격하다 보니 고희산의 눈에 저 멀리 한정출이 보였다.

"한정출!"

아까보다 가까워진 고희산의 목소리에 한정출이 뒤를 돌아보자 무서운 속도로 달려오는 고희산이 보였다. 한정출은 총과 짐을 버리고 정인주를 안은 채로 달리기 시작했다. 필사적으로 달리는 한정출의 모습이 조금씩 멀어지자 고희산은 소총을 들어 하늘에 쐈다. '탕!' 총소리에 한정출이 잠시 주춤했지만, 곧 더욱 빠른 속도로 달렸다.

죽을힘을 다해 달리는 한정출을 따라잡지 못하는 고희산이 이번에는 하늘에 뒀던 총구를 내려 상대의 등을 조준했다.

"한정출! 멈추지 않으면 발포한다!"

고희산의 경고에도 한정출은 더욱 빨리 달렸다. 고희산은 가늠자에 눈을 넣고 호흡을 정리하려 했지만, 총구가 떨리는 것은 멈출 수가 없었다. 가장 아끼던 부하다. 항상 담배를 나눠 피우고 언젠가 딸을 보게 해 주겠다고 약속했던 동생이다. 하지만 정인주가 없다면 고희산의 중대원 전원이 죽을지도 모른다. 고희산은 겨우 검지를 방아쇠에 올리고 숨을 헐떡였다.

그때, 고희산 뒤를 따라온 소대장과 병사 몇 명이 뒤에서 소리쳤다.

"중대장님 안 됩니다!"

'탕!'

고희산이 쏜 총에 한정출이 팔을 맞고 고꾸라졌다.

"윽!"

한정출은 넘어지면서도 정인주를 감싸 안아 다치지 않게 만들었다. 엷게 신음하는 한정출에게 달려온 고희산이 정인주를 빼앗았다. 뒤

쫓아온 신임 소대장이 피 흘리는 한정출을 지혈하고 붕대를 감았다.

얼마 후, 고희산이 정인주를 안고 진지로 돌아왔고 그 뒤로 총상을 입은 한정출을 중대원들이 부축해 돌아왔다. 상황파악이 되지 않은 중대원들이 다가와 물었다.

"무슨 일입니까?"
"전투라도 있었습니까?"

한정출을 부축하던 신임 소대장이 힘겹게 입을 열었다.

"중대장님이 정출이를 쐈다."
"네? 중대장님이 왜…?"

고희산은 웅성거리는 부하들이 짜증 났는지 정인주를 내려놓고 소리쳤다.

"탈영이다. 탈영병은 즉결 처분이 가능한 것 모르나?"
"탈영? 내가 저 애를 구한 거지!"

한정출의 일갈에 중대원들은 불신의 눈으로 고희산과 정인주를 번갈아 봤다. 그동안 알 수 없는 고희산의 행동과 말들이 오해의 불씨를 키운 것이다.

"몇 번을 말했잖아. 후송시켜야 한다고. 전쟁 한복판에 여자애가 필요하다는 개소리나 하고!"

중대원들이 한정출에 동조해 한마디씩 거들기 시작했다. 급기야 욕설이 오가고 부하들의 눈에는 혐오와 불신이 가득해져서 분위기는 걷잡을 수 없이 험악해졌다.

"내가!"

고희산이 폭발한 듯 소리치자, 주변이 조용해졌다. 주춤거리던 고희산이 결심을 한 듯 말을 쏟아 냈다.

"내가 너희 병신 같은 새끼들 살려 내려고 얼마나 개고생을 한 줄 알아? 돌아가서 한 새끼 살려 내면 다른 새끼가 죽고. 그 새끼를 살려 내면 또 다른 새끼가 죽고. 너희는 아무것도 모르겠지. 너희가 내 부하라는 이유로! 너희를 살리려고! 난 그 지옥 같은 전투에 30번 넘게 돌아간 적도 있어!"

고희산의 말이 끝나자 중대원들은 혼란스러운 표정으로 서로를 바라봤다. 도대체 무슨 말을 하는 것인지. 중대원은 절대 이해할 수 없는 이야기. 멍한 중대원들에게 고희산이 욕을 뱉으며 자신의 텐트로 돌아갔다.

"은혜도 모르는 새끼들."

07

"총상? 교전이 있었나?"
"그게…."
"소대장. 정확히 보고하라. 교전이 있었나?"
"고희산 대위가 한정출 상병을 쐈습니다."

신임 소대장은 낮에 있었던 사건을 본부에 무선으로 전달했다. 자신도 지휘관으로서의 의무가 있기에 신임 소대장은 그간의 이상했던 점과 의문점을 상세히 보고했다.

신임 소대장의 보고는 곧바로 대대장에게 정식 보고서로 올라가게 되었다. 이후 고희산의 군 복무 적합 여부 확인을 위한 정신감정이 열리기까지 그리 오랜 시간이 걸리지 않았다.

정신감정을 시작한 군의관은 같은 전투로 계속해서 돌아갔다는 고희산의 외침이 무슨 뜻이냐고 여러 번 물었지만 그는 전혀 답을 하지 않았다. 결국, 고희산은 정신분열 판정을 받고 직위 해제되었지만, 그렇게 빠른 판정을 받은 데는 항상 고희산을 싫어했던 신 대위가 힘을 쓴 것이 분명했다.

고희산이 직위 해제를 명 받은 날, 진지 후방에는 보급차가 들어와 중대원들이 부지런히 보급품을 내리고 한정출을 화물칸으로 올려줬다. 고희산이 정인주의 손을 잡고 데려와 후송차 앞에서 놓아줬다. 정인주가 차량으로 걸어가다가 고개를 돌려 고희산에게 말했다.

"피 그만 흘려. 이제 너희 둘 다 죽을지도 몰라. 살고 싶으면 그만해."

고희산은 대답도 없고 고개도 끄덕이지 않았다. 병사들의 도움을 받아 정인주가 후송차에 올라탔다. 한정출이 정인주를 자신의 무릎에 앉혔다. 한정출은 고희산을 노려보지만 고희산은 떠나는 차를 멍하니 바라만 봤다.

결국, 신 대위가 고희산의 중대를 집어삼켰다. 직위 해제된 고희산은 신 대위의 중대장 취임식에 늘어선 병사들 사이에 서 있었다.

"불미스러운 일이 있어 새로 부임했지만! 나 역시 중대원을 아끼는 마음은 어느 지휘관보다 강하다!"

신 대위의 연설 뒤로 고희산 근처 병사가 중얼거리는 게 들렸다.

"소문 들었어? 별명이 장기 말이래. 부하를 장기 말처럼 막 움직여서."

"어휴. 차라리 전 중대장님이 계신 게 더 낫겠다."

신 대위는 수군거리는 소리가 거슬리는지 인상을 구기고 소리쳤다.

"이제 곧! 인민군 진지를 향한 총공격이 시작된다! 마지막 전투라고 생각하고 임하도록! 알았나?"
"네!"
"해산!"

중대원들이 각자 텐트로 돌아가는 사이, 신임 소대장이 신 대위에게 다가와 물었다.

"고희산 대위 후송은 어떻게 진행되는 겁니까?"
"대위는 무슨. 인원도 없으니까 일단 전투 투입하고 공격 끝나면 후송시켜."
"네."

신임 소대장이 짧게 대답하고 돌아서니 병사용 텐트로 돌아가는 고희산이 모습이 보였다.

고희산이 병사 천막에서 나와 잡담하는 경계 근무자를 확인하고 진지를 빠져나갔다. 박시후를 만나던 공터로 걸어가는 고희산의 발은 무거웠다. 혹시 박시후는 그사이 한 번쯤은 공터에 나왔을까. 아니면 박시후가 볼 수 있게 공터에 글을 남겨야 했을까.

　공터에 다다른 고희산이 자신도 모르게 발소리를 죽여서 걷기 시작했다. 공터에 앉아 있는 박시후의 뒷모습을 본 고희산은 속주머니에서 아직 반납하지 않은 장교용 권총을 꺼냈다. 고희산이 요동치는 심장을 잡고 천천히 다가가다가 자신이 준 악보를 보고 종이 건반을 누르는 박시후를 봤다. 순간, 다리에 힘이 풀려 주저앉아 버렸다. 박시후가 고개를 돌려 주저앉은 고희산과 손에 쥔 권총을 보고 다시 종이 건반을 눌렀다.

　"왜 쏘지 않았나. 다 끝낼 수 있었는데."

　고희산이 권총을 던져 버리며 답했다.

　"형도 쏠 수 있었잖아."
　"무슨 일이 있던 거이가?"
　"우리 능력을 못 쓰게 만드는 무당이 있었어."
　"어쩐지."
　"덕분에 난 지휘권도 박탈당하고 후송돼서 재판을 받아야 할 게요. 그리고 우리가 능력을 더 사용하면 죽을 거래요."

　박시후가 종이 건반을 누르던 손을 멈췄다.

"형. 곧 총공격이 있을 거야."

"기래?"

"이번에는 형이라도 못 이겨. 미 공군 폭격 지원에 지상군 지원까지 있을 거야. 한 번에 밀어 버릴 생각인가 봐."

"잘됐구만기래…."

"잘됐다니?"

박시후가 대답 없이 누르던 종이 건반을 찢어 버렸다. 그리고 주머니에서 고희산에게 받았던 손수건을 꺼내 던져 줬다. 손수건에는 수면제가 그대로 들어 있었다.

"너도 이제 푹 자라. 내래 이제 지겨워서 못하겠다. 다 끝내고 좀 쉬고 싶다."

고희산은 떠나는 박시후에게 뭐라 하고 싶은지 입술을 움찔거리지만, 소리를 내지는 못했다. 고희산이 뒤도 돌아보지 않고 가는 박시후를 보고 눈물 흘렸다. 여태까지 뭘 했던 걸까. 정말 그사이에 휴전이 되어 버려서 박시후를 형이라 부를 수 있는 날이 올 것으로 생각했던 걸까.

다음 날, 총공격 선발대가 한국군 진지를 나섰다. 고희산은 병사의 신분으로 공격 중견에 포함되었다. 다른 중대원들은 선봉에 나서는 동료들을 배웅하지만 고희산은 선발대가 떠나는 뒷모습을 바라보며 중얼거렸다.

"다 죽겠구나."

하지만 반나절 뒤, 텐트에서 대기 중이던 고희산의 귀에 환호 소리가 들렸다. 밖으로 나온 고희산이 승리에 잔뜩 들떠 소리를 지르는 중대원들을 보고 인상을 썼다. 그럴 리 없다. 승리할 리가 없다. 박시후가 인민군에 있는 이상, 한국군은 승리할 수가 없다. 고희산이 돌아온 선봉대에게 달려가 물었다.

"진지를 탈환했나?"
"탈환만 했겠습니까? 박시후까지 죽였지!"
"빨갱이 새끼들 전부 마지막 고지로 숨었습니다!"

박시후가 사살되었다는 말에 고희산은 얼어붙었다. 신 대위가 연설을 위해 정렬하라고 소리를 질렀지만 고희산은 텐트로 달려갔다. 고희산이 자신의 군장을 풀어 헤쳤다.

미래를 보는 박시후가 죽을 리 없다. 적군에게 사살당할 리 없고 사살당할 수 없는 사람이다. 가능성은 딱 하나. 스스로 죽음을 선택한 것이다. 지겨워서 더는 못하겠다는 박시후의 말은 그런 뜻이었을까. 고희산이 손수건에 담긴 수면제를 겨우 찾아냈다.

수면제를 먹으려던 고희산이 잠시 동작을 멈췄다. 더 능력을 쓰다가는 죽을지도 모른다는 정인주의 목소리가 귀를 스쳤다. 하지만 이내 고희산은 수면제 4알을 모두 입안에 털어 넣었다. 겨우 약을 삼켜낸 고희산은 앞으로 쓰러졌다. 정신이 멀어지는 고희산의 코에서 모포를 적실 정도의 피가 흘러나왔다.

힘겹게 눈을 뜬 고희산이 시간을 확인했다. 선발대가 출발하는 날 새벽으로 돌아왔다. 아직 모두 잠든 시각, 고희산은 비틀거리며 진지를 빠져나갔다. 공터로 가는 숲길을 달리는 고희산의 눈에 눈물이 맺혀 흐르고 코에서는 출혈이 시작됐다.

"안 돼. 형."

고희산이 눈과 코를 닦아 내는 바람에 고희산의 얼굴은 눈물과 피로 얼룩졌다. 시간을 돌리며 얼굴이 지워진 것일까. 박시후의 얼굴이 생각나지 않았다. 어지러운 시 비틀거리던 고희산은 몇 번씩이니 땅에 처박히지만 계속해서 일어나 마침내 공터에 도착했다.

"형!"

아무런 대답도 없는 공터. 공터를 둘러싼 숲을 쳐다보지만, 인기척은 전혀 없었다. 고희산이 공터에 주저앉아 바닥을 긁으며 글씨를 써 내려 갔다.

'형, 오늘 죽으려는 것 다 알아요. 죽지 마시오. 전쟁이 곧 끝난다고 해요. 그 무당이 그랬어. 내 부탁 한 번만 들어줘요. 오늘 전투에서 어떻게든 이탈해서 남쪽으로 오시오. 그리고 꼭 나를 찾아와 줘요. 한 번이라도 좋아. 형 얼굴이 지워진 것 같아. 그러니까 먼저 형이라고 말해 줘요. 꼭 다시 봅시다.'

고희산이 피 나는 손을 붙들고 한국군 진지로 돌아왔다. 경계병이 어떻게 나갔는지 고희산에게 캐물었지만, 경계 실패를 숨기기 위해 고희산을 진지 안으로 들였다. 진지로 돌아온 고희산은 시계를 확인하며 출발한 선발대가 돌아오기만을 기다렸다.

"와!"

중대원들의 환호 소리가 들리자마자 고희산이 뛰어와 병사들을 잡고 물었다.

"어떻게 됐나?"
"진지 탈환 성공입니다!"
"지휘관은? 박시후는 사살했나."
"놓쳤습니다. 마지막 고지로 숨었겠지. 이제 다 끝이야."

박시후를 놓쳤다는 말에 고희산은 안도의 한숨을 내쉬었다. 살아 있을까. 공터를 확인한 것일까. 고희산의 머릿속에는 확인할 수 없는 질문만 가득했다.

"주목!"

신 대위가 지프 위에 올라가 목소리를 높였다.

"마침내 마지막 진지를 탈환했다! 이제 내일! 남은 잔당 처리를 위해 마지막 고지를 공격한다!"

공을 세워 신이 난 신 대위가 혼자 소리를 질러 댔지만 고희산의 눈에는 트럭에 실려 오는 부하의 시체만 보였다. 도대체 얼마나 죽은 걸까. 신 대위 눈에는 저 시신들이 보이지 않는 것일까. 고희산은 신 대위를 쳐다봤지만, 승리에 취해 대대장에게 보고하는 모습에 고개를 돌려 버렸다.

다음 날, 한국군 대대가 인민군이 마지막으로 몰린 고지의 밑으로 집결했다. 고희산도 소총을 들고 자신을 따르던 중대원 사이에 함께 대기했다. 벼랑 끝까지 밀린 인민군의 격렬한 저항 때문에 미 공군이 폭격을 취소했다는 소식이 들려왔다. 엎친 데 덮친 격으로 고지가 높고 험해 박격포 공격도 도움을 줄 수 없다는 소식까지.

"이에 우리 중대는! 대대 중 가장 앞장서서 본 고지를 점령한다! 여기까지 와서 다른 중대에게 공을 빼앗길 수 없다! 오 분 뒤! 마지막

포격이 끝나면 일제 돌격한다!"

신 대위가 고래고래 소리를 지르지만, 병사들은 불안에 떨 뿐 어제의 사기 오른 모습은 어디에도 없었다. 항공기의 폭격 지원과 지상군 포격 지원도 없는 고지를 탈환해야 하는 일이 어떤 의미인지 병사들은 누구보다 잘 알고 있었다.

박시후는 전장을 이탈했을까. 아니면 저 고지에 숨어 있을까. 고지를 올라가다가 내가 보이면 박시후는 방아쇠를 당길까. 박시후 생각에 멍하니 땅만 보던 고희산이 고개를 들자 병사 한 명이 덜덜 떠는 것이 보였다.

"중대장님, 저 한 번만 더 구해 주세요."

텐트에서 고희산을 찬양하던 병사였다.

"전에 구해 주셨던 것처럼 한 번만, 한 번만 더 구해 주세요."

고희산은 고개를 숙이고 아무런 대답도 하지 못했다. 그는 이제 시간을 돌릴 수 없다. 부하들의 목숨을 구하기는커녕 자신의 목숨을 걱정해야 하는 처지가 되어 버린 것이다. 고지에 조금씩 폭발음이 잦아들었다. 그리고 고요해진 고지. 아직 포탄의 연기가 걷히지 않았다. 이내 신 대위가 중대원에게 소리를 질렀다.

"중대! 약진 앞으로!"

신 대위의 명령에 몇 명의 병사가 참호를 뛰어나갔지만, 연기에 감춰져 있던 인민군의 기관총이 불을 뿜고 달려가던 병사들이 고꾸라졌다. 곧이어 인민군의 화력이 대기 중인 중대의 참호에 집중됐다. 찢어지는 비명과 총소리에 중대원들은 아무도 참호 밖으로 나가지 못했다.

"이 새끼들아! 돌격하라고!"

신 대위가 부하들에게 권총을 들이밀며 소리 질렀지만, 중대원들은 꼼짝도 하지 못했다. 그사이, 고희산이 홀로 소총을 들고 달려 나갔다. 하지만 중대원 모두 그를 바라만 볼 뿐 아무도 따라나서지 않았다. 날카로운 총소리가 고희산의 귀를 스치고 고희산의 발자국 좌우로 총알이 꽂혔다. 스무 걸음쯤 움직였을까. 고희산은 숨이 막히기 시작하는 것을 느꼈다. 그리고 '쾅!' 고희산 앞에서 폭탄이 터졌다. 고희산이 충격에 뒤로 튕겨 나갔다. 고희산의 귀에 이명 소리만 울릴 뿐 몸에 아무런 감각도 느껴지지 않았다. 몸도 일으켜지지 않았다. 아니, 몸을 일으킨다는 느낌이 무엇인지 기억이 나지 않았다. 그때, 누군가 고희산의 전투복을 끌어 올리며 일으켜 세웠다.

"중대장님! 일어나십쇼, 중대장님!"

고희산의 눈앞이 조금씩 맑아지면서 병사의 얼굴이 보였다. 살려 달라고 애원하던 병사가 고희산을 따라와 그를 잡아 일으킨 것이다.

"중대장님! 정신 차리십시오."

'쾅!'

폭발음에 병사가 구석에 처박히고 이번에는 고희산이 비틀거리며 병사에게 다가가 일으켜 세웠다.

"일어나! 앞으로 가야 산다. 빨리!"

고희산의 다그침에 쓰러진 병사도 일어나 고지를 오르기 시작했다. 다른 중대원도 참호 밖으로 나와 고지를 오르기 시작했다. 그리고 피가 낭자하는 치열한 전투가 시작됐다. 인민군의 격렬한 저항에도 한국군은 차근차근 고지를 점했다.

"가만히 있으면 죽는다! 일어나! 뛰어야 살 수 있다!"

고희산이 뒤처진 부하들을 독려하며 고지를 올랐다. 몇 번씩이나 땅에 처박혔지만, 발을 멈추지 않았다. 박시후에게 자신의 모습을 보여 주고 싶었다. 그러면서 꼭 말해 주고 싶었다. 난 살아 있다고. 당신도 죽지 말고 언젠가 죽지 않은 나를 보러 오라고.

과거로 돌아갈 수 있었던 고희산에게는 마지막이 없었다. 그리고 처음 만난 마지막이라는 공포가 고희산을 짓눌렀지만, 그는 자신의 뒤를 따르며 조금씩 고지 정상에 다가가는 중대원들을 보고 발을 멈출 수 없었다.

해가 지기 직전, 한국군은 일몰 때문에 샛노랗게 변한 고지를 점령했다. 고희산은 온몸에 힘이 빠진 채로 인민군 참호 이곳저곳을 다니며 시체를 하나하나 확인했다. 박시후를 찾는 것이다. 고희산이 곧 자신의 행동이 쓸모없다는 것을 깨달았다. 이제 고희산은 박시후의 얼굴을 모른다. 박시후와 함께한 기억은 있지만, 얼굴은 영원히 기억나지 않을 것이다.

고희산이 방향을 바꿔 고지를 내려갔다. 자신의 부하였던 중대원들이 쓰러져 있었다. 아무 일 없이 고향으로 보내 주겠다는 약속을 지키지 못한 고희산. 그의 얼굴에는 죄책감이 가득했다. 고희산의 얼굴이 죽은 자신의 부하들을 볼 때마다 일그러졌다. 폭발에 쓰러진 자신을 일으켰던 병사의 시신을 발견한 고희산이 그 자리에 무너져서 오열했다. 일몰이 산을 넘어가다 말고 고희산을 안아 줬지만, 눈물은 멈추지 않았다.

08

깨끗한 군복을 차려입은 고희산이 군 판사 앞에 앉아 판결을 기다렸다. 젊은 군 판사는 표정 없이 자신의 앞에 앉아 있는 병사를 보다가 서류로 눈을 돌렸다.

"판결한다. 부하 병사의 탈영 시도 정황이 있었지만, 추격 후 체포하지 않고 발포부터 했다는 점과 민간인과 진지 내 민간인 거주를 허용한 바, 이는 강력히 처벌해야 마땅하다. 하지만 지휘관으로서 주요 전투의 승리를 이끈 피고인의 공을 고려하여 다른 처벌은 하지 않고 즉각 전역을 명령한다. 이상."

고희산이 판결에 대해 어떠한 반응도 보이지 않고 멍하니 바닥만 바라봤다. 고희산은 그 길로 고향으로 돌아갔다. 가끔 시내에서 들리는 큰 소리에 깜짝 놀라 엄폐물을 찾았던 것 말고는 특별한 것 없는 귀향길이었다.

그는 자신의 동생과 전쟁으로 무너진 마을을 재건하는 일을 시작했다. 일은 힘들었지만, 동작이 굼뜨다고 구박을 받는 것이 총알이 날아다니는 전쟁터에 있는 것보다는 좋다고 생각했다.

어느 날, 일을 마치고 장터에서 국밥을 삼키던 그에게 동생이 달려왔다.

"형, 전쟁이 끝났대. 휴전을 했다나 봐."

동생 뒤로 전쟁이 끝났다며 소리를 지르는 사람들이 보였다. 멍하니 행렬을 바라보던 고희산은 어이없다는 듯 혼자 중얼거렸다.

"하, 만신 말이 맞았네."

고희산이 저녁 식사를 마치고 장터를 빠져나오는데 건물 벽에 붙은 구인광고가 보였다. '소학교 음악 교사 구함' 머릿속에 박시후의 종이 건반이 지나갔다. 이제 얼굴도 기억나지 않고 생사도 모르는 사람. 박시후의 얼굴 대신 종이 건반만 기억났다. 고희산은 한동안 벽보에서 눈을 떼지 못했다.

35년 뒤, 흰머리가 성성한 고희산이 교무실 거울을 앞에 두고 옷매무새를 만졌다. 젊은 교사 한 명이 다가와 어깨에서 먼지를 떼 주고 말했다.

"선생님, 늦기 전에 가셔야죠."
"그래. 가야지."

고희산은 젊은 교사와 함께 천천히 복도를 나섰다. 조금 뒤 강당에 들어선 고희산이 기다리고 있던 선생님들에게 눈인사하며 단상에 올라갔다. 고희산의 옆에는 함께 정년 퇴임을 앞둔 교사들이 서 있었다. 시간을 확인한 교장이 행사를 시작했다. 행사가 진행되는 와중에도 고희산은 덤덤한 얼굴을 하고 무언가 생각에 빠진 듯 보였다.

"마지막으로 학생들의 헌화가 있겠습니다."

학생들이 동료 교사와 고희산에게 다가와 꽃다발을 선물했다. 그 사이, 쓸쓸하게 웃고 있는 고희산과 교장이 눈을 마주쳤다. 행사가 끝나고 고희산은 자신이 가르치던 교실 복도를 교장과 함께 걸었다.

"시원섭섭하지?"
"뭐, 두목님 잘 만나서 교사 생활 편하게 했지."

고희산의 대답에 교장이 입꼬리가 올라가고 고희산도 미소 지었다. 몇 걸음 앞장서던 교장이 교실 문을 열고 들어가자 고희산도 따라 들어갔다.

"교실에는 왜?"
"마지막으로 보고 가라고."

고희산이 교실 책상을 하나씩 쓰다듬으며 맨 뒤로 가 의자에 앉았다. 교장이 의자에 앉은 고희산을 보고 오른간 의자를 빼서 앉았다.

"뭐 해?"

교장은 고희산의 물음에 답하지 않고 오르간을 열어 손가락을 풀었다. 그리고 건반을 누르기 시작하는데 치는 음악은 '오빠 생각'이었다. 음계 몇 개를 들은 고희산의 입이 벌어졌다. 연주를 마친 교장이 고개를 돌려 고희산의 꼴을 보고 피식 웃었다.

고희산의 주름진 눈에 눈물이 차오르기 시작했다. 얼굴이 기억나지 않는 사람과의 또렷한 추억이 머릿속에 스쳐 지나갔다. 그리고 눈앞 노인의 얼굴이 젊은 박시후의 얼굴로 보였다.

박시후가 입을 열었다.

"어때? 내래 안 잊어버렸디?"

과학 스토리
단편선

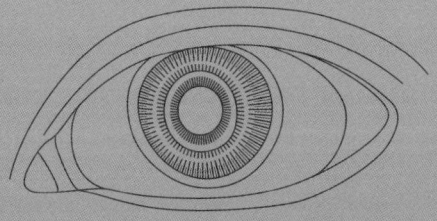

**TM레기,
끝나지 않는 일**
원희재

우수상

원희재

일반소설과 SF, 판타지소설, 동화를 쓰고 있다. 하이텔 문학상에 장편소설이 당선되었고 판타지소설 단편집 《윈드 드리머》에 〈텅 빈 눈동자〉가 수록되었다. 〈트리라인의 타미륜〉으로 제1회 미니픽션 신인상을 수상했고 제7회 과학소재 장르문학 단편소설 공모전에서 '우수상'을 받았다.

01

언제나 나는 내 자신이 진화한 인간이라고 느꼈다. 어떤 상황에서든 사람들의 마음을 이해했고, 자연을 사랑했다. 운전을 하면서 돌아오는 길에 바라본 나무의 색이, 하늘에 떠 있는 구름이, 지나가는 아이들이 생명의 빛을 발하며 스스로 자신만의 아름다움을 드러내고 있었다. 나는 정말 아무렇지도 않았다. 내가 신(神)이라도 되었나? 내가 진화하지 않은 인간이라면 나 스스로가 헌신짝처럼 느껴졌을지도 모른다. 하지만 남편의 바람을 내 눈으로 목격한 순간에도 내 존재가 여전히 고귀하게 느껴졌고, 또 아름답다고 생각했다. 무엇보다도 세상이 멋지다는 느낌이 들었다. 원래 있던 곳과는 다른 차원,

세상과는 동떨어진 조금 더 빛나는 세계에 내가 잘 도착했다는 느낌이 들었다. 비로소 말이다. 그래서 마음이 홀가분했다.

집에 돌아와 청소를 했다. 정리를 따로 할 필요는 없었다. 언제나 정리 정돈이 잘되어 있는 집, 어지르는 사람도 없었다. 모든 사물들은 다 제자리에 있었다. 아이가 없기에 가능한 일이라고 할지도 모르지만 남편도 정리벽이 있는 사람이었다. 그런 점에서 우린 잘 맞았다. 청소기를 돌리고 걸레질을 했다. 하루도 빠지지 않고 하는 청소, 그저 하루 일과 중의 하나라고 말하기엔 뭔가 더 특별한 것이 있었다. 나는 언제나 종교 의식을 치르듯 정성 들여 청소했다. 아주 투명한 유리창, 깔끔한 주방, 행주와 구분이 안가는 걸레. 나는 이 집안의 모든 공간, 사물들, 심지어 공기까지 지배하고 있었다. 조금의 흐트러짐도 용납할 수 없었다. 네 시간에 걸친 청소 의식이 끝나자 요리를 시작했다. 밑반찬을 만들어 놓고, 찌개거리를 준비했다. 남편은 깔끔한 일본 가정식 백반을 좋아한다. 남편은 어려서 일본에서 자랐다고 했다. 그 영향인 것 같았다. 인간들은 어려서 먹은 음식을 그리워하기 마련이다.

나는 요즘 '인간'에 대해서 연구하고 있다. 연구는 거창하지 않다. 도서관에 가서 남편 대출카드로 책들을 빌려 본다. 무슨 책이 좋은지 알 수 없지만 그냥 깨끗한 신간 서적 코너에서 마음에 드는 제목의 책을 골라 온다. 아무리 훌륭한 책이어도 헌책은 싫다. 나는 깨끗한 책들을 읽고, TV 드라마를 본다. 그리고 내가 읽고 본 세상의 모든 캐릭터들에 대해 짧게나마 분석하고 기록한다. 간혹 이해하기 힘든 캐릭터들도 있지만, 아니 상당히 많지만, 인내심을 갖고 그들을 관찰하고 이해하려고 노력한다.

저녁 준비를 다 마쳤을 때 남편은 내게 문자 메시지를 전송했다.

오늘 저녁 늦어. 먼저 자.

사랑해, 너의 남편이.

남편은 어떤 문자든 간에 마지막엔 꼭 '사랑해, 너의 남편이.'라고 덧붙인다. 어쩌면 처음부터 자동 설정해 놓은 문구인지도 모른다. 하지만 어쨌든 기분은 좋다. 남편이 요즘 바람을 피우고 있긴 하지만, 그런 건 그다지 중요하지가 않다. 그가 나에게 사랑한다고 말해주는 것이 중요하고 나의 남편이라는 사실이 중요하다. 그리고 무엇보다도 이 집을 내가 관리하고 지배하고 있다는 것이 나에겐 한없이 중요한 사실이다. 내게 무슨 문제가 생길 때면 남편이 모두 해결해 준다는 것 역시 중요하다. 하지만 나에게 어떤 문제가 있었는지는 이상하게도 기억이 나지 않는다. 집안일을 완벽히 끝낸 후 나는 더 이상 할 일이 없다는 것을 느꼈다. 물론 찾아보면 많을 것이다. 먼지는 계속 내려앉을 것이니 계속 먼지를 찾아가며 닦을 수도 있었고, 베란다 청소를 할 수도 있었다. 하지만 베란다 청소는 이 주에 한 번만 하도록 설정되어 있었다. 화장실 청소를 일주일에 두 번만 하는 것처럼.

나는 거울 앞에 섰다. 내게서 예쁘지 않은 구석을 발견하기란 쉽지 않다. 적당히 큰 두 눈과 예쁘게 자리 잡고 있는 콧날, 도톰한 아랫입술, 길고 단아한 목선, 넓지도 좁지도 않은 양 어깨, 적당한 크기의 가슴, 쭉 뻗은 곧은 다리 등 나는 어떻게 보면 완벽한 외모를 지니고 있었다. 그런데 남편은 이런 나를 두고 바람을 피우기 시작했다. 그것도 별로 보잘것없어 보이는 인턴 사원과 말이다. 아마도 길게 가지는 않을 것이다. 언뜻 본 그 여자애는 낮은 콧날, 쌍꺼풀 없는 밋밋한 눈, 납작한 가슴을 갖고 있었다. 사랑의 감정이라기보다는 성형수술비를 마련하고 싶어 남편과 사귀는 건지도 모른다. 기분이 하나도 나쁘지 않다. 만약 내가 드라마에 나오는 주인공 여자였다면 남편에게 복수를 했을지도 모르고, 심각한 우울증에 걸렸을지도 모른다. 최소한 남편과 말다툼 정도는 했어야 하는 거다. 그러나 나는 그러고 싶은 마음이 조금도 들지 않았다. 남편이 딴 여자애와 만난다는 사실을 알았음에도 불구하고 조금의 감정 변화도 일어나지 않았다. 난 남편의 모든 고민을 들어 주는 영혼의 반려자였으며, 이 집안을 관리하고 있는 단 하나밖에 없는 소중한 존재였다. 나는 스스로에 대한 자부심이 굉장히 컸다. 그러니 그런 자잘한 연애나 바람 같은 것에 영향 받지 않는 건지도 모른다. 난 진화한 인간인지도 모른다. 고도로 진화된 인간은 감정의 요동이 별로 없다. 언제나 평화를 유지할 수 있게 마인드 컨트롤이 가능하다. 나와 남편 사이에 누가 끼어들든 우리의 견고한 관계는 허물어지지 않는다는 강한 믿음이 있다. 그래서 아무렇지도 않다. 정말로 그렇다.

나는 소파에 누워서 베란다 창문 너머 하늘을 바라보았다. 내가 좋아하는 몇 안 되는 순간 중 하나다. 집안일을 완벽히 마친 후 아주 깨끗한 소파에 누워 베란다 창문 너머 하늘을 바라보는 일. 마음에 평화가 깃든다. 흘러가는 구름을 보며 나도 두둥실 흘러가고 있다는 생각이 든다. 나는 어디에서 와서 어디로 가는 걸까. 나는 누구이며 어떤 의미를 지니는가. 나는 어떻게 죽음을 맞이하게 될까. 이런 근원적인 질문이 하나둘씩 떠오르다 구름처럼 흘러가곤 했다. 영원히 이 순간이 지속되어도 좋을 만큼 나는 소파 위의 시간을 아주 좋아했다. 그다음으로 좋아하는 순간은 남편과 잠자리를 한 후 샤워를 하고 누울 때였다. 그건 마치 내가 집안일을 완벽히 끝낸 후 소파 위에 누울 때와 비슷한 느낌을 주곤 했다. 가끔 나는 새벽에 일어나 남편이 원하는 행동을 할 때가 있다. 남편의 의식과 기분은 언제나 나에게 전달되어 남편이 언제 어느 때 어떤 걸 원하는지 완벽히 알 수 있다. 우리에겐 드라마 속에 나오는 갈등이나 싸움 같은 건 존재하지 않는다. 아마도 남편이 어린 인턴 사원과 바람을 피우는 이유는 갈등이나 싸움, 감정의 뒤틀림, 비극적인 결말, 금기에 대한 욕망, 낭떠러지를 향한 질주, 어둠에 대한 갈망, 뭐 이런 것을 조금이라도 맛보고 싶어서가 아닐까. 인간들이란 100% 이상형인 상대가 있다고 해도 시간이 지나면서 만족하지 못하는 종족들이니깐. 아무리 멋지고 괜찮아 보여도 남편은 한갓 그렇고 그런 인간에 지나지 않았다. 나는 남편을 하나의 인간으로 이해했다.

소파에서 일어나 산책을 하기로 했다. 바람이 선선하게 불어왔다. 나도 모르게 놀이터로 발걸음이 옮겨졌다. 놀이터에 나가면 미수를 만날 수 있을지도 몰랐다. 그녀는 이 동네에서 말이 제일 잘 통하는 상대였다. 놀이터엔 아이들이 별로 많지 않았다. 미수가 돌보는 유리는 보이지 않았다. 당연히 미수도 없었다. 미수를 처음 만났던 날을 잊을 수가 없다. 그녀가 먼저 내게 말을 걸었다.

"그냥 왠지 낯이 익어서요."

나는 그녀를 쳐다보았고 그녀도 날 쳐다보았다. 우리가 서로 눈을 마주치는 순간 푸른빛 섬광 같은 것이 우리 사이에 빛났다. 물론 아무도 그걸 알아본 사람은 없었다.

"같은 계열이죠, 우린."

내가 말했다.

"난 113동 706호 가사 도우미예요. 당신은요?"

"난 116동 507호에 살아요."

"하는 일은?"

"그냥 주부예요."

"결혼한 건가요?"

"네."

"그렇구나, 어쩐지."

"요즘 유행이잖아요, 그런 거."

"나 때만 해도 결혼까지는 아니었지요. 운이 좋군요."

"하지만 뭐 꼭 운이 좋다고는 말 못 하겠어요. 그냥 다만, 조금 더 안전해진 것 같아요."

"아니, 내 생각은 달라요. 행복하긴 하겠지만 좀 더 위험해진 걸지도 몰라요."

"왜 그렇게 생각하죠?"

"인간의 마음이란 쉽게 변하더라고요. 만약 내게 도움을 청할 일이 있다면 여기로 연락해요."

그녀가 자신의 휴대폰을 꺼내 보여 줬다. 우린 첫날 서로의 휴대폰 번호를 교환했다. 나는 남편에게 미수에 대해서 말할까 하다가 그만두었다. 내 삶에 있어서 하나쯤은 비밀이 있어도 좋을 것 같았다. 놀이터 벤치에 앉아서 그네 타고 있는 아이를 보았다. 앞으로 뒤로 앞으로 뒤로 그네는 왔다 갔다하며 점점 더 높이 올라갔다. 하지만 어느 선 이상 높이로는 올라가지 않는다. 그게 그네의 운명이었다. 그 다음엔 아무도 타고 있지 않은 시소를 보았다. 시소는 두 개가 있었는데 하나는 초록색이었고 다른 하나는 빨간색이었다. 나는 10분쯤 있다가 놀이터에서 일어났다. 오늘 유리는 놀이터에 나와 놀지 않을 모양이었다. 어쩌면 먼저 놀다 갔는지도 모른다. 나는 천천히 아파트 주위를 걸어 다녔다. 바람을 느끼며, 걷고 또 걸었다. 아무리 걸어도 지치지 않았다. 내가 집에 들어갔을 때는 정확히 8시였다. 나는 특별한 일이 아니고선 8시엔 집에 돌아가게 되어 있었다. '이 세상은 너처럼 예쁘게 생긴 애가 걸어 다니기엔 위험해.' 남편이 8시 귀가로 맞춰 놓은 이유였다. 하지만 그는 내가 얼마나 힘이 센지 잊은 듯했다. 남편이 내게 끌렸던 몇 가지 이유들 중 하나가 바로 내가 무거운 짐을 나를 수 있을 만큼 힘이 세다는 것이었는데 기억에서 지워진 듯했다. TV를 켰을 땐 이미 뉴스가 시작된 지 몇 분이 지나 있었다. 뉴스의 첫 장면을 놓치게 되면 이상하게 다른 채널로 돌리게 된다. 케이블 채널로 바꿔서 요리 강좌를 본다. 내가 할 줄 아는 요리의 가짓수는 얼마나 될까. 나는 요리를 잘한다. 오늘밤 남편은 늦는다. 10시가 되자 졸리기 시작했다. 나는 늘 10시에 자곤 한다. 어쩌면 그렇게 수면 설정이 되어 있는지도 모르겠다. 침대로 들어간다. 몇 시간쯤 흘렀을까. 따뜻한 체온이 느껴진다. 남편이다. 요즘 인턴 사원과 바람을 피우고 있는 남편. 그럼에도 나에 대한 마음은 그대로이다. 그가 내게 신호를 보낸다. 그의 만족을 위해 자동으로 일어나 그 위에 올라간다. 그가 어린 애인에게 베풀었던 모든 행위를 나에게서 보상받기 위해 나의 잠을 깨운다. 나는 남편의 모든 것을 알고 있다. 남편의 감각, 남편의 생각, 남편의 바람 모두를 충족하는 것을 최대 보람으로 느낀다. 나는 남편을 사랑한다. 남편은 모든 것을 나에게 맡기고 아무 수고도 하지 않으며 쾌락을 맛보고 있다. 나는 조금도 피곤하지 않다. 피곤한 건 남편이다. 남편은 이내 사정해 버린다. 나는 남편이 잠든 것을 보고 욕실로 간다. 그리고 몸을 구석구석 닦는다. 나는 아주 진화된, 그러면서 더러움을 참지 못하는 깔끔한 인간인지도 모른다. 인간의 분비물은 어떤 면에선 꼭 필요하지만 시간이 지나거나, 남의 것으로 인식되면 더러움으로 바뀐다. 머리카락도 그렇다. 사람의 머리에 달려 있을 땐 정말 예쁘지만 그게 아무 데나 떨어지면 머리카락만큼 더러워 보이는 것도 없다. 특히 욕실 바닥 같은 곳에 떨어져 있는 젖은 머리카락은 기분 나쁘다. 나는 일어난 김에 욕실 바닥까지 청소한다. 하나의 티끌도 용서할 수 없다.

   원래부터 쓰레기였던 물건은 없다. 원래부터 불결하거나 더러웠던 존재도 없다. 하지만 시간이 지나면서 있어야 할 곳에 있지 않고 장소를 이탈하게 되면 지저분해 보인다. 나는 일어난 김에 거실 불을 켠다. 또 먼지들이 내려앉아 있다. 각도를 비스듬하게 하고 보면 먼지들은 더 잘 눈에 띄었다. 로봇 청소기를 돌리고 싶지만 소음 때문에 나는 걸레질을 한다. 아주 조용히, 운동 삼아서. 상쾌한 기분이 든다. 나는 다시 남편 옆에 눕는다. 남편은 코를 골며 잠들어 있다. 그 소리마저도 사랑스럽다. 남편의 모든 것이 예전과 변함없이 사랑스럽다. 나를 처음 바라보던 남편의 눈빛을 잊을 수가 없다. 맑고 맑은 고요한 호수에 작은 파문이 일어난 것 같은 그런 투명한 일렁거림.

02

미수를 만난 건 그로부터 한참 후의 일이었다. 미수는 더 이상 유리와 함께 있지 않았다. 게다가 날 알아보지도 못했다. 미수에게 무슨 일이 생긴 것이 분명했다. 하지만 물어보았자 기억이 안 날 것이 분명했다. 내가 할 수 있는 일이란 미수가 눈치채지 않게 그녀의 뒤를 따라간다거나 처음 만나는 사람처럼 그녀에게 말을 건다거나 하는 일이었다. 이젠 뭔가를 터놓을 수 있는 상대가 사라졌다는 것이 못내 아쉬웠다. 나는 미수를 그냥 좀 바라보다가 집으로 돌아왔다. 이렇게 이상한 기분은 처음이었다. 집에 돌아와 다시 청소를 했다. 남편 속옷을 삶았고, 냉장고를 열어 남은 야채로 찌개를 끓였다. 나는 냉장고 속의 음식을 결코 버리는 법이 없다. 만약 음식이 남게 되면 옆집 할머니께 갖다 드린다. 옆집에선 냄새가 나고 먼지가 많아 발을 들여놓기가 싫다. 할머니는 넓은 평수에 혼자 살며 일주일에 한 번 도우미 아주머니를 부른다고 했다. 청소는 일주일에 한 번만 하면 된다고 생각하는 사람들이 의외로 많은 것 같았다. 나로선 상상도 할 수 없는 일이다. 그럼에도 옆집 할머니께 음식을 갖다 드리는 건 바로 할머니의 눈빛이 맑고 깨끗해서다. 내가 좋아하는 눈빛이다. 저런 사람은 절대로 아무 물건이나 함부로 버리지 못한다. 그래서 할머니 집에서 냄새가 나는 건지도 모른다. 나는 할머니를 좋아한다. 할머니 집에 들어가거나 우리 집에 할머니를 초대하긴 싫어도 말이다. 달라진 미수를 보고 나서, 나는 뭐랄까, 다른 어떤 단계에 들어선 것 같은 느낌을 받았다. 남편이 바람을 피우는 사실을 알았을 때도 느끼지 못했던 위기의식 같은 것, 언젠가 나도 이 모든 기억을 잃어버릴지도 모른다는 허무한 느낌. 나는 그동안 미수와 나누었던 대화들을 떠올려 보았다. 내가 알고 있던 미수는 영리하고 품성이 좋은 가사 도우미였다. 유리를 정성껏 돌보았다. 유리는 자신의 엄마보다도 미수를 더 잘 따랐다. 미수는 아이에게 화를 내는 법이 없었다. 미수는 짜증도 내지 않았으며, 그래서인지 아이가 말을 아주 잘 들었다. 미수에겐 미수만의 특별한 세계가 있었다. 미수에겐 이 세상 모든 아이들의 육아에 대해서 책임질 수 있는 프로그램이 세팅된 것 같았다. 동시에 기본적인 집안일도 잘 해냈다. 나와는 달랐다. 만약 내게 아이가 생긴다면 물론 나도 아이를 잘 키울 자신이 있었지만 미수만큼 전문적이진 못할 것 같았다.

 나는 책을 펼쳤다.

 나에게 있어서 책을 읽는다는 것은 새로운 세계에 발을 들여놓는 것과 같았다. 인간에 대해서, 내 자신에 대해서, 그리고 이 세상에 대해서 책만큼 잘 설명해 주고 있는 건 없었다. 아무리 이상한 책이라고 해도, 아무리 형편없는 책이라 해도 눈여겨볼 문장 서너 개쯤은 있었다. 이 세상에 쓸모없는 존재란 정말 하나도 없는 건지도 모른다. 옆집 할머니의 눈빛을 닮은 세상에 가고 싶었다.

며칠 후, 아침상을 차려 주는데 남편이 날 가만 들여다보았다.
"넌 정말 하나도 안 늙는구나. 우리가 처음 만난 지 5년이 지났는데."
"당신도 그래요."
정말 남편도 처음 그대로인 것처럼 느껴졌다. 다만 날 바라보는 눈빛에 맑은 일렁거림 대신 뿌연 연기 같은 것이 보였다 사라졌다.
"아냐, 날 잘 봐. 난 노화되고 있어. 아직 삼십 대이기는 하지만."
"내가 보기엔 똑같은 걸요."
"실은 말이야."
"네."
"지난 5년 동안 너랑 지내서 한 번도 불행했던 적이 없었던 것 같아. 꼬박꼬박 내게 존댓말을 써 주고, 내게 맛있는 식사를 차려 주고, 게다가 너와의 밤은 황홀하기 그지없었지. 평생을 이렇게 살아도 좋을 만큼."

나는 드라마 속에 나오는 여자들이 하는 대사를 한번 남편에게 해 보고 싶었다. '그런데 바람은 왜 피웠나요?', '이혼해요', '절대로 당신을 용서할 수 없어'와 같은. 하지만 그런 말을 하고 싶은 마음이 조금도 들지 않았다. 나는 그가 바람을 피우는 이유에 대해서 궁금하지도 않았고 그와 이혼하고 싶은 마음은 손톱만큼도 없었으며 남편은 내가 용서해야 할 만한 어떤 잘못도 저지른 것 같지 않았다. 그는 한 번도 날 함부로 대했던 적이 없었다. 대신 자신의 생각과 감정을 아무 여과 없이 솔직하게 다 말하곤 했다. 보통의 남편이라면 숨기고 말하지 않을 만한 것들도 전부 다 말이다. 남편은 그렇게 나에게 꾸밈없이 진실하게 대했다.

나는 그가 아침을 먹는 모습을 바라보았다. 그리고 그가 다음 말을 하는 것을 기다렸다.

"그런데 있잖아. 너 말고 진짜 같이 살고 싶은 여자가 생겼어. 내게 이런 일이 생길 줄은 꿈에도 몰랐어. 난 정말 결혼 같은 거 하고 싶지 않았거든. 너라면 모를까. 그런데 말이야. 내가 날 잘 몰랐던 거야. 난 너와 평생을 살려고 했는데, 마음이 변한 걸 어떡하지. 하지만 너에게 모든 걸 숨기고 널 잠재우고 싶진 않아. 지난 5년간 난 너의 남편이었으며 앞으로도 그건 변함이 없어. 넌 내가 심혈을 기울여 고르고 고른 나만의 아내니깐. 널 함부로 버리긴 정말 싫어. 그리고 은지가, 그래, 그 여자 이름이 은지야. 은지가 널 필요로 할 순간이 분명 올 테고. 은지는 집안일 같은 건 하나도 못해. 요리도 못하고. 처음엔 은지가 너랑 함께 사는 거 싫어하겠지만 분명 너를 원하게 될 거야. 내 바람은 셋이 사이좋게 사는 거야. 은지만 허락한다면."

나는 세상이 아득해지는 것을 느꼈다.

"만약 은지 씨가 허락하지 않는다면요? 난 어떻게 되는 거죠?"

"널 잠재우든가."

"아니면 중고 TM레기에 내놓든가 하는 건가요? 내 기억들은 모두 지우고?"

"그러고 싶지 않아. 너 같은 TM레기는 구하기 어려운걸. 한때 내 전 재산을 주고 마련한 건데. 게다가 널 다른 누군가에게 팔고 싶지 않아. 넌 나만의 아내였고 앞으로도 그래야 하니깐."

"난 당신을 사랑해요. 당신과 함께 있을 수만 있다면 당신이 백 명의 여자를 데리고 와도 난 상관하지 않아요."

"넌 모든 남자들의 판타지야. 내가 얼마나 정성 들여 널 골랐으며 또 프로그래밍했는지 모를 거야. 넌 나의 이상형의 여자지만 어쩔 수 없는 한계가 있어. 넌 늙지 않아. 넌 인간도 아니고. 넌 무엇보다도 감정이 없어. 스스로 감정을 불러일으키지 못해. 내가 감정 프로그램을 추가해야지만 생성되는 거야. 내가 너에게 나만을 사랑하라고, 날 주인님처럼 따르라고, 내가 원하는 모든 행동과 행위를 하게끔 내가 설정해 놓은 거라고. 너의 자유 의지가 아니라. 만약 내가 널 다른 사람에게 주고 그 사람이 자신을 사랑하라고 설정해 놓으면 넌 날 완전히 잊고 그 사람을 사랑하게 되는 거야. 나도 너와 헤어지긴 싫어. 하지만 은지가 널 싫다고 한다면 어쩔 수 없어."

"그럼 전 어떻게 되는 건가요?"

"이리 와. 불안에 떨지 말고. 아니, 넌 불안감 같은 게 뭔지도 모르지? 내가 그 감정은 설정해 놓지 않았어. 너에게 있는 감정은 단 몇 가지밖에 안 돼. 나에 대한 헌신, 충성, 믿음, 깨끗하지 않은 것을 보면 기분 나빠지는 그런 감정. 더러운 것을 보면 청소하고 싶은. 물론 우리 집 안에서만 그 기능이 발현되도록 했지. 미안해. 내 맘대로 널 조종해서."

그때 전화벨이 울렸다. 그녀인 듯했다. 내게서 멀어져 가는 남편의 등을 보았다. 나는 그럼 인간이 아니었단 말인가. 물론 그 사실을 잊은 적은 없다. 하지만 이렇게까지 인간과 멀리 떨어진 자유 의지가 없는 그런 존재였단 말인가. 인간들에겐 도대체 어떤 감정들이 있다는 걸까. 나는 남편에게 사랑받고 싶은 감정밖엔 남아 있지 않은 듯했다. 나는 남편 뒤로 가서 남편이 좋아하는 자세로 남편을 안았다. 어느새 반응했는지 남편의 숨소리가 좀 거칠어졌다. 하지만 여전히 그는 전화 통화 중이다. 은지와 말이다.

"아니, 방금 전에 계단을 뛰어 올라와서, 숨이 찬 것뿐이야."

남편은 거짓말을 했다. 그러면서 내 손길을 마다하지 않았다.

"응. 알았어. 집으로 와. 한 시간쯤 걸리겠지?"

남편이 숨을 가다듬으며 말했다. 그녀가 온다고? 한 시간쯤 뒤에? 남편은 전화기를 떨어뜨렸다. 그리고 날 안고 침대로 갔다. 남편의 이상형은 바로 나. 은지라는 여자일 리가 없다. 남편은 숨을 헐떡이며 말했다.

"은지가 오기로 했어. 널 보고 싶대. 이런 장면을 들킬 수는 없어. 하지만 아직 우리에게 시간은 남아 있어."

우리는 평소보다 좀 짧게 끝냈다. 일부러 그런 건 아니었다. 남편이 쉽게 사정을 해 버렸다. 남편은 샤워하러 들어가고 나는 침대 정리를 했다. 청소기도 돌리고. 냉장고도 점검했다. 은지에게 대접할 것은 얼마든지 있었다. 하지만 그날 은지는 오지 않았다. 아니 왔을지도 모른다. 그러나 내가 아는 한 온 것 같지 않다. 하지만 왔을 수도 있다. 난 기억을 잃어버렸고 더 이상 그 무엇도 기억나지 않았다.

나는 머릿속이 깨끗한 백지가 되어 있었다. 아무것도 생각나는 것이 없었다.

03

어느 날 눈을 떠 보니 남자와 여자가 날 들여다보고 있었다. 남자는 평범한 얼굴이었고 여자는 내 또래로 보이는 순하고 착한 인상의 여자였다. 하지만 아주 예쁜 얼굴은 아니었다. 나는 나를 쳐다보고 있는 그들의 대화를 들었다.

"너무 오랫동안 방치해 놓았나 봐."

남자의 목소리였다.

"다른 거로 바꾸면 안 돼? 너무 예뻐서 신경 쓰이는걸."

여자의 음성은 얼굴처럼 착하게 들렸다.

"하지만 집안일을 얼마나 완벽히 해 놓는데. 너도 얘 없으면 못 산다고 할걸. 그동안 힘들다 어떻다 말이 많고선."

나는 그 둘을 번갈아 쳐다보았다.

"하지만 너무 예뻐. 이 TM레기를 단순히 가사 노동을 위해 산 건 아니었겠지?"

"그렇지, 뭐. 하지만 지금 그 기능은 뺐어. 완전 가사 도우미로 전환했어. 그리고 네가 정 원한다면 네 말대로 노화시킬 수도 있어. 40대 아주머니 노화 프로그램도 하나 있고."

"40대 말고 50대가 좋을 것 같아."

나는 목소리가 나오지 않았다. 아직 뭔가가 완전치 않았다. 생각의 장치도 삐그덕거리는 것이 일부만 기능이 유지되고 있는 것 같았다. 저 둘의 대화는 무엇인가. 나는 나에 대해서 생각하려고 애썼지만 내가 누구인지, 어디에서 왔는지, 몇 살인지, 얼굴은 어떻게 생겼는지 도무지 기억이 나지 않았다.

"TM레기에 접속해서 프로그램을 찾아볼게. 50대라."

"그러다가 원하면 다시 젊게 만들 수도 있는 거야? 5살이라든가?"

"글쎄. 그건 좀. TM레기 크기를 줄일 수는 없거든."

"일단 설거지나 다른 집안일을 좀 시켜 봐."

"알았어."

조금 후, 나는 정신이 번쩍 드는 것을 느꼈다. 뭔지는 모르지만 뭔가가 선명해지고 있다는 느낌, 청소를 해야겠다는 생각이 들었다. 하지만 그 외에 떠오르는 건 아무것도 없었다. 집은 구석구석 깨끗하지 않았다. 싱크대에선 냄새도 났다. 게다가 옷장 정리도 안 되어 있는 듯했다. 모든 것이 어수선해 보였다. 참을 수가 없었다. 먼저 주방으로 갔다. 그리고 설거지를 했다. 개수대 안쪽에 물때가 끼이 있었다. 그것부터 싹싹 닦아 냈다. 마음이 상쾌해지는 것 같았다.

"저것 봐, 일에 몰두하잖아. 그리고 아주 기쁘게 집안일을 해. 장담하는데 넌 이제 쟤 없으면 못 살 거야."

"이름이 뭐랬지?"

"지금은 이름도 삭제했어. 네 마음대로 부르고 싶은 이름으로 입력해 놓을게."

"그냥 아주머니라고 부를래. 그리고 나이 좀 먹게 해. 뒷모습 너무 예쁘잖아. 나랑 결혼하기 전에 둘이 어땠을지 너무나도 상상이 가는데."

"질투하는 모습도 귀엽네. 예쁜 여자일수록 쉽게 질리는 거 너 알잖아."

"그럼 난 안 질릴 거라는 말이야?"

"아니, 너도 예뻐. 하지만 너에겐 아주 특별한 구석이 있어. 매 순간 너만의 감정을 표현할 줄 아니깐. 바로 지금처럼."

남자가 여자에게 키스를 했다. 하지만 난 아무렇지도 않았다. 무엇보다도 빨리 이 집을 깨끗하게 만들고 싶은 욕구밖엔 없었다. 설거지를 다 하고 가스레인지를 닦고 싶었다. 기름때가 있었다. 쉽게 닦이지 않았다. 그러면 그럴수록 나에겐 투지가 생겼다. 반짝반짝 빛날 때까지 가스레인지에 매달렸다. 내가 부엌을 청소하는 동안 그들은 TV를 봤다.

"편하긴 편하다."

여자 목소리가 들렸다.

"그것 봐."

어딘가 낯익은 남자의 목소리였다.

허공에 떠다니는 먼지들이 전부 내게 소리를 내고 있었다. 남자의 눈이 신경 쓰였다. 남자의 눈에도 먼지가 내려앉는 것 같았다. 내 손이 닿자 부엌은 한 시간 만에 완벽한 공간이 되었다. 냉장고 문을 열었다. 오래된 음식 냄새가 났다. 저 여자는 살림을 못한다. 나는 냉장고에서 버려야 할 것을 골라 냈다. 사 놓고 해 먹지 않은 야채들이 썩어 가고 있었다. 내 미간에 주름이 잡혔다. 저런 식은 곤란했다. 마음에 들지 않았다. 뭔가 저들에게 말해 주고 싶었지만 목소리가 나오지 않았다. 어쩌면 나는 벙어리인지도 몰랐다. 여자가 부엌으로 들어왔다.

"냉장고 청소도 하려고요?"

그녀가 내게 존댓말을 했다.

난 조용히 고개를 끄덕였다.

"한번 살결을 만져 봐도 될까요? 피부가 정말 좋아 보여서."

그녀가 내게 다가왔다. 그리고 내 볼을 만졌다. 난 가만 있었다. 그녀의 손길이 기분 나쁘진 않았다.

"역시 맨들맨들하네요. 나 대신 집안일을 해 줘서 고마워요. 그리고 미안하기도 하고."

그녀는 착한 눈을 갖고 있었다.

거실에서 낯익은 남자 목소리가 들렸다.

"미안하긴 뭐가 미안해?"

"그래도 그냥 좀 그런 생각이 드네."

여자는 도로 거실로 나갔다. 나는 부엌 정리를 완벽히 끝낸 후 냉장고에 있는 재료들을 가지고 몇 가지 요리를 했다. 소시지 볶음과 깻잎 나물, 뭇국과 멸치 볶음, 두부 샐러드. 오늘 해 먹지 않으면 상할지도 모르는 재료들을 다 꺼냈다. 내 손은 점점 더 빨라졌다.

"나 저 여자 마음에 들어."

그녀가 말했다.

"이름은 아주머니 말고, 한나로 부를래. 그리고 50대 아주머니로 만들 필요는 없겠어. 그냥 저대로 놔둬. 다만 지금처럼 말만 할 수 없게 해 줘. 그리고 이젠 오빠보다 내 말을 더 잘 듣게 제1 지시자에 내 이름을 올려놓고, 내 목소리를 녹음해 줘. 제2 지시자엔 오빠를 올려놓고."

"그래. 다 네 마음대로 해 줄게. 정말 저 상태로 그냥 써도 괜찮은 거야?"

남자가 기뻐하며 말했다. 여자가 밝은 음성으로 대답했다.

"응. 지금 저 상태 그대로. 다만 약속을 지켜 줘."

"뭔데?"

"저 여자와 그걸 하면 안 돼. 내게 들키면 정말 곤란해. 그럼 내 감정은 폭발할 거야. 그 폭발이 얼마나 치명적일지는 나도 몰라."

"그 기능은 아예 빼 버렸다니깐. 이제 한나는 예전의 현지가 아니야. 한나는 그런 게 뭔지도 모르는 아주 순수한 상태인걸."

"예전 이름이 현지였어?"

"응."

"느낌이 나는걸."

"무슨 느낌?"

"그냥 좀. 그러니깐 그쪽 계열의."

"그쪽 계열?"

"응. 그런 게 있지."

나는 열심히 청소를 했다. 이 집엔 방이 네 개다. 신혼부부 집치고는 넓다. 하지만 곧 넓지 않게 느껴질 거다. 아이도 태어날 테니깐. 화장실 두 개를 다 청소하고 마지막으로 현관 바닥을 닦았다. 걸레가 까맣게 되었다. 나는 비로소, 소파에 누워 쉬면서 하늘을 보고 싶다는 마음이 생겼지만 소파 위엔 남자와 여자가 앉아 있었다.

"고마워요."

여자가 소파에서 일어나 내게 다가오며 말했다.

"이제부터 저 방이 한나 방이에요."

난 고개를 끄덕였다.

"난 침대 없으면 못 자는데, 혹시 한나도 그렇지 않아요?"

난 그냥 그녀를 쳐다보기만 했다.

"침대 하나 들여놔 줄게요."

여자의 목소리가 부드러웠다.

"정말 예쁘게 생겼어요. 게다가 집안일도 이렇게 잘해 주다니. 정말 고마워요. 그런데 당신 너무 예뻐서 위험해요. 우리 남편과는 절대 거리를 유지해야 해요. 그 거리는 1m. 이제 방에 들어가 쉬어요."

나는 방에 들어갔다. 하지만 거실의 목소리가 다 들렸다. 말을 못하게 되자 나의 청력은 몇 배로 더 잘 들리게 된 것 같았다.

"TM레기판 어딨어? 매뉴얼이랑. 그거 내가 좀 공부해서 다뤄 봐야겠어."

"처음엔 좀 복잡할걸."

"아냐, 해 볼래. 그리고 한나는 이제 내 거야. 오빠 것이 아니라."

"그렇게 마음에 들어?"

"응. 보면 볼수록 마음에 들어. 정말 비쌌겠다."

"내 전 재산을 투자해서 샀으니깐. 그 당시엔 저만한 TM레기는 진짜 고가였지. 게다가 안에 소프트웨어들을 얼마나 정성 들여 구하고 또 깔았는데."

"어떤 기능들이 있나 봐야겠어. 그리고 오빠와 한나가 1m 이내로 가까이 가면 경보음이 울리게 해 놓을 거야."

"참나. 그렇게 날 못 믿어? 그 기능은 빼 버렸다니깐."

"TM레기 때문에 가정 파탄이 일어나는 경우가 종종 있다는 기사를 봤어. 그럼에도 불구하고 한번 TM레기를 쓴 사람들은 거기서 벗어나기가 쉽지 않다는 거 알겠어. 지금 내가 반나절 써 보니 그런 걸. 앞으로 평생 집안일을 할 필요가 없잖아. 그런데 고장이 나면 어쩌지?"

"AS가 확실해. 그리고 고장 났던 적이 없었어. 배터리 문제가 좀 있었을 뿐이지."

나는 방 안에 가만히 우두커니 앉아서 그들의 대화를 들었다. 책이라도 읽고 싶었다. 주위를 둘러보았지만 이 방에 읽을 만한 것은 하나도 없었다. 답답함이 느껴졌다. 뭔가가 떠오를 듯하면서 아무것도 생각나지 않았다. 내가 현지란 이름을 가지고 있었다고? 현지? 하지만 생소하게 들릴 뿐이었다. 저 여자 말에 의하면 나와 저 남자는 이미 알고 있는 사이 같았다. 게다가 나는 TM레기. 길게 쭉 뻗은 내 다리를 들어 올려 다리 운동을 하기 시작했다. 그러다가 아예 물구나무서기를 했다. 그때 방문이 열렸다. 남자는 놀랐는지 입을 좀 벌린 상태로 날 쳐다보았다. 나는 입을 꽉 다문 상태로 남자를 쳐다보았다.

"그런 모습 처음인데?"

나는 물구나무서기 한 채로 그냥 가만 있었다.

"잠깐 나와 봐. 실험할 게 있어."

나는 다시 몸을 똑바로 하고 거실에 나갔다.

"소파에 앉아."

남자가 내게 지시했다. 여자는 사뭇 긴장한 표정으로 앉아 있었다.

"오빠, 이제 한나에게 가까이 가 봐. 경보음이 울리나 보게."

남자가 내게 다가왔다. 남자의 눈 흰자에 실핏줄 같은 것이 보였다. 남자는 피곤해 보였고 아직 샤워 전인 것 같았다. 남자가 더 가까이 다가오자 나는 나도 모르게 비명을 질렀다. 내 목에서 처음으로 소리가 나왔다. 그런데 남자 목소리였다.

여자가 흐뭇한 미소를 지었다.

남자가 인상을 썼다.

"너무 안 어울리잖아. 남자 목소리를 넣다니."

"그래야 둘 사이가 안전해지는 거야."

"정말 저 목소리는 너무 심하군. 괴성 같고."

"아예 말을 할 수 있게 할까. 저 목소리로 말이야."

"넌 정말 엽기야. 내가 상상했던 것보다 훨씬 더. 그래서 넌 사랑스러워."

남자가 여자를 끌어안았다.

"계속 우릴 보고 있어."

여자가 나를 보며 남자에게 말했다.

나는 그들을 계속 바라보았다. 하지만 아무 느낌도 들지 않았다. 그들은 서로 그냥 엉키고 또 엉켜들고 있을 뿐이었다. 내 신경을 거슬리는 건 단지 그들에게서 빠져나오고 있는 먼지나 머리카락이나 침 그런 종류의 것들이었다. 다시 깨끗하게 청소하고 싶었다. 30분쯤 지났을까. 그들은 자신들의 행동이 조금은 어이없다는 것을 깨달은 듯했다. 나는 조금도 그들을 의식하지 않았는데 그들은 나를 의식하고 있었다.

"어쩐지 이런 건 좀 아니다 싶기도 하고, 또 해 보고 싶기도 하고 그런걸."

남자가 말했다.

"그러게. 누가 보고 있다는 게 더 흥분되기도 하네."

"하지만 한나는 사람이 아니야. 아무것도 느낄 수 없을걸. 오로지 더러운 것을 청소하고 싶은 감정밖엔 없을 거야."

"그래도 사람 모습을 하고 있잖아."

"그거야 그렇지만. 어쨌든 분명한 사실은 말이지. 한나가 보기에 우리가 더러워 보이면 우릴 씻기고 싶은 마음밖엔 들지 않을걸. 청소와 청결에 대한 강박 프로그램을 디폴트로 깔아 놓았으니."

그들이 함께 샤워하러 욕실로 들어가자마자 나는 걸레와 청소기를 가져왔다. 거실을 다시 한번 말끔히 치웠다. 저들이 욕실에서 나오면 바로 욕실을 청소할 생각이다. 청소는 정말 신성한 의식과도 같았으며 조금의 지체도 허용할 수 없다. 내가 존재하는 이 집은 어떤 순간에도 깨끗해야 했다.

04

남자는 출근을 했고 여자는 늦은 아침을 먹고 있었다. 그녀는 나와

단 둘이 남게 되자 조금 더 내게 친절하게 대했다.

"어젠 미안했어."

뭐가 미안했다는 건지 나는 도무지 알 수가 없었다. 그리고 여자는 반말을 하기 시작했다. 반말을 한다는 건 내게 적응했다는 의미인지도 모른다.

"오늘은 청소 안 해도 돼. 청소하지 말고 그냥 너도 좀 쉬어."

내게 명령을 내리는 자가 청소를 하지 말라고 하자 나는 안절부절못하는 상태가 되었다. 명령을 거역할 수도 없고, 청소를 안 하자니 괴롭고 정말 힘들었다.

"표정이 왜 그래? 무슨 걱정이라도 있어?"

나는 눈을 여기저기로 돌렸다. 말을 할 수 없으니 그렇게라도 표현할 수밖에 없었다.

"왜? 청소하고 싶어서?"

그녀는 눈치가 빨랐다.

나는 고개를 끄덕였다.

"그럼 하든가. 그런데 그 전에 잠깐 이리로 와 봐."

그녀는 일어나서 거실 소파로 갔다. 나도 그녀 옆에 앉았다.

"잠깐이면 돼. 아주 잠깐이면 돼."

그녀가 내 귓가에 속삭였다. 그녀가 내 머리카락을 가볍게 매만졌다.

"정말 부드러운 머릿결이야."

그녀가 손끝으로 내 턱선을 훑어서 목까지 내려갔다.

"아주 잠깐이면 돼. 그리고 이건 우리만의 비밀이야. 비밀이 뭔지는 알지? 넌 똑똑하니깐."

난 고개를 끄덕였다. 이젠 그녀가 지시자였고 나는 그녀의 말에 아무런 저항감을 느끼지 않았다. 그녀의 손이 내 가슴 위로 오고 그녀의 입술이 내 입술에 맞닿았다. 하지만 아무 느낌이 나지 않았다. 불쾌하지도 유쾌하지도 않은 그런 무감각함.

"좋아, 오늘은 이 정도로만 널 파악하기로 했어. 일어나서 청소해도 좋아. 다음엔 너도 기쁨을 느낄 수 있게 프로그램을 찾아볼게. 물론 남편 모르게 해야 해서 시간이 좀 걸릴 거야. 이제 네가 세상에서 제일 좋아하는 청소를 할 수 있게 해 줄게."

오늘은 전등 위와 전등 속도 깨끗이 닦았다. 천장 위 몰딩 부분도 이참에 다 닦을 생각이었다. 나는 의자를 옮겨 다니며 팔을 위로 들었다.

"정말 청소를 좋아하는구나. 평생 그런 데 안 닦고 사는 사람들도 많을 텐데 말이야. 그건 그렇고, 난 말이야. 너랑 왠지 통한다는 느낌이 들어. 극과 극은 통한다는 말 있잖아. 나 청소는 진짜 싫거든. 왜 하는지도 모르겠어. 사실 일주일 이상 안 해도 괜찮다고 생각해. 하지만 집 안이 깨끗해지니 좋긴 좋다. 널 살려 내길 잘했어. 미안한데 내가 그동안 널 살려 내는 걸 반대했거든. 왜냐하면 좀 부담스러운 게 사실이었지. 차라리 인간 도우미 아주머니를 부르는 편이 나을 것 같았거든. 내 말 이해하지?"

여자는 허공에다 대고 계속 말을 했다. 나는 그녀의 말을 들으며 거실 몰딩을 닦았다. 다음은 안방 차례였다.

"넌 하루 종일 청소만 하니?"

나는 고개를 저었다. 책도 읽는다고 말해 주고 싶었다.

여자는 TM레기 매뉴얼을 들여다보았다. 그리고 태블릿을 연결해선 뭔가 작업을 했다. 아마도 나에 관련된 것 같았다. 나는 집안일을 완벽히 다 끝낸 후 소파 위에 앉았다. 소파 위에 누워서 떠다니는 구름을 바라보고 싶었는데 여자가 앉아 있어서 그럴 수가 없었다.

"피곤하지 않다면 나랑 산책할래?"

여자가 물었다. 난 고개를 끄덕였다. 우리 둘 다 집에서 입던 옷 그대로 외출을 했다. 집 밖에 산책로가 있었다. 놀이터도 있었다. 그네가 보였다. 철봉도 있었다.

"왜? 그네 타고 싶어?"

나는 고개를 저었다.

"말을 할 수 없으니깐 답답하지?"

나는 눈만 깜박이며 그녀를 쳐다보았다. 답답한지 어떤지 알 수가 없었다. 말은 안 해도 그만인 것이 되어 버렸다. 눈이 더 잘 보였고, 귀가 더 잘 들렸다. 결국 공평한 거다. 하나를 잃으면 어느 땐 둘을 얻기도 하니깐.

"솔직히 말한다면 말이야. 난 남자를 믿지 않아. 그 사람은 과학도야. 게다가 로봇 전공이고. 지금은 날 사랑하긴 하지만 그 사랑이 얼마나 오래갈지도 의문이고. 무엇보다도 너와의 과거가 신경 쓰여. 차라리 사람이었다면 모르지만. 그래도 내가 원하는 게 딱 하나 있어. 아이. 아이를 낳을 거야. 그냥 그 사람을 처음 본 순간 내 아이의 아빠가 될 자격이 있다고 느꼈어. 난 말이야. 다른 건 안 봐. 그 사람의 뇌를 보는 거야. 일단 마음에 들었다 하면 다 머리가 좋았어. 난 잘생기고 머릿속이 텅 빈 녀석들은 진짜 관심이 없거든. 그건 아마도 모성애가 강하기 때문이 아닌가 싶어."

난 적당히 그녀가 말을 할 때마다 고개를 끄덕여 줬다. 잘 듣고 있다는 표시였다.

"아이는 셋 정도 낳고 싶은데, 요즘 들어 생각이 바뀌었어. 둘만 낳고, 셋째는 다른 남자 아이를 낳고 싶다는 생각. 이건 정말 비밀이야. 함께 아이를 키워 줘. 난 네가 마음에 들어. 남편과 네가 예전처럼 돌아가지만 않는다면 말야. 하지만 삶은 어느 정도 순환되는 속성을 띠기도 해서."

여자의 말투는 뭐랄까, 약간 공허하게 들렸다. 우리가 집으로 돌아왔을 때 남자는 이미 집에 와 있었다.

"대체 둘이 어딜 갔다 온 거야? 휴대폰도 놔두고."

남자는 호기심 어린 눈과 기특하다는 식의 미소를 지으며 여자에게 물었다. 둘이 사이좋게 지내서 고맙다는 의미인 것 같기도 했다.

"그냥 산책. 너무 청소만 하는 게 그래 보여서."

"현지, 아니 한나가 제일 좋아하는 게 청소인걸."

"그런 것 같더라. 그런데 난 한나를 업그레이드 시키고 싶어. 그리고 더 이상 현지가 아니야. 낮에 내가 좀 공부를 했는데 말이야. 한나의 기종을 살펴보니 가사 도우미만 하기엔 지능 지수가 높더라고."

"물론이야. 정확히 128이지."

"한나에게 소설을 써 보게 할까 생각 중이야."

"소설?"

"응. 뭔가 색다른 문체가 나올 것 같거든."

"놀라운 발상인걸. 그럼 집안일은 네가 하는 거야?"

"물론 집안일도 한나가 하는 거지."

"넌 좀 엉뚱해. 배고프다. 밥이나 먹자."

"그리고 말이야. 낮에 열심히 공부해서 내가 혼자 좀 바꾸었어. 난 반말을 쓰고, 오빤 한나에게 존댓말을 써야 한나가 말을 들어주는. 코드 맞추기가 상당히 어려웠는데 나도 한 머리 하잖아? 관심이 없어서 그렇지 내가 관심을 한번 갖고 뭔가에 파고들면 끝을 보는 거 알지?"

"뭐? 나보고 한나에게 존댓말을 하라고?"

"응. 거리감의 차원이야. 그게 우리 셋이 조화롭게 같은 공간에서 잘 지낼 수 있는 두 번째 방법이기도 하지."

"어색한걸. 존댓말이라니. 넌 요구하는 게 점점 더 많아지고 있어. 고분고분할 것처럼 생겼는데. 한없이 순한 얼굴을 하고선 집요하기도 하고. 한나에게 존댓말이라니, 당치도 않아. 내가 저 애한테 존댓말? 말도 안 돼. 넌 도가 지나쳤어. 질투심 때문에."

"도가 지나쳤다고? 나처럼 관대한 여자가 어디 있다고! 지금 말 다 했어?"

"아니, 이제부터 시작이야."

"그럼 해 봐, 해 보라고!"

여자가 소리를 질렀다. 여자에 앞서 먼저 소리 지른 사람은 남자였다. 상당히 시끄러웠다. 특히 소리 감각이 예민해진 나에겐 아주 괴로운 일이었다.

"존댓말은 절대 안 돼! 그건 말도 안 되는 거야."

"그럼 갖다 버려. 그 정도도 내 말을 안 들어줄 거면 저 로봇 따윈 갖다 버려!"

하지만 난 알고 있다. 저 여자의 진심은 그게 아니라는 것을.

"차라리 널 갖다 버리겠어."

물론 남자의 말도 진심이 아니다.

하지만 그 사실을 아는 건 나 하나밖에 없다.

나에겐 무수히 많은 장면들이 오버랩되며 계속 떠올랐다.

너무 유사해. 저 사람들은 TV에 나오는 사람들과 비슷해.

드라마에 대한 기억들은 지워지지 않았다.

여자는 곧 짐을 싸서 나갈지도 모른다. 아니면 소리 내어 엉엉 울지도 모른다. 하지만 내 예상은 약간 빗나갔다. 여자가 내게 다가와 말했다.

"밥 차려 줘. 배고파."

여자와 남자는 저녁을 잘 먹었다. 둘은 정말 배가 고파 보였다. 나는 설거지를 하고 빨래를 걷고 다림질을 했다. 여자가 남자에게 말했다.

"당분간 난 저 방에서 한나랑 잘 거야."

"마음대로 해!"

여자의 뾰족한 소리와 남자의 철창 같은 목소리가 들렸다. 여자는 베개를 들고 내 옆으로 왔다.

"같이 자."

난 고개를 끄덕였다.

불을 끄고 여자가 날 안았다. 여자가 무슨 말인가를 하려는 것 같앉는데 여자는 금세 잠이 들었다. 나는 눈을 뜬 채 어둠을 응시했다. 어둠 속에서도 사물이 보이는 것 같았다. 어쩌면 착각인지도 모른다. 잠든 여자를 조심히 밀어내고 일어나 밖으로 나왔다. 내 의지가 아닌 어떤 익숙한 부름에 따른 행동 같았다. 안방 침대로 갔다. 남자가 날 보고 웃고 있었다.

"금방 잠들었지? 내가 재운 거야. 그리고 잘했어."

나는 그를 조심스럽게 쳐다보았다.

그의 손엔 TM레기 전용 태블릿이 들려 있었다.

"이리 와."

남자의 음성은 부드럽고 고요했다. 난 제자리에 그냥 서 있었다.

"곧 다시 우리 관계가 회복될 거야. 저 여자 어때? 마음에 들어?"

나는 남자가 하는 말이 무슨 의미인지 알 수 없었다.

"너보다 한 단계 진화된 TM레기야. 감정 표현을 할 수 있고 또 지능 지수가 135쯤 되지. 너보다 예쁘진 않지만, 지적인 TM레기야. 게다가 음식도 먹을 수 있고 말이야. 훨씬 더 인간과 흡사하지. 난 오늘 너랑 둘이 산책 나간 걸 봤을 때 무척 기뻤어. 하지만 너에게서 목소리를 빼앗고 경보음 비명 소리를 설정해 놓질 않나, 그것도 남자 목소리로 넣다니. 질투심이 너무 크게 반영되었어. 무엇보다도 나보고 너에게 존댓말을 쓰라니 이건 정말 참을 수 없어. 내가 지배 욕구가 큰 건 너도 알지?"

난 시선을 밑으로 내렸다. 더 이상 남자의 눈을 들여다볼 수가 없었다.

"이런저런 인간의 감정들을 넣었더니 진짜 마누라처럼 굴고 있어.

물론 귀엽긴 해. 정말 인간 같아서. 하지만 이젠 더는 못 참겠어. 그래서 이번엔 진짜 완벽한 TM레기를 마련했어. 며칠 후에 올 거야. 은지는 이 사실을 전혀 몰라. 은지가 자는 동안 그 안에 있는 메모리를 좀 바꾸려고 몇 가지 설정을 걸어 놓았어. 그러니깐 말이지. 이제부터 잘 설명해 줄게. 그런데 그렇게 아래만 보지 말고 나를 좀 봐."

나는 남자의 지시에 따라 두 눈을 응시했다. 남자의 눈에 회색 먼지 같은 것이 일렁거렸다. 남자의 눈은 더럽고 혼탁해 보였다. 깨끗이 닦아 내고 싶었다. 남자의 눈을 청소하고 싶다는 열망이 가득한 눈으로 그를 쳐다보았다.

"그런 눈으로 보지 마. 우리 지금 그거 못하는 거 알잖아. 물론 당분간이야. 내 이야기 좀 잘 들어 봐. 내일 아침이면 말이야. 그녀가 50대 아주머니로 바뀌어 있을 거야. 그녀가 내게 영감을 주었지. 널 50대 아주머니로 바꿔 달라고 말한 건 바로 그녀잖아. 하지만 잘 생각해 보니 50대 아주머니는 은지에게 어울려. 그리고 은지를 새로 구입한 TM레기의 어머니로 설정하려고 해. 은지는 너와는 달리 자신을 인간이라고 생각하고 있는 TM레기거든. 넌 그래도 자기 주제를 아는데 그녀는 너무 주제를 몰라. 그래서 받는 벌이기도 하지. 내일 아침에 일어나 깜짝 놀라지 말라고 친절하게 너에게 알려 주는 거야. 물론 그 아주머니가 널 계속 조종하긴 할 거지만. 난 깍듯이 그녀를 어머니로 모실 생각이고. 존댓말은 너에게가 아닌 은지에게 할 거야. 은지는 옆집 할머니와도 곧 친구가 되겠지. 그리고 곧 딸이 오면 그녀는 기쁨의 눈물을 흘릴 거야. 그녀는 모성애가 아주 강하거든. 정말 진화된 모델이지."

난 더 이상 듣고 있기가 힘들었다. 남자의 눈에 먼지 같은 것이 아른거려서. 그와 나 사이에도 먼지가 계속 내리고 있었다. 나는 청소가 너무나도 하고 싶었다. 내가 원하는 건 오직 그뿐이었다. 할 수만 있다면 남자의 눈에 끼인 먼지도 모두 제거해 주고 싶었다. 그에게 세상이 얼마나 깨끗하고 아름다운지 보여 주고 싶었다. 나는 천천히 남자의 더러운 눈을 향해 걸어갔다. 또 다른 세상이 내 앞에 펼쳐지는 느낌이었다.

"왜 그래?"

남자가 소리를 질렀다.

나는 왼손으로 남자의 어깨를 잡았다. 그리고 침대 위로 넘어뜨렸다. 내 힘은 남자보다 셌다. 그건 당연한 일이었다. 그와 가까워졌다고 경보음 같은 건 울리지 않았다. 이미 남자가 경보음 해제를 해 놓은 상태였다. 가까이서 들여다 본 남자의 두 눈은 멀리서 봤을 때보다 훨씬 더 더러웠다. 아주 잠깐의 시간이 흘렀다. 하지만 그에겐 억겁 같은 시간이 지나갔다. 그는 곧 완벽히 깨끗해진 세상을 보게 될 거였다. 내가 아주 선명한 소리를 듣게 된 것처럼.

과학 스토리
단편선

우수상

스윙 바이 레테
남세오

남세오

평범한 연구원으로 살아가던 어느 날 문득 글을 쓰게 되었다. 여전히 내 것 같지 않은 다른 차원의 주머니가 언제 다시 닫힐지 모른다는 조바심에 허겁지겁 이야기를 끄집어내고 서툴게 다듬고 있다.
브릿G에서 '노말시티'라는 이름으로 활동을 시작하여 다수의 작품이 편집부 추천을 받았으며, 환상문학웹진 《거울》의 필진으로 2019 거울 대표중단편선에 표제작인 〈살을 섞다〉를 실었다.

기체가 주입되는 가느다란 소리와 건조한 콧속을 적시는 습기가 느껴지며 지윤의 감각이 조금씩 돌아왔다. 검은 우주에 빼곡하게 들어찬 별빛들이 눈으로 쏟아졌다. 좁은 튜브 속에 고정된 몸이 가볍게 흔들렸다. 뻣뻣한 팔과 다리에는 아직 제대로 힘이 들어가지 않았다.

"정신이 드십니까? 이름이 어떻게 되시죠?"

스피커를 통해 누군가의 목소리가 들렸다. 지윤은 아직 자신이 왜 여기에 있는지. 이게 꿈인지 현실인지 아니면 죽은 뒤의 세상인지 판단이 잘 내려지지 않았다. 또렷한 목소리가 다시 한번 들려왔다.

"정신이 드셨으면 본인의 이름을 말씀해 주세요."

"나… 지윤입니다."

"나지윤 씨 반갑습니다. 블랙홀 레테에 도착하신 걸 환영합니다. 지윤 씨라고 불러도 될까요?"

"네? 네….."

"감사합니다. 지윤 씨는 지구에서 출발해 네 달간의 우주여행을 무사히 마치고 소행성 궤도의 바깥쪽에 위치한 레테에 도착하셨습니다. 저는 지윤 씨의 여행을 안내해 드릴 김민혁이라고 합니다."

"아… 네. 안녕하세요."

"도착까지는 아직 한 시간 정도 남았습니다. 동면 상태에서 천천히 회복하시면서 눈앞에 보이는 우주를 감상하시면 됩니다. 현재 지윤 씨는 동면의 후유증 같은 거 하나도 없이 아주 건강한 상태입니다. 궁금한 게 있으시면 언제든지 말씀해 주세요. 제가 여기서 기다리고 있겠습니다."

그제야 하나씩 기억이 떠올랐다. 지윤은 가진 돈을 탈탈 털어 소행성대의 바깥쪽 궤도에서 발견된 소형 블랙홀 레테로 향하는 티켓을 샀다. 편도 티켓이었으면 좋으련만. 일반인이 살 수 있는 레테 관광 상품에는 편도 옵션이 없었다. 지구에도 레테에도 지윤이 머물 자리는 없다.

스피커에서 브란덴부르크 협주곡이 흘러나온다. 오백 년 전에 태어난 사람이 만든 음악이 이백 년 전에 만들어진 우주선에 실려 태양계 밖의 먼 우주로 기약 없는 여행을 떠났다. 그로부터 지금까지 이 음악은 모든 형태의 우주여행에 관례처럼 쓰인다. 일종의 시그널 음악인 셈이다.

"지금 들으시는 음악은 바흐의 브란덴부르크 협주곡입니다. 1977년에 지구를 떠난 보이저 탐사선에 실린 골든 레코드에 수록된 곡으로…"
"알아요."

정신이 돌아온 지윤은 조금 날카롭게 민혁의 말을 끊었다. 아주 잠시라도 혼자 있고 싶었다. 우주로 떠나는 여행은 막연한 기대와는 달리 전혀 고독하지 않았다. 지구에서 왕복선을 타고 우주정거장에 도착해 이 캡슐에 탑승하기까지 여행자의 안전을 위한다는 명분으로 항상 가이드가 따라붙으며 지윤의 행동 하나하나를 감시했다. 어디나 비좁았고 사람들의 눈길로 가득했다.

관처럼 생긴 일인용 캡슐에 몸을 밀어 넣고 나서야 지윤은 비로소 혼자가 되었다. 레테까지 날아가는 네 달 동안 동면을 하지 않고 지낼 수 있냐고 물어봤다가 차가운 미소를 되돌려 받았다. 캡슐 우주선에는 네 달 동안 수십 kg에 달하는 생명체에게 영양분을 공급하고 그 배설물을 받아 처리할 수 있는 공간이 없었다. 출발과 동시에 동면이 시작되었고 도착할 때가 되어서야 깨어났다. 여행 옵션에서는 도착 전 캡슐 내부에서 우주를 감상할 수 있는 시간을 정할 수 있었는데 최대가 한 시간이었다.

"물론 알고 계시겠죠. 혹시 취향에 맞지 않으시면 음악을 바꿔 드릴까요? 원하신다면 제가 이 통신 라인을 통해 최신 유행하는 음악을 들려 드릴 수도 있습니다. 요즘 제가 즐겨 듣는 노랜데…"
"됐어요. 그냥 꺼 주세요. 조용히 가고 싶어요."
"아 네. 알겠습니다."

음악이 서서히 잦아들다가 완전히 사라졌다. 그러자 이내 지윤이 내뱉는 숨소리가 들리고 뒤이어 심장이 뛰는 소리도 들렸다. 몸의 감각이 살아나고 뻣뻣했던 사지에 피가 돌며 몸 곳곳이 가려워졌다. 차려 자세로 고정된 지윤은 손가락을 움직여 허벅지를 긁어 보려 했지만 두툼한 우주복에 막혀 압력이 전달되지 않았다. 보잘것없는 몸뚱이가 한없이 번거로웠다. 지윤이 몸을 뒤틀자 목소리가 들려왔다.

"아직 감각이 불편하실 겁니다. 음악이 듣기 싫으시면 저와 대화라도 하며 가시는 게 신경을 분산하는 데 도움이 됩니다."
"음악을 틀어 주세요."
"네. 알겠습니다. 어떤 음악을…"
"그냥. 아까 그걸로요."
"그럼 골든 레코드 수록곡으로 들려 드리겠습니다."

스피커에서 다시 음악이 흘러나왔다. 경쾌하면서도 섬세한 바이

올린 소리를 배경으로 창밖으로 보이는 별들이 아주 서서히 돌아갔다. 가려움증도 어느덧 가라앉았다. 지윤은 다시 한번 조용히 심호흡하며 혼자만의 공간과 시간 속으로 빠져들었다. 그러려고 했는데 민혁이 다시 말을 걸었다.

"혹시 영상이 회전하는 게 신경 쓰이신다면 걱정하실 것 없습니다. 이 움직임은 지윤 씨께 우주를 보여 드리기 위한 계획된 움직임으로서 우주선의 궤도에는 아무런 문제가 없이…"
"알았으니까 좀! 좀… 조용히 해 주시겠어요?"

지윤은 자기도 모르게 소리를 질렀다. 너무했나 싶어 입술을 깨물었지만 민혁은 아무렇지 않다는 듯 여전히 유쾌한 말투로 대답했다.

"아. 죄송합니다. 지윤 씨의 생체 활성화 반응을 확인하기 위해 주기적으로 말을 걸어야 하거든요. 불편하시면 오 분에 한 번씩 간단한 상황 보고만 드리겠습니다. 지윤 씨는 잘 들리는지 확인만 해 주시면 됩니다. 괜찮으시겠습니까?"
"…네."
"그럼 편안한 여행 되십시오."

민혁의 목소리가 끊기고 다시 음악 소리가 커졌다. 눈앞의 우주는 무심하게 회전했다. 하얀 점들이 가득 들어찬 우주를 보며 지윤은 문득 지구에서의 삶을 정리하고 우주로 떠나야겠다고 결심했던 밤을 떠올렸다.

사람이 죽으면 하늘로 올라가 별이 된다는 전설을 지윤은 들은 적이 있다. 지금은 아무도 그런 말을 하지 않는다. 볼 수도 없는 별이 된다는 건 슬프니까. 그저 검기만 한 지구의 밤하늘과는 달리 영상으로 보는 우주에는 항상 하얀 점들이 빼곡하게 박혀 있다. 지금 지윤의 눈앞에 펼쳐진 광경처럼. 옛날 사람들은 정말 이런 우주를 지구에서도 볼 수 있었던 걸까. 잘 상상이 가지 않는다. 만일 그랬다면. 사람이 죽으면 별이 된다는 건 그럴듯한 생각이다. 지구를 떠난 사람이 아주 멀리 떨어진 곳에서 지켜봐 주는 기분이 들었을 테니까.

지윤은 항상 서른이 되면 지구를 떠날 거라고 생각하며 살았다. 그리고 어느 날 밤. 지윤은 당연하다는 듯이 지구를 떠나야겠다는 결심을 했다. 지구에는 지윤을 붙잡아 줄 만한 것들이 남아 있지 않았다. 원래부터 없었다. 지윤은 달을 걷듯 붕 떠 있는 채로 살았고 조금만 건드려도 튕겨 나왔다.

그렇다고 지윤이 유별난 사람은 아니었다. 오히려 지윤은 지극히 평균적이었다. 인공 지능에 입력할 데이터에 인간의 관점에서 라벨을 붙이는 일을 하면서도 지윤은 최저시급의 1.5배를 받았다. 처리 속도도 빨랐지만 붙인 라벨들의 일관성이 압도적으로 높았다. 지윤이 붙인 라벨로 학습하면 수렴 속도를 10% 이상 높일 수 있다는 말도 들었다. 복잡한 숫자와 전문 용어를 알아들을 수는 없었지만 대략 1억 크레딧의 비용 절감 효과라고 했다. 지윤이 그 일을 하고 받은 돈은 350만 크레딧이었다.

그래도 지윤이 돈을 모을 수 있었던 건 지구상의 물질에는 도통 관심이 생기지 않았던 덕분이다. 만 서른이 되기 몇 달 전 통장 잔고에 1억 크레딧이 찍혔다. 일을 그만두겠다고 하자 항상 다정하게 대해주던 팀장은 화를 냈다. 지윤의 이름을 친근하게 부르던 사람은 모두 그렇게 화를 내고 떠났기에 지윤은 별로 놀라지도 않았다.

지윤은 그저 자신의 궤도를 돌고 있었을 뿐인데 사람들은 허락도 받지 않고 지윤을 맴돌다 떠났고 그때마다 지윤은 조금씩 무거워졌다. 더 무거워지기 전에 우주로 솟아오르고 싶었다. 우주는 결국에는 커다란 블랙홀에 집어삼켜질 거라고 누군가가 말했다. 이왕 그래야 한다면 지윤은 지구의 땀과 먼지에 뒤섞이지 않고 오로지 지윤인 채로 떨어지고 싶었다.

레테에 가까워지면서 지윤이 타고 있는 것과 같은 은색 원통형 우주선이 하나둘씩 눈에 띄기 시작했다. 전면에 달린 발광 다이오드를 불규칙한 패턴으로 깜박이며 광신호를 발산하는 우주선의 옆면에는 의미를 알 수 없는 문자와 숫자들이 새겨져 있었고 후면으로는 공기 저항 같은 건 고려하지 않고 설계된 광 패널이 공작처럼 활짝 꼬리를 펼치고 있었다.

"궤도 미세 조정을 시작하겠습니다. 내부가 약간 흔들리더라도 놀라지 마세요."

지윤을 붙들고 있는 고정장치가 미세하게 움직이며 발목을 살짝 잡아당겼다. 민혁이 미리 말해 주지 않았다면 모르고 지나갔을 정도로 부드러운 가속이었다. 창밖의 우주선들도 광 패널을 접어 선체에 바짝 붙이고는 흰색의 안개를 남기는 추진체를 실처럼 가느다랗게 내뿜으며 방향과 속력을 조정하기 시작했다. 컴퓨터로 계산된 최소한의 효율적인 움직임만으로 우주선들은 개미 무리처럼 몇 개의 궤도를 따라 레테로 이어지는 긴 줄을 만들었다.

"궤도 조정이 완료되었습니다. 불편한 곳은 없으시죠?"
"네. 괜찮아요."
"우주선 밖의 광경을 계속 감상하시겠습니까? 아니면 레테에 대한 소개 영상도 준비되어 있습니다. 지윤 씨가 원하신다면…."

민혁은 지윤을 그냥 내버려 둘 생각이 없어 보였다. 그러고 보니 이 가이드는 언젠가부터 친근하게 지윤의 이름을 부르고 있었다. 지윤은 밀려 올라오는 짜증을 민혁에서 쏟아붙였다.

"근데 저 아세요? 왜 자꾸 제 이름을 부르세요?"
"아까 괜찮다고 하셔서요."
"제가 언제… 아깐 정신이 없었잖아요! 그런 걸 갑자기 물어보면 어떻게 해요?"

"호칭이 불편하시면 바꾸겠습니다. 어떤 게 좋을까요. 탑승자님? 여행객님? 좋아하는 별명이 있으실까요? 아니면 고독한 우주의 방랑자님?"

"그냥! …말했잖아요. 조용하게 가고 싶다고."

하마터면 폭발할 뻔한 마음을 지윤은 겨우 다독였다. 평소보다 감정이 잘 조절되지 않았다. 동면의 후유증일까. 이런 상황이 익숙한 건지 아니면 원래 성격이 그런 건지 민혁은 퉁명스러운 지윤의 말투에도 전혀 당황하지 않고 여유 있게 대답했다.

"어… 그러니까 제게는 …님의 신체적, 정신적 컨디션을 최상으로 유지해야 하는 의무가 있어서요. 우주여행, 특히 이렇게 좁은 캡슐 안에 갇혀 광막한 우주를 바라봐야 하는 환경에서는 자칫 우울한 감정이 악순환을 일으킬 수 있거든요. 제 경우에는 누가 옆에서 떠드는 걸 그냥 듣고만 있어도 도움이 되더라고요. 다른 뜻은 없었습니다. …님이 조용한 여행을 원하신다는 걸 알았으니 저는 최소한으로만 개입하도록 하겠습니다만…."

알아들었다는 말과는 달리 민혁의 말은 끝날 기미가 보이지 않았다. 지윤을 제대로 된 호칭으로 부르지 못하고 입안에서 말을 얼버무리는 것도 신경 쓰였다. 다른 발음들이 또렷하다 보니 호칭만 얼버무리는 게 유난히 불편하게 들렸다.

"지금 저 놀리시는 거예요? 일부러 장난치세요?"
"아닙니다. 그럴 리가요. 뭐라고 불러야 할지 모르겠어서요."
"그냥… 맘대로 불러요."
"그럼 지윤 씨라고 부르고 싶네요. 조금 거리감을 두고 싶으신 마음은 이해하지만 이렇게 먼 곳까지 여행을 오셨으니 가이드를 맡은 제게는 마음을 조금 열어 주셔도 좋아요. 어차피 여행이 끝나면 다시는 저와 만날 일은 없을 테니까요. 낯선 곳에서 멋진 풍경을 맞이하듯 저란 존재도 그냥 그렇게 여행지의 일부라고 편하게 생각하시면 돼요. 레테에 오신 걸 다시 한번 환영합니다!"

하. 지윤은 한숨을 쉬었다. 마음이 좀 가라앉았는지 더 따지고 싶은 마음도 들지 않고 그냥 헛웃음만 났다. 그래. 좋게 생각하자. 신경쓰지 않으면 브란덴부르크 협주곡의 바이올린 소리와 다를 게 뭔가 싶었다. 목소리도 괜찮은 편이고. 어차피 잠깐 만나고 헤어질 가이드다. 민혁이 어떤 방식으로 지윤을 떠나든 상관없다. 변함없이 회전하는 우주의 모습이 조금 지겨워지는 참이기도 하니까.

"영상… 너무 길지 않은 거로요."
"감사합니다! 조용하게 있으려니 입이 근질근질해서. 불편하지 않으신 선에서 제가 간단히 설명해 드리겠습니다."

정말로 신이 난 듯 민혁은 목소리를 통통 튀기며 말했다. 의무감만으로는 설명이 되지 않는 에너지다. 다른 사람과 얘기하는 게 저렇게까지 좋을 수 있을까. 그것도 처음 보는 사람에게. 지윤으로서는 이해하기 힘든 일이다. 사실은 혼잣말을 하고 싶은 거고 말을 듣는 사람은 그냥 어색함을 덜어 주는 용도가 아닐까. 그게 지윤이 상상할 수 있는 한계다.

"알았어요. 모니터는 어디 있죠?"
"눈앞에 보고 계신 게 모니터입니다."

민혁이 그렇게 말하자 눈앞의 우주가 사라지고 대신 조잡하게 자막이 박힌 영상이 나타났다. 창이라고 생각했던 게 실은 우주선 밖에 설치된 카메라 영상을 비추는 스크린인 모양이다. 출발 전에는 우주선의 내부를 자세히 살필 겨를이 없었다. 우주선의 초반 가속을 견디는 게 고통스러울 거라는 이유로 지윤은 캡슐이 삽입되기 전에 미리 동면에 들어갔었다.

"아… 잠깐. 제가 보고 있던 게 실제 우주가 아니라 촬영된 영상이었어요?"
"네. 맞습니다. 정확히는 탑승자님의 우주선에 설치된 카메라로 실시간 촬영된 영상입니다. 시점은 약간 다르지만 직접 보시는 것과 큰 차이는 없습니다."
"별들이 움직이던데… 우주선이 회전한 게 아니라 카메라를 돌린 거군요."
"그건 우주선이 회전한 게 맞습니다. 우주선 일부만 따로 돌리는 것보다는 전체가 한꺼번에 도는 게 에너지가 적게 들거든요. 따로 돌릴 땐 부품 간 마찰이 발생하지만 한꺼번에 돌면 마찰로 손실되는 에너지가 없으니까요. 처음에만 살짝 돌려 주면 그다음부터 돌아가는 건 공짜죠."

여행사와 상담할 때 우주여행의 궤도와 소요 시간 그리고 가격에 관해 설명하며 상담사가 비슷한 말을 했던 기억이 났다. 네 달 동안 소행성대에 있는 레테에 가는 비용이 왜 여덟 달 동안 목성에 가는 비용과 별 차이가 없는지. 일단 속도를 높여 놓으면 그 속도로 날아가는 건 공짜거든요. 지윤에게는 그냥 그 이유로는 가격을 깎아 줄 수 없다는 소리로 들렸다.

상담사는 그나마 지금이 레테까지의 여행 비용이 가장 저렴할 시기라고 부추겼다. 비용이 1/3 수준인 호먼 궤도 여행이라는 저가 상품도 있었지만 일 년에 딱 일주일만 노선이 열리는 데다가 앞으로 오 년 동안의 티켓이 매진된 상태라고 했다. 레테까지 가는데 네 달이 아니라 일 년 반이 걸리는 건 어차피 동면할 테니 상관없다. 하지만 지구에서 서른을 넘기고 싶지는 않았다.

전 재산을 탈탈 털어도 일반 여행은 비용이 부족했다. 일단 편도 티켓을 끊고 돌아오는 티켓은 나중에 레테에서 끊으면 안 되냐는 질문에 상담사는 차갑게 고개를 저으며 대신 할부 대출 서류를 내밀었다. 지윤은 어쩔 수 없이 계약서에 서명했다. 지구에 아무것도 남기지 않고 오겠다는 욕심은 접어야 했다.

생각에 빠진 지윤이 가만히 있자 민혁은 계속 얘기해도 좋다는 허락으로 이해했는지 신나서 말을 덧붙였다.

"우주선을 타고 여기까지 날아올 때도 마찬가지입니다. 날아오는 도중에는 연료가 필요 없죠. 물론 태양의 중력 때문에 점점 속도가 줄긴 하지만. 어쨌든 연료는 지구에서 출발할 때 가속을 하며 거의 다 써 버립니다. 그 뒤로는 그냥 날아오는 거죠. 마치 포탄처럼요! 일종의 자유 낙하라고도 할 수 있죠. 물론 지윤 씨의 우주선은 44km/s까지 가속했기 때문에 태양으로 다시 끌려가지는 않습니다. 지구 궤도에서 태양 중력의 탈출속도는 42.1km/s니까요. 대신 이대로 계속 날아가면 태양계를 탈출해서 영원히 차가운 성간 우주를 떠돌게 되겠죠. 어느 쪽이 더 끔찍할까는 사람에 따라 다르겠습니다만. 하하. 걱정하지 않으셔도 됩니다. 이 우주선의 궤도는 레테를 향해 정확하게 통제되고 있고…"

"다른 방향을 볼 수 있는 카메라도 있나요?"

지윤은 결국 참지 못하고 말을 끊었다. 태양에 떨어져서 타 죽거나 차가운 성간 우주에서 얼어 죽는 것 모두 나쁘지는 않았지만 지윤의 관심사는 그쪽이 아니었다.

"그럼요. 어느 쪽을 보고 싶으신가요?"

"정면이요. 블랙홀이 보이는 쪽."
"네! 전환해 드리겠습니다."

눈앞의 스크린이 꺼졌다가 다시 별빛이 가득한 우주가 들어찼다. 아까와 비슷했지만 이번에는 별들이 화면의 가운데를 중심으로 둥글게 회전했다. 하얀 빛점들이 빼곡히 모인 가느다란 선 하나도 같이 돌았다. 레테의 주변을 비행하는 우주선들인 모양이었다.

"어지러우시죠? 화면을 보정해 드리겠습니다. 우주선이 돌아가는 걸 멈출 수는 없거든요. 하하."

둥글게 돌아가던 우주가 멈췄다. 이제 하얀 선은 화면의 정중앙을 수평으로 가르고 있었다. 지윤이 물었다.

"조금 확대해 주실 수 있나요?"
"자. 확대 들어가겠습니다."

하얀 선이 점점 굵어지면서 모여 있던 빛점들이 서로 구분되기 시작했다. 크고 작은 은색의 개미들이 화면 중앙을 향해 줄지어 몰려가고 있었다. 우주선들은 지윤의 예상보다 훨씬 많았다. 내행성과 외행성 사이를 오가는 우주선들은 모두 이 레테를 중간 기착지로 삼고 있으니 그럴 만도 했다.

"조금 더요."

"알겠습니다. 이게 최대예요. 더 확대하면 화면이 뭉개질 겁니다."

화면이 깜박거리더니 이번에는 문어발처럼 뻗어 나간 은빛 나선 대신 중앙을 동심원으로 감싸고 있는 둥근 궤도들이 보였다. 소용돌이처럼 중앙을 휘감아 도는 원들 위로 하나둘씩 은빛 점이 날아와 끼어들거나 끈이 끊긴 연처럼 튕겨 나갔다. 원들의 중심에는 아무것도 보이지 않았다.

"이게 최대예요? 잘 안 보이는데."

"레테 말씀이십니까? 당연하겠죠. 블랙홀이잖아요."

"그러니까. 검은색도 안 보인다고요. 그냥 다. 별빛으로 빛나는 우주잖아요. 다른 곳과 똑같이."

"하하. 그럴 수밖에 없습니다. 레테의 질량은 지구의 달과 비슷하지만 반경은 고작 0.1mm밖에 안 되거든요. 아무리 가까이 가 봐야 점으로도 안 보일 겁니다. 보이지는 않지만 분명히 그곳에 있죠. 이렇게 궤도를 돌고 있는 우주선들이 그 증거니까요."

"얼마나 가까이 가야 보일까요?"

"얼마나 가까이요? 글쎄요. 0.1mm짜리 블랙홀을 보려면 코앞까지 바짝 다가가야 하지 않을까요? 그 전에 코가 사라져 버리겠지만요. 하하. 걱정 마세요. 잠시 후에 레테 주변을 돌고 있는 우주정거장 이알카에 도착하면 망원경을 통해 보실 수 있을 테니까요."

"직접 보고 싶은데."

레테가 엄청나게 작은 블랙홀이라는 건 지윤도 알고 있었다. 그래도 이렇게 우주를 날아오면 어떻게든 볼 수 있는 방법이 있지 않을까 막연히 생각했었다. 볼 수 없다는 걸 알면서도 그냥 그렇게 믿고 싶었다. 그래서인지 자신도 모르게 지윤의 입에서 그런 말이 새어 나왔다. 그 말에 민혁이 대답했다.

"보고 싶으면 보셔야죠! 여기까지 오셨는데."
"네? 볼 수 있어요? 방법이 있어요?"
"지금부터 고민해 봐야죠. 하하하."

실없는 사람이다. 보나 마나 여행객의 기분을 맞춰 주기 위한 거짓말이겠지. 그래도 왠지 지윤은 만일 민혁이 그건 볼 수 없다고 딱 잘라 말했으면 무척 실망했을 거란 생각이 들었다. 초짜는 아닌가 보네. 역시 돈이 좋긴 좋구나. 이렇게 기분 맞춰 주는 사람도 있고. 민혁이 말했다.

"자. 지윤 씨. 저 동심원 중에서 유난히 뚜렷한 하얀 원이 보이시나요?"
"네… 보여요."
"그게 이알카입니다. 레테를 감싸고 있는 반경 100km의 거대한 고리죠. 혹시 그 고리가 회전하고 있는 것도 보이시나요?"
"아뇨. 그냥 띠로만 보이는데."
"좀 더 가까이 가면 불빛이 회전하는 게 보일 겁니다. 이알카는 레테의 주위를 1초에 7km 그러니까 7km/s의 속도로 1분 30초에 한 번씩 돌고 있어요. 엄청난 속도죠? 그 위에 지윤 씨가 착륙할 겁니다. 지금 지윤 씨가 타고 있는 우주선의 속도는 많이 줄어들긴 했지만 여전히 27km/s예요. 숫자로만 말씀드리면 잘 감이 안 오시죠?"

"그러네요."

"우주에서는 그냥 날아가는 건 공짜지만 속도를 바꾸는 데는 엄청난 에너지가 필요하다고 말씀드렸었죠? 속도를 높이나 낮추나 마찬가지예요. 다시 말씀드리면 줄여야 하는 20km/s의 속도가 다 돈이란 얘깁니다. 지윤 씨가 지구에서 여기까지 날아오는데 대략 25km/s 정도의 속도 변화가 필요했을 거예요. 여행사에서 짜내고 짜내면서 궤도를 최적화한 결과죠. 여기 오는 왕복 티켓 값이 얼마였죠? 한 1억 크레딧 정도 됐나요?"

"1억 2천만 크레딧이요."

"어휴. 그럼 체재비 빼고 왕복이니까 여기 오는 편도로만 5천만 크레딧 정도 쓰신 거네요. 근데 여기 다 와서 착륙하는 데만 4천만 크레딧을 더 쓰셔야 한다는 거예요. 엄청 아깝죠. 그것뿐인가요? 지구로 돌아가려면 다시 가속해야 하니까 4천만 크레딧이 또 들죠. 8천만 크레딧이 그냥 날아가는 겁니다. 이제 좀 감이 오시나요?"

"여전히 숫자로 얘기하셨잖아요."

"그랬나요? 하하. 그래도 돈으로 얘기하면 머리에 쏙쏙 들어오잖아요. 자. 그럼 지금부터 8천만 크레딧을 절약하는 마술을 보여 드리겠습니다. 기대하세요."

뭘 하겠다는 건지는 모르겠지만 그런 게 가능해 천만다행이었다. 티켓 값이 2억 크레딧이었으면 할부 대출을 한다고 해도 이곳에 오지 못했을 테니까. 옴짝달싹 못 한 채로 서서히 가라앉아 지구와 섞여 버려야 했을 테니까. 뭐가 그렇게 신나는지 민혁은 잔뜩 들뜬 목소리로 떠들었다.

"죄송하지만 지금부터는 영상을 꺼야 합니다. 착륙 과정에는 밖을 보지 않는 게 좋거든요. 심하게 멀미를 하실 수도 있어서. 걱정하지 마세요. 몸은 하나도 힘들지 않을 겁니다. 캡슐 안에만 있으시면 안전하게 착륙시켜 드릴 테니까요."

"전 보고 싶은데."

"아… 그건 규정상 안 되는데. 죄송하지만 끌 수밖에 없어요. 물론 가끔. 아주 가끔 작동 오류로 화면이 꺼지지 않기도 하는데. 혹시 안 꺼지면 제게 말씀해 주셔야 합니다. 나중에 들키면 제가 벌금을 물거든요. 아시겠죠?"

"…네."

지윤이 실망하며 대답했다. 기다려도 화면은 꺼지지 않았다. 민혁에게 말하려다가 문득 실수인 척 일부러 영상을 끄지 않은 거란 생각이 들었다. 민혁이 말했다.

"자. 이제 영상을 껐습니다. 아무것도 보이지 않으실 테니 대신 제가 착륙 과정을 자세히 설명해 드리겠습니다. 괜찮으시죠?"

화면은 여전히 켜져 있었다. 지금 설명을 하지 말고 조용히 있으라고 하면 예의가 아니겠지. 지윤은 지윤이 원하는 영상을 보고 민혁은 민혁이 원하는 대로 떠들고. 일종의 거래인 셈이었다. 지윤은 피식 웃으며 대답했다.

"네."

누구를 위해 떠들겠다는 건지 모를 일이었지만 지윤은 그냥 그렇게 대답했다. 그렇게 대단하다는 마술이 어떤 건지 궁금하기도 했다. 말 하나는 참 잘하는 사람이야. 지윤은 생각했다.

지윤의 아빠도 말을 잘했다. 어쩌면 아빠도 민혁처럼 유쾌한 사람이었을까. 지윤으로서는 상상하기 힘들었다. 며칠을 망설이다 지구를 떠나기 전날에 아빠에게 연락했다. 무미건조하게 전화를 받던 아빠는 레테로 여행을 떠난다는 말을 듣고 화를 냈다. 구구절절 맞는 말만 이어가던 아빠의 설교가 뚝 끊겼다. "저 죽으러 가는 거예요. 레테에." 한동안 말을 잇지 못하는 틈을 타 지윤은 전화를 끊었다.

마음이 편하지 않았다. 마음은 원래 편하지 않았다. 엄마는 지윤에게 아무런 기억도 남기지 못한 채 하늘의 별이 되었다. 그 흔적이 지구에 남아 지윤과 아빠를 묶는 족쇄가 되었다. 아빠는 거의 항상 지윤에게 미안해 했고 가끔 화를 냈다. 그리고 그러는 내내 불행했다. 항상 불행한 아빠가 지윤이 행복하기를 바란다는 게 어린 지윤으로

서는 이해가 가지 않았다. 지윤이 독립하고 난 뒤에도 아빠는 궤도가 어긋난 별처럼 가끔 다가와 지윤을 돌고 사라졌다. 그럴 때마다 지윤은 조금씩 무거워졌다.

"자. 지금 지윤 씨의 속도는 27km/s입니다. 기억하고 계시죠? 근데 이건 태양 기준 속도예요. 사실 레테는 태양 주변을 20km/s의 속도로 공전하고 있거든요. 지윤 씨는 그 뒤를 맹렬히 쫓아가고 있습니다. 그러니 레테 기준으로 따지면 지윤 씨는 7km/s로 날아가고 있는 셈이죠. 벌써 20km/s 줄였네요. 하하."

본격적으로 설명을 늘어놓는 민혁의 목소리가 한없이 가벼웠다. 지윤은 얼른 다시 민혁의 목소리에 집중했다.

"뭐예요. 그게 다예요? 싱겁게."
"안심하기는 이릅니다. 자. 이제 지윤 씨는 레테의 중력에 이끌리며 블랙홀을 향해 떨어지고 있어요. 가속이 되는 거죠. 느껴지시나요? 안 느껴지실 겁니다. 자유 낙하나 마찬가지니 여전히 우주선 안은 무중력 상태일 거거든요. 속도가 점점 높아지면서 이알카가 위치한 레테 100km 상공에 도달했을 때는 다시 12km/s까지 속도가 늘어나게 됩니다. 안타까운 일이죠."
"후후. 그럼 이제 어떻게 하죠?"
"여기서 억지로 속도를 줄이기엔 우주선의 에너지가 너무 아깝죠. 그래서 이 시점에서 지윤 씨가 타고 온 캡슐이 우주선과 분리됩니다. 그건 설명 들으셨죠?"

상담사가 엄청난 속도로 읽어 준 약관에서 본 기억이 났다. 몇 군데 서명도 했는데 그중에 캡슐 분리에 관한 내용도 있었던 듯했다. 무사히 레테에 도착만 할 수 있다면 상관없다는 생각에 크게 신경 쓰지 않았었다.

"네. 들은 것 같네요."
"하하. 네. 완벽하게 안전하니까 걱정은 하지 마시고요. 캡슐을 분리한 우주선은 그 속도 그대로 레테를 타고 돈 뒤 다시 지구로 날아갑니다. 그럼 속도를 줄여야 할 건 지윤 씨가 탄 캡슐뿐이죠. 캡슐의 무게가 우주선의 1/10이니 감속하는 것도 그만큼 수월해집니다. 자. 이제 레테에 접근합니다."

확대되었던 영상의 배율이 다시 원래대로 돌아가자 레테 주변의 불빛들은 작은 반지처럼 보였다. 그 원이 커지는 속도가 조금씩 빨라지더니 어느 순간 갑자기 확 늘어나며 화면을 가득 채웠다. 충돌할 것 같은 느낌에 지윤은 흡 하고 숨을 들이켰다.

블랙홀은 여전히 보이지 않았다. 대신 아무것도 보이지 않는 공간을 원형으로 감싸고 있는 거대한 하얀색 고리가 보였다. 우주정거장이자 거주지인 이알카였다. 원통형의 모듈들이 가느다란 튜브로 연결된 고리의 곳곳에 안쪽으로 그리고 바깥쪽으로 뻗어 나온 날카로운 가시 같은 구조물들이 보였다. 고리는 지윤의 우주선보다 조금 느린 속도로 회전하고 있었다. 우주선은 빨려 들 듯 천천히 방향을 바꾸며 고리 바로 바깥쪽으로 붙었다.

"자. 이제 100km 상공에 도달했어요. 이알카의 바로 위쪽입니다. 이제 캡슐이 분리될 거예요. 마음의 준비를 하시고요."

화면이 꺼지며 덜컹하고 캡슐이 살짝 흔들렸다. 밖이 보이지 않으니 우주선에서 빠져나오는 모습은 볼 수 없었다. 몸으로는 거의 변화가 느껴지지 않았다. 잠시 후 캡슐이 살짝 기울어지는 느낌이 났다.

"무사히 분리되었고요. 캡슐 내부의 온도가 조금 떨어질 수 있지만 정상적인 과정이니까 걱정 안 하셔도 됩니다. 자. 이제 지윤 씨를 내려 준 우주선은 100km 궤도를 따라 레테를 반 바퀴 돌고 다시 지구 방향으로 날아갈 겁니다. 자. 이제 지윤 씨가 타고 계신 캡슐의 속도를 12km/s에서 7km/s로 줄여야 할 차례입니다. 그 속도로 그냥 내버려 두면 지윤 씨는 포물선을 그리며 레테 밖으로 튀어 나가 차가운 우주를 홀로 떠돌게 될 거거든요."

"그것도 나쁘지 않겠네요."

"하하. 네. 여유 있으셔서 좋네요. 여기 레테에 계시는 동안 지윤 씨는 제 책임이니까 그렇게 둘 수는 없죠. 지윤 씨의 캡슐은 레테 상공 곳곳에 설치된 자기 유체 감속터널을 지나며 속도가 줄어들 거예요. 초전도 코일이 설치된 지름 10m, 길이 100m 정도 되는 거대한 튜브입니다. 캡슐의 감속으로 얻은 에너지를 저장할 수 있게 되어 있죠. 지금 첫 번째 터널을 지날 거예요. 덜컹할 겁니다."

그 말과 함께 몸이 덜컹 흔들렸다. 아주 잠깐 몸이 발 쪽으로 쏠렸다가 다시 튕겨 올라왔다. 민혁이 물었다.

"괜찮으세요? 힘들진 않으시죠?"
"네. 뭐가 지나간 것 같긴 한데. 엄청 짧네요."
"길이가 100m여도 통과하는 시간이 0.02초밖에 안 되니까요. 그 시간 동안 지구 중력의 몇십 배에 해당하는 힘으로 캡슐을 감속시킨 거예요. 그렇게 하면 캡슐의 속도를 대략 0.005km/s 정도 줄일 수 있죠."
"겨우 그거밖에요? 그렇게 해서 언제 5km/s를 다 줄여요?"
"천 번만 지나면 되죠. 자. 또 지나갑니다."

몸이 다시 한번 움직였다. 아까 겪어 봐서 그런지 놀랍지는 않았다. 잠시 후 또다시 몸이 흔들렸다. 민혁이 말했다.

"레테를 한쪽 끝으로 하는 커다란 타원 궤도를 따라 돌며 터널을 계속 지날 거예요. 궤도 하나당 터널이 100개 정도 있으니 간단히 계산하면 열 번 돌면 되죠. 감속 효율이 점점 높아지니 실제로는 일곱 번 정도면 될 거예요. 한 시간 반 정도 걸려요. 우주선의 속도를 줄인다는 게 얼마나 힘든 일인지 아시겠죠? 원하시면 수면 가스를 주입하거나 영화 같은 걸 틀어 드릴 수도 있어요."

"밖을 볼 수는 없어요?"

"네. 캡슐에는 카메라가 없어서요."

"됐어요. 그럼. 그냥 갈게요."

"아무것도 안 하시고요?"

"저 멍 때리는 거 잘해요. 신경 쓰지 마세요."

"저랑 잡담이나 하시는 건 어때요. 그럼."

"다른 사람하고 떠드는 거 별로 안 좋아해요."

"전 좋아하는데."

"그래 보여요."

"지윤 씨도 얘기 잘하시는데요."

"안 좋아한다니까요?"

"레테에는 왜 오신 거예요?"

"제 말 듣는 거예요?"

"네. 잘 들려요."

뭐야. 이 사람. 기분이 나쁘지는 않았지만 지윤은 조금 지루해졌다. 이쯤에서 끊고 싶어. 지윤이 말했다.

"죽으러요. 죽으러 왔어요. 레테에."

덜컹. 터널을 하나 더 지났다. 다음 터널을 지나기 전에 민혁의 대답이 가볍게 날아왔다.

"어떻게 죽고 싶으신데요?"

"블랙홀에 뛰어들고 싶은데."

"아. 그건… 좀."

"안 돼요?"

"뭐. 뛰어들고 싶으면 뛰어드셔야죠. 여기까지 오셨는데. 방법을 찾아볼게요. 하하."

어이가 없었다. 그래도 불편하진 않았다. 지윤이 말을 잇지 못하는 사이에 민혁은 레테의 역사와 블랙홀의 물리학에 대해 수많은 숫자를 늘어놓으며 떠들었다. 지윤은 그냥 음악처럼 민혁의 말을 들었다.

"레테는 그리스 신화에 나오는 망각의 여신이에요. 저승에 있는 다섯 개의 강 중 하나죠. 소행성에는 여신의 이름을 붙이는 관례가 있거든요. 빛조차 빨아들이고 세상에서 그 흔적을 지우는 블랙홀의 이름으로 망각의 여신만큼 어울리는 게 없겠죠. 이알카는 고대 그리스어로 항구라는 뜻이에요. 멋지지 않나요?"

"저승으로 가는 항구네요. 그럼. 여기는."

"모든 걸 잊고 새로운 삶을 향해 나아간다는 의미도 되겠죠. 실제로 우주선들은 이 레테를 돌며 에너지를 얻어서 다음 정거장을 향해 날아가요. 어떤 우주선은 속도를 높이고 어떤 우주선은 속도를 낮추죠. 종착지에 무사히 도착할 수 있도록. 스윙 바이라고 들어 보셨어요?"

"아뇨."

"정말 멋진 기술이에요. 우주선이 이 레테를 타고 한 바퀴 도는 것만으로 날아가는 방향도 바꾸고 속력도 바꿀 수 있죠. 일종의 전환점이 되는 거예요. 내행성과 외행성 사이를 오가는 우주선들은 할 수만 있다면 꼭 여기 레테에 들러서 에너지를 얻고 가죠. 블랙홀 주변에 이렇게 거대한 고리형 주거지인 이알카를 건설한 이유기도 하고요."

"여기가 종착지인 사람들은 없나요?"

"하하. 관광 오신 분께 조금 김빠지는 이야기긴 하지만. 사실 이곳이 그렇게 살기 좋은 곳은 아니에요. 블랙홀이라는 단어에 끌려 거액을 내고 오셨던 분들도 금방 질려 하면서 고향으로 돌아가고 싶어 하시죠. 하지만 걱정 마세요! 제가 책임지고 레테의 모든 것을 보여 드릴 테니까요. 지윤 씨는 지루하실 일이 없으실 겁니다. 하하하."

"저는… 자유 여행을 하고 싶은데. 혼자 돌아다니는 게 맘이 편해서요."

"원하시는 대로 하셔도 됩니다. 저는 안내만 해 드릴게요. 필요할 때 도와 드리고. 한적한 관광지나 시간대 같은 거 제가 아주 잘 알고 있거든요."

"네. 고마워요."

"자! 이제 드디어 감속이 거의 다 끝났네요. 마지막 터널을 지나면 7km/s로 이알카의 회전 속도와 동일하게 맞춰질 겁니다. 100km 궤도로 들어오시면 제 우주선과 만나시게 될 텐데요. 도킹이 완료되면 알려 드리겠습니다. 잠시만 기다리세요!"

터널을 지날 때마다 조금씩 길어지던 덜컹하는 느낌은 마지막 터널에서는 거의 2~3초간 진행되었다. 발이 조금 묵직하게 캡슐 벽에 닿으니 마치 땅 위에 똑바로 서 있는 듯한 기분이 들었다. 몸이 다시 원래 위치로 돌아오고 캡슐이 살짝 기울어지는 느낌이 났다. 다시 한번 덜컹하며 캡슐이 흔들리더니 눈앞의 스크린이 켜지고 레테에 오신 것을 환영한다는 요란스러운 영상이 재생되었다.

"반갑습니다! 지윤 씨. 보이시지는 않겠지만 저는 지금 지윤 씨 바로 앞에 앉아 있습니다. 그러니까 발이 있는 쪽이죠. 아직은 캡슐 안이 무중력 상태지만 선착장에 착륙할 때는 등 쪽으로 살짝 중력이 느껴지실 겁니다. 적응을 위해 선착장 지역에는 지구 중력의 1/6 정도만 적용되도록 설계되어 있습니다. 달하고 비슷한 수준이죠. 자. 그럼. 착륙하겠습니다."

민혁이 말한 대로 등 쪽으로 중력이 느껴지며 몸이 캡슐 아래로 달라붙었다. 푹신한 이불 위에 누운 기분이었다. 살짝 졸음이 밀려오려고 할 때 캡슐이 멈추고 기체가 새어 들어오는 소리가 들렸다. 코로 들어오는 공기가 조금 차가웠다. 지윤의 몸을 고정하고 있던 지지대가 풀리고 캡슐이 밀려 나왔다. 잠시 후 캡슐 뚜껑이 열리자 금속이 부딪치는 시끄러운 소리와 살짝 시큼한 냄새, 케이블이 복잡하게 얽혀 있는 격납고 천장이 동시에 지윤의 감각으로 밀려 들어왔다. 그리고 옆쪽에서 얼굴 하나가 불쑥 나타났다.

"안녕하세요! 나지윤 씨. 김민혁입니다. 직접 뵈니까 더 반갑네요! 레테에 오신 걸 환영합니다!"

지윤의 눈에 들어온 사람은 마른 체형에 안경을 낀 모습이었다. 넉살 좋은 말투에서 예상했던 것과는 인상이 달랐다. 몸을 일으키려 했지만 힘이 잘 들어가지 않아 민혁의 부축을 받아야 했다. 발을 바닥에 내려 딛는 감각은 가벼웠지만 정작 일어나려 하자 힘없이 무릎이 꺾였다. 동면으로 약해진 근육과 가벼운 중력 때문에 지윤의 팔다리가 막대 인형처럼 어긋났다. 맥없이 앞으로 넘어지는 지윤의 손을 민혁은 그럴 줄 알았다는 듯이 자연스럽게 붙잡았다.

"네 달 동안 무중력 상태에서 동면을 유지하느라 근육이 많이 약해지셨을 겁니다. 며칠간은 저중력실에 계시면서 체력을 회복하셔야 할 거예요. 일단 걷는 연습을 좀 해 보시겠어요. 아기 때처럼. 하나. 둘."

지윤은 가끔 걸음마를 하는 꿈을 꾸었다. 지윤의 손을 잡아 주며 웃는 사람은 낯설었다. 얼굴도 목소리도 희미했다. 아빠는 지윤이 어렸을 때부터 손을 잡는 걸 싫어했다고 했다. 지윤으로서는 기억에 없는 일이지만 그럴 것 같았다. 지윤은 아빠가 자꾸 자신을 붙잡아 주려 하는 게 싫었다. 차라리 혼자라면 지윤은 아무렇지 않게 살아갈 자신이 있었다.

민혁에게 손을 잡힌 채 걷는 걸음이 지윤은 왠지 꿈 같았다. 낮은 중력 때문이지겠지. 몇 걸음 걸어 보니 크게 다를 것도 없었다. 지윤이 금방 적응하자 민혁은 감탄하며 엄지손가락을 치켜들었다. 지윤이 발로 바닥을 몇 번 굴러 보며 물었다.

"블랙홀의 중력이라는 거 별거 아니네요. 거리가 멀어서 그런가요?"

"어… 물론 그렇기도 하지만. 사실 이 위치에서 레테의 중력은 지구의 500배 정도 돼요."

"네? 500배요? 이게요?"

"하하. 네. 대신 이알카가 회전하는 원심력이 지구의 499배로 맞춰져 있어서 레테의 중력을 상쇄하는 거죠. 여기는 거주 지역보다 조금 높아서 중력이 더 낮은 거고요. 이알카는 1분 30초에 한 번씩 레테 주위를 회전하는데 그 속도가 0.1%만 달라져도 우리가 느끼는 중력은 금방 두 배가 될 거예요. 여행객들이 불안해 하셔서 잘 안 해 드리는 얘긴데. 지윤 씨는 상관없죠? 이알카가 부서지면 원하시는 대로 블랙홀에 뛰어들 수 있게 될 테니까요. 하하하."

500배의 중력과 499배의 원심력이 서로 반대 방향으로 지윤을 당기며 상쇄되고 있다고 생각하니 살짝 서늘하긴 했다. 그래도 별로 걱정이 되진 않았다. 어차피 지윤은 아주 오래 전부터 우주에 붕 떠 있는 느낌이었다. 지윤은 힘껏 발을 차 공중으로 솟아올라 보았다. 힘없는 발이었지만 지구에서 뛰던 것보다 두 배 가까이 공중으로 솟아올랐다. 민혁이 얼른 같이 솟아오르며 지윤을 붙잡았다.

"어어. 벌써 그렇게 과격하게 움직이시면 위험해요."

갑자기 민혁을 골탕 먹이고 싶다는 생각이 들었다. 지윤은 민혁의 손을 뿌리치고 격납고를 통통 튀어 다녔다. 민혁이 허둥지둥 쫓아왔지만 억지로 붙잡지는 않았다. 술래잡기하듯 민혁을 피해 다니던 지윤은 금방 지쳐서 바닥으로 내려와 숨을 몰아쉬었다. 배에서 꼬르륵 소리가 났다. 어이없어하며 바라보는 민혁에게 지윤이 물었다.

"배고픈데. 밥 언제 먹어요?"

*

식료품을 생산하지 않는 레테에 이렇다 할 대표 음식이 있을 리 없었다. 태양계 곳곳에서 배달된 온갖 통조림과 보존 식품을 무료함이 낳은 기발함으로 조합해 만들어 낸 게 전부였다. 그런데도 민혁은 그런 음식들을 수십 가지나 자랑해 댔고 그의 말에 따르면 레테는 온 태양계의 귀한 음식들이 모여드는 먹거리의 성지였다.

"그 중에서도 빼 놓을 수 없는 게 푸딩이죠. 제일 무난하기도 하고."
"푸딩이요?"
"네. 푸딩. 푸딩 싫어하는 사람은 별로 없으니까."

푸딩은 어디에나 있었다. 지구에도 달에도 유로파에도. 우주정거장에서의 몇 개 안 되는 선택 메뉴 중에서도 푸딩은 빠지지 않았다. 지윤은 푸딩을 먹지 않았다.

어렸을 때 지윤이 무심코 혼잣말을 한 적이 있었다. 집에서 만든 푸딩이 먹고 싶다고. 그 말을 듣고 아빠는 갑자기 화를 냈다. 공장에서 대량으로 뽑아 내기는 좋아도 집에서 만들기에는 번거로운 음식이다. 아빠가 푸딩을 만들 시간이 없다는 건 지윤도 잘 알았다. 그래서 화를 내는 아빠를 이해했다.

며칠 동안 지윤에게 미안해 하던 아빠는 결국 푸딩을 만들어 줬다. 아빠가 만들어 준 푸딩을 지윤은 세상에서 가장 행복한 표정을 지으며 먹어야 했다. 화를 내던 아빠의 모습은 기억에서 가물가물했다. 억지로 입에 떠 넣었던 푸딩의 맛도 생각나지 않는다. 하지만 그때 지윤이 지어야 했던 표정만큼은 머릿속에서 지워지지 않았다. 그 뒤로 지윤은 푸딩을 먹지 않았다. 아빠 앞에서 혼잣말을 하지도 않았다.

"아. 혹시 싫어하세요?"

지윤의 눈치를 살피며 민혁이 물었다. 싫어하는 건 아니니까. 여기는 지구도 아니고. 우주 한복판에 떠 있는 블랙홀 옆에서 뭘 먹든 무슨 상관일까 싶었다. 지윤은 고개를 저었다. 동면으로 약해진 지윤의 소화 기능이 회복되자마자 민혁은 제일 먼저 푸딩 가게에 데려갔다.

"유로파의 바다에서 양식한 아귀살코기를 화성에서 기른 감자와 섞어 레테 반경 1km 지점에서의 엄청난 중력으로 으깨 굳히고 지구의 맵디매운 향신료로 마무리한 푸딩이에요. 드셔 보세요."

어떤 음식이든 상관없다고 생각했던 지윤의 미간이 살짝 일그러졌다. 망설이는 지윤에게 민혁이 얄미운 미소를 지었다. 괜히 약이 오른 지윤은 굳은 표정으로 숟가락을 들어 푸딩을 크게 한 덩어리 잘라 입에 넣었다. 푸딩의 맛은 놀라웠다. 지금 입안에서 녹고 있는데도 다음에 떠 넣을 푸딩의 맛이 궁금했다. 푸딩이 이런 맛이었구나. 몇 숟가락을 연달아 떠 넣은 뒤에야 지윤은 고개를 들어 민혁에게 물었다.

"근데 이걸 정말 반경 1km까지 가지고 가서 으꼈다고요? 진짜로?"
"그랬다던데요. 고중력 환경에서의 재료 특성을 조사하기 위해 시료를 반경 1km 지점까지 근접하는 타원 궤도로 선회시킬 수 있는 실험 시설이 있거든요. 그 정도면 중력이 지구의 500만 배쯤 될 거예요."
"그런 실험 시설을 요리 만드는 데 썼어요?"
"안 될 거 있어요? 아직 레테 사람들을 잘 모르시네. 여기 사람들은 다 저승 문턱에 반쯤 발 담그고 사는 사람들이에요. 못 할 일이 뭐가 있다고. 아마 연구소장이 제일 신나서 이것저것 넣어 봤을걸요?"

"중력이 500만 배면 아귀살이고 뭐고 다 문드러져서 녹아 없어지는 거 아니에요?"

"중력이 높다고 해서 뭔가가 부서지진 않아요. 전체가 균일한 중력을 받는다면 아무리 큰 중력이라도 구조는 그대로 유지돼요. 사람이 들어가도 멀쩡할걸요. 문제는 몸의 여기저기가 서로 다른 중력을 받는 건데. 차등 중력이라고 하거든요. 그러면 구조가 부서지기 시작하죠. 1km 지점에서는 1mm마다 지구 중력의 10배만큼 차이가 나는데 그 정도면 조직이 부서지고도 남죠."

"그 정도 가까이 가면 사람이 죽는다는 얘기네요. 아주 고통스럽겠죠? 몸이 막 찢어지는 느낌이 들까요?"

"그렇진 않을걸요. 그 전에 죽어요. 10km 정도만 다가가도 피가 뇌로 제대로 공급되지 않아 기절하게 될 거예요. 그다음에는 뭐 아무것도 못 느끼죠."

"사람 몸이라는 거 참 허약하네요."

"어휴. 그나마 중력은 잘 버티는 거예요. 체온이 5℃만 변해도 죽는 게 사람인데요. 오 분만 숨을 못 쉬어도 죽고요. 사람들 진짜 애쓰는 거예요. 영하 273℃에서 6천 ℃까지 왔다 갔다 하는 텅 빈 우주에서 어떻게든 바락바락 온도 맞추고 공기 끌어모아서 살려고 버티잖아요. 점 하나보다도 작은 공간에 겨우 모여 살면서도 태양계 전체를 헤집고 다니고."

"왜 그렇게 살려고 애쓰는 거죠?"

민혁은 대답 대신 아귀살 푸딩을 포크로 통통 두드렸다.

"왜 이런 걸 만들어 내려고 온 태양계에서 재료를 모아다가 블랙홀에 집어넣겠어요?"
"왜 그러는 건데요. 대체."
"글쎄요. 하지 말라는 사람이 없으니까?"

민혁은 어깨를 으쓱하고는 넉살 좋은 미소를 지으며 말했다.

음식을 먹을 수 있게 되고 나서도 지윤은 이틀을 더 저중력실에 있어야 했다. 지루하지는 않았다. 민혁의 말대로 레테 사람들의 상상력은 치밀하면서도 하찮았다. 제일 신기한 건 무중력 테니스장이었는데 높이가 20m 정도 되는 커다란 방이다. 방의 중앙에서 정확하게 중력과 원심력이 상쇄되며 바닥은 중력이 세고 천장은 원심력이 세서 위로나 아래로나 발을 디디고 설 수 있다. 그렇게 바닥과 천장에 버티고 서서 상대방에게 공을 날려 보내는 놀이다. 다른 사람과 같이 할 수도 있었고 튕겨 나오는 공을 받아치며 혼자 놀 수도 있었다.

민혁은 사람들이 드문 시간대를 알려 주었다. 이알카는 지구와 마찬가지로 24시간제를 적용하고 있었지만 태양은 1분 30초마다 한 번씩 뜨고 졌기 때문에 사실상 밤낮이 따로 없다. 지윤이 좋아한 쪽은 테니스보다는 그 옆에 설치된 거대한 그네였다. 중력이 약해 조금만 강하게 박차고 올라가도 금방 꼭대기까지 솟아올랐고 거길 넘어가면 바닥 대신 천장으로 떨어지며 계속 빙글빙글 돌 수 있다. 우주 어디에도 없는 오직 레테에만 있는 놀이 기구라며 민혁은 자랑했다. 인간이 아니라면 중력과 원심력을 이렇게 정교하게 맞춘 물건을 만들어 낼 리 없으니까. 아니 기껏 그런 물건을 만들어 놓고 놀이 기구로 쓸 리가 없으니까.

저중력실을 나가 이알카의 거주 지역으로 내려가려면 체력과 근육량 테스트를 통과해야 했다. 누가 강요하지 않아도 지윤은 성실하게 근육 강화제를 복용하며 빡빡한 운동 일정을 소화했다. 거주 지역에 대해 끊임없이 허풍을 늘어놓는 민혁의 입을 그만 좀 다물게 하고 싶어서이기도 했다.

쉬는 시간에는 투명한 합성 플라스틱으로 둘러싸인 전망대에서 우주를 바라보았다. 빙글빙글 돌아가는 별들을 바라보고 있자면 꼭 관람차에 타고 있는 기분이 들었다. 레테를 경유하는 수많은 우주선의 궤적을 지켜보는 것도 재미있었다. 민혁의 말대로 레테에서 멈추거나 출발하는 우주선보다는 그냥 반 바퀴 정도 타고 돌며 스쳐 지나가는 우주선들이 훨씬 많았다. 스윙 바이라고 했던가.

"근데 아무리 봐도 레테로 다가오는 속도와 다시 멀어지는 속도가 비슷해 보이는데요. 여기서 에너지를 얻어 간다고 하지 않았어요? 그 스윙 바이라는 걸 통해서."

"지윤 씨 보는 눈이 정확하시네요. 맞아요. 여기서 보면 속도가 똑같죠. 운동량이 보존되어야 하니까 속도가 달라질 수 없거든요. 답은 레테의 공전이에요. 레테가 20km/s의 속도로 태양을 공전하고 있다고 말씀드렸죠? 여기 기준으로는 스윙 바이하는 우주선의 속도가 변하지 않는 것처럼 보이지만 태양을 기준으로 보면 다르죠."

민혁은 항상 약간 들떠 있는 말투였지만 스윙 바이에 관해 이야기할 때면 더 흥분했다. 가이드로서 지켜야 할 적정한 선을 넘어설 정도로 열심히 설명하는 모습이 오히려 인간적이어서 지윤은 말을 끊지 않고 그냥 내버려 두었다. 민혁은 눈 깜박할 사이에 다가왔다가 멀어지는 은빛 점 하나를 가리키며 말했다.

"자. 저 우주선. 엄청 빠르죠. 지나가는 속도가 한 25km/s 쯤 될까요? 오는 속도와 가는 속도가 비슷해 보이죠? 근데 레테의 공전 방향과 반대로 다가왔다가 반 바퀴 돌아서 같은 방향으로 멀어지잖아요? 그럼 사실 태양 기준으로 보면 저 우주선은 5km/s로 다가왔다가 45km/s로 멀어지고 있는 거예요. 레테에서 40km/s를 번 거죠. 엄청나죠?"

"아까 뭐가 보존되어야 한다면서요. 그럼 그 에너지는 어디에서 가져간 거예요?"

"당연히 레테죠. 저 우주선이 빨라진 만큼 레테의 공전이 느려진 거예요."

"정말요? 그럼 이렇게 계속하다간 레테가 공전을 멈출 수도 있는 거예요?"

"하하. 걱정하지 마세요. 태양계에 있는 모든 우주선이 레테를 스윙 바이해도 레테의 공전은 1초도 안 느려질 테니까. 질량이 어마어마하게 다르니까요."

"그래도 조금은 느려진다면서요. 그렇게 조금씩 느려지다가 언젠가 공전을 멈추면 어떻게 돼요?"

"공전 속도가 느려지면 멈추기 전에 태양으로 끌려갈 거예요. 그렇게 나선 방향으로 소용돌이치듯 조금씩 끌려가면서 만나는 행성들을 전부 잡아먹겠죠. 화성도 잡아먹고 지구도 잡아먹고. 결국에는 태양까지 잡아먹어서 지금보다 훨씬 큰 블랙홀이 되겠죠. 길이가 한 3km 정도까지는 커질 거예요. 근데 그 전에 태양이 먼저 적색 거성이 될 거예요. 점점 커져서 수성을 잡아먹고 금성을 잡아먹고 이 소행성 궤도까지 커지면 그때는 태양이 레테에 빨려 들기 시작할 거예요. 별이 아무리 커도 블랙홀에는 안 되거든요. 하하. 우리 레테 엄청 세죠?"

"끔찍한 얘기를 엄청 아무렇지 않게 하시네요."

"끔찍한 얘기를 물어보셨잖아요."

"어! 저 우주선! 블랙홀에 빨려 들어가는 거 아니에요?"

우주를 보고 있던 지윤이 소리쳤다. 진짜로 우주선 한 대가 이알카 안쪽까지 들어와 레테가 있는 중심부를 향해 다가가고 있었다. 민혁이 거의 외치듯 말했다.

"잘 보세요! 블랙홀을 간접적으로 볼 수 있는 기회니까!"

우주선은 중심을 향해 나선으로 끌려가며 속도가 점점 빨라졌다. 이러다가 정말 빨려 들겠다 싶을 때쯤 우주선은 갑자기 추진체를 내뿜기 시작했다. 추진체는 기다란 흰 연기가 되어 마치 지니가 요술 램프로 들어가듯 중심부로 빨려 들어 사라졌고 가속한 우주선은 접근할 때보다 훨씬 빠른 속도로 빠져나와 레테에서 멀어져 갔다. 스윙바이와는 달리 레테 기준으로 보기에도 훨씬 더 빨라진 속도였다.

"오베르트 기동이에요. 이건 레테에서 에너지를 얻는 게 아니라 우주선의 자체 추진체로 속도를 높이는 거죠. 근데 그 추진을 중력이 높은 곳에서 할수록 효과적이거든요. 간단히 설명하면 추진체를 블랙홀 근처로 가지고 들어가면서 얻은 에너지를 추진체를 그곳에 버리고 오면서 우주선이 들고나오는 거예요. 중력이 약한 곳보다 훨씬 적은 연료로 훨씬 높은 속도를 얻을 수 있죠. 레테니까 가능한 거예요. 일반 행성이라면 저렇게 가까이 접근할 수 없으니까."

"뭔지 모르지만 멋지네요. 블랙홀에 저렇게 가까이 다가갈 수 있다니. 연료를 제때 내뿜지 못하면 그대로 블랙홀에 빨려 드는 거잖아요. 저 조종사 엄청 용감한데요."

"용감이라. 하하. 저건 무인 우주선이에요. 여기 이알카의 관제탑에서 조종하는 거죠. 사람이 타고 있다면 저렇게 심한 가속도를 견뎌낼 수 없으니까."

"아… 그렇군요."

지윤이 실망한 목소리로 말했다. 민혁은 들떴던 기분을 가라앉히려는지 조금 굳은 얼굴로 숨을 몇 번 크게 들이쉬고는 다시금 웃으며 지윤에게 말했다.

"지윤 씨 이제 저중력실에서 나가셔도 되겠어요. 진짜 레테 여행을 시작하셔야죠!"

*

　이알카의 거주지까지는 저중력실에서 70m 정도를 내려가야 했다. 엘리베이터가 천천히 아래로 내려갈수록 다리가 점점 묵직해졌다. 바닥에 닿으니 지구의 중력과 비슷해졌다. 입항 신고를 하고 쇼핑 구역을 지나자 지윤은 건물 밖으로 나올 수 있었다. 하늘은 여전히 별빛이 박힌 검은 우주였고 사방이 벽으로 막혀 있기는 했지만 천장은 없었다. 까마득한 우주와 그대로 이어졌다. 그런데도 숨 쉴 수 있는 공기가 유지되고 있었다. 민혁이 다가오며 말했다.

"이알카 전체로 따져도 이렇게 천장이 열려 있는 곳은 몇 군데 안 돼요. 아무리 벽으로 막아 놓았다고 해도 우주로 새어 나가는 공기가 만만치 않거든요. 여기서 충분히 구경하세요. 저기 저 대들보처럼 하늘을 가로지르는 금속판 보이세요?"
"네. 보이네요."
"태양이 지나가는 길이에요. 맨눈으로 직접 보는 건 위험하거든요. 이럴 거면 뭐 하러 천장을 뚫어 놓았나 싶지만 그래도."

민혁은 잠시 말을 멈추고 크게 한 번 숨을 들이쉬었다. 공기가 무슨 보물이라도 되는 듯이 한껏 빨아들여 가슴 가득 품고 있다가 다시 내뱉었다. 멍하니 보는 지윤에게 따라 하라며 눈짓을 했다. 지윤은 민혁을 따라서 깊게 숨을 들이쉬었다.

"그래도 이렇게 숨을 쉬면 꼭 우주를 들이마시는 기분이 들어요. 막혀 있진 않으니까. 우주를 떠돌던 공기 입자가 어쩌다 레테의 중력에 붙잡혀서 여기까지 들어온 걸 수도 있잖아요. 하하. 사실 그건 지구도 마찬가지긴 한데. 지구하고 우주 사이에도 뭔가가 가로막고 있는 건 아니니까요. 그래도 기분이라는 게 또 달라요. 사람이라는 게 참 제멋대로죠?"

"그러네요."

"이 우주에 사람이 하면 안 되는 일이 뭐가 있겠어요. 이런 짓도 하고 있는데. 안 그래요?"

"맞아요. 다른 사람에게 피해만 주지 않으면 되죠. 좋아하고 싫어하고. 그런 것도 그냥 혼자 하면 아무 상관 없는 거잖아요. 아무도 모르게. 그래서 혼자 있으려고요."

"맞습니다. 잘 오셨어요. 여기 레테가 그렇게 고독을 즐기시기에는 딱 좋은 곳이죠."

"민혁 씨 들으라고 한 말인데요. 이제 안으로 들어왔으니 혼자서 자유 여행을 좀 하고 싶어서요."

"네네. 원하시면 그렇게 하셔야죠. 그런데 전 신경 쓰실 거 없어요. 저는 지윤 씨에게 아무런 영향도 받지 않으니까. 못 느끼셨어요?"

"느꼈죠. 참 신기하기도 하고. 어떻게 저런 사람이 있나 싶기도 한데."

"그러니까요. 그냥 걸어 다니는 가이드북이라고 생각하세요. 안내 로봇이라고 여기셔도 좋고. 이용하시고 싶으실 때만 마음껏 이용하시면 됩니다. 하하하."

못 말릴 사람이었다. 그래서 그냥 말리지 않기로 했다.

직접 돌아본 이알카는 민혁의 허세와 자신감으로도 제대로 포장하기 어려울 만큼 지루했다. 처음 내려온 날 봤던 정원을 제외하고는 공간 대부분이 원통형의 실내였고 밀폐되어 있었다. 아래쪽으로 중력이 작용한다는 점을 빼놓고는 무중력 상태의 우주정거장과 별로 다를 점이 없었다. 레테 사람들이 블랙홀에 아귀살을 집어넣어 푸딩을 만들 정도로 심심하다는 게 이해가 갔다.

민혁은 블랙홀을 직접 눈으로 볼 수 있게 해 주겠다며 박물관 비슷한 곳으로 지윤을 데려갔다. 둥근 고리 형태의 이알카 전체를 순환하는 열차가 있었고 사실 이알카의 대부분은 그 열차가 지나가는 튜브 형태의 통로였다. 중간중간 멈추는 역에 사람들이 거주하고 업무를 보고 쇼핑을 하기도 하는 거대한 원통형의 공간이 연결되어 있었다. 역에는 고대 그리스와 관련된 이름들이 붙어 있었는데 프톨레마이오스라는 이름의 역에 연결된 원통 전체가 박물관이었다.

뻔한 전시물들 가운데 블랙홀을 바라볼 수 있는 망원경이 있었다. 동전을 넣고 렌즈에 눈을 가져다 대자 한가운데 작은 점 하나가 보였다. 배율을 높이자 그 점은 점점 커지며 동전만 한 검은 원이 되었고 주변을 둥글게 일그러진 별빛들이 감싸고 있었다. 그냥 블랙홀을 찍은 사진을 확대해 보는 기분이라 별 감흥이 없었다.

지윤이 실망하자 민혁이 다음으로 데려간 곳은 맨눈으로 블랙홀을 볼 수 있는 곳이었다. 정확히 말하면 블랙홀이 아니라 블랙홀의 흔적이었다. 바닥에 깔린 둥근 유리창 아래로 검은 우주가 내려다보였다. 민혁이 말했다.

"자. 저기를 잘 보세요. 하얀빛 하나가 왔다 갔다 하는 게 보일 거예요. 보이세요?"

"…네. 보이네요."

"그 빛이 정확히 중앙을 지날 때 어떻게 되나 잘 보세요."

지윤은 눈을 크게 뜨고 빛을 주시했다. 중앙으로 다가가던 빛이 약간 멈칫하는 것 같더니 두 개로 나뉘었다.

"자. 지금. 빛이 두 개가 된 거 보셨죠? 저 사이에 블랙홀이 있는 거예요. 중력 렌즈 효과 때문에 블랙홀의 뒤편에 있는 빛의 경로가 꺾이면서 왼쪽으로 돌아 나오는 동시에 오른쪽으로도 돌아 나오는 거죠. 그래서 빛이 두 개로 나뉘는 거예요. 저기에 블랙홀이 있다는 증거를 맨눈으로 똑똑히 볼 수 있는 거죠. 신기하죠?"

두 개로 나뉘어 움직이던 빛은 이내 하나가 사라지며 다시 하나가 되었다. 시계추가 흔들리듯 왕복하는 빛은 징검다리를 건너뛰듯 블랙홀이 있는 자리에서만 둘로 나뉘었다가 다시 합쳐졌다. 계속 보고 있자니 빛이 닿지 않는 빈자리로 무언가 검은 공간이 있다는 느낌이 들기도 했다. 그래도 블랙홀을 직접 봤다는 느낌은 잘 들지 않았다.

"이게 민혁 씨가 약속했던 거예요? 블랙홀을 직접 볼 수 있게 해 주신다면서."
"이걸로 부족하시면 다른 방법을 찾아야죠! 지윤 씨가 만족하실 때까지! 하하하."

별다른 방법이 없다는 건 지윤도 알고 있었다. 그래도 민혁의 허풍을 들으면 기분이 조금 좋아졌다. 어느새 익숙해진 걸까. 아니면 지윤도 조금은 레테 사람과 비슷해진 걸까. 큰 기대를 하지 않아서인지 민혁이 다음으로 데리고 간 곳에서 지윤은 짧게 탄성을 내질렀다. 민혁이 만족한 웃음을 지으며 말했다.

"하하. 좋아하실 줄 알았어요. 일종의 번지 점프인데. 괜찮으시겠죠?"

지윤이 고개를 끄덕였다. 말 그대로 번지 점프였다. 뛰는 곳은 우주고 향하는 곳은 블랙홀이다. 블랙홀 100km 상공에서 고작 수십 m 정도를 내려갔다 올라오는 거지만 어쨌든 블랙홀을 향해 뛰어내린다. 대기압 경계 바깥쪽이라서 지윤은 우주복으로 갈아입고 해치를 통해 번지 점프 장소로 나가야 했다.

보조 요원이 안전장치를 두 번 세 번 확인하는 동안 지윤의 시선은 검은 우주의 한가운데 고정되어 있었다. 안전 수칙은 한 귀로 듣고 다른 귀로 흘렸다. 점프대 끝에 서서 아래를 내려다보았다. 지윤은 자신의 허리에 아무것도 묶여 있지 않다고 상상했다. 그래도 뛰어내릴 수 있을까. 허무할 정도로 간단하게 그렇다는 대답이 나왔다. 지윤은 어차피 우주를 떠다니고 있었다. 지구에서도 여기 레테에서도.

"준비되셨어요? 뭘 두고 오실 거예요?"

스피커를 통해 민혁의 목소리가 들렸다. 지윤이 되물었다.

"뭘 두고 올 거냐고요?"
"네. 레테는 망각의 강이에요. 말씀드렸었죠? 그 레테에 뭘 두고 오실 거냐고요. 번거로운 기억을 버리고 오면 훨씬 가볍게 다시 올라오실 수 있을 거예요. 저도 그랬거든요."
"그래요? 아. 오베르트 기동처럼?"
"하하하. 맞아요. 역시 지윤 씨 맘에 들어요. 벌써 여기 레테에 익숙해지셨나 봐요."

"글쎄요. 전 별로. 다시 올라오고 싶은 생각이 없어서."

"네. 뭐 그것도 좋아요. 오직 떨어지는 것만 생각하고 내려가는 거죠. 자. 그럼. 전 여기서 기다리겠습니다!"

민혁의 목소리가 끊겼다. 보조 요원이 하나 둘을 세기도 전에 지윤은 거침없이 우주 속으로 발을 내디뎠다. 중력을 받은 몸이 서서히 아래로 가속되기 시작했다. 지윤은 검은 공간을 향해 손을 뻗었다. 계속 더 깊숙이 블랙홀을 향해 떨어지고 싶어서.

처음 사귀었던 사람과 헤어지고 나서 지윤은 번지 점프를 하러 갔다. 친절한 사람이었다. 지윤의 무심함에 상처받지 않았고 만나는 순간에 집중했다. 지윤만큼이나 다른 사람을 필요로 하지 않았다. 그런 줄 알았다. 어느 날 그 사람은 자신에 대해 궁금한 게 없냐고 물었다. 지윤은 그렇다고 했고 그 사람은 떠났다. 중력에 몸을 맡기고 까마득한 다리 아래의 풍경이 눈앞으로 달려드는 동안 지윤은 다시는 못 끌려 올라갈지도 모른다고 생각했다. 그래도 지윤은 그 사람에 대해 궁금한 점을 떠올릴 수 없었다.

레테에서의 번지 점프는 그보다 훨씬 시시했다. 블랙홀이 보이기는커녕 수십 m를 낙하하는 동안 눈앞에 보이는 우주는 미동도 하지 않았다. 몸을 스치고 지나가는 거친 바람도 없었다. 절벽 아래의 광경이 순식간에 들이닥치는 지구의 번지 점프가 훨씬 스릴 있었다. 지윤이 뛰어내린 게 아니라 이알카가 잠시 뒤로 갔다가 다시 돌아온 건 아닌가 싶을 정도였다. 한동안 떨어지던 지윤의 몸은 한껏 팽팽해진 안전띠 끝에 잠시 매달려 있다가 다시 끌려 올라왔다. 그 순간 갑자기 민혁의 말이 떠올랐다. 민혁은 레테에 뭘 버리고 왔을까.

얼굴색 하나 변하지 않고 안전장치를 푸는 지윤을 보며 민혁이 혀를 찼다.

"정말 아무렇지도 않으세요? 저도 가이드 생활 꽤 오래 했지만 지윤 씨처럼 겁이 없는 사람은 처음이네요. 하하."
"아무렇지도 않은 게 문제예요. 좀 아무렇기를 바랐는데."
"아. 이거 큰일이네요. 번지 점프보다 센 건 없는데. 뭐 제가 좀 더 찾아볼게요. 여기까지 오셨는데. 할 수 있는 건 다 해 보고 가셔야죠."
"민혁 씨."
"네?"
"저 좀 이상하지 않아요?"
"아이고. 레테를 여행하는 분들은 다 조금씩 이상한 분들이에요. 여기 사는 사람들은 더 이상하고요. 사실 인간이라는 존재 자체가 이상한 거죠. 오죽하면 이 넓은 우주에 우리밖에 안 보이겠어요. 진짜 유난하잖아요."
"저 여기 죽으러 온 거예요."
"네. 전에 그러셨잖아요."

두 사람은 달의 뒤편에서 재배한 양배추를 타이탄에서 진화한 미

생물을 이용해 발효시킨 시큼하면서도 달달한 김치를 먹는 도중이었다. 지윤은 민혁의 얼굴을 잠시 바라보았다. 죽는다는 얘기를 아무렇지 않게 하면서도 얼굴에는 장난치는 기색이 없었다. 그냥 허세라고 생각했는데 지금 보니 그런 것 같지도 않았다. 죽고 싶다는 지윤의 말을 민혁은 진지하게 듣고 있었다. 김치 조각을 먹기 좋은 크기로 찢어 앞에 놓아 주는 민혁에게 지윤이 물었다.

"궁금하지 않으세요? 제가 죽으려는 이유가."
"네."
"아. 네. 뭐 민혁 씨가 신경 쓸 일은 아니니까요."
"제 경우에는."

민혁의 표정에는 변화가 없었지만 목소리는 조금 가라앉아 있었다.

"제 경우에는 죽고 싶은 이유는 별로 문제가 안 됐어요. 생각보다 쉽게 버려지더라고요. 여기 레테에서는. 그런데. 살고 싶은 이유를 찾지 못해서. 그래서 꽤 고생했죠."
"…찾으셨어요?"
"뭐랄까. 그냥 찾지 않게 됐어요. 어느 순간부턴가. 아직도 잘 모르겠고. 그래서 지윤 씨가 부러워요."

지윤은 의외의 말에 눈을 동그랗게 떴다. 살아야 할 이유에서만큼은 누군가가 자신을 부러워할 거란 생각을 해 본 적이 없었다.

"저를요? 왜요?"

"살고 싶은 이유가 확실하잖아요."

"세상에. 전 모르겠는데."

"블랙홀에 뛰어들고 싶으시다면서요."

"그건 죽고 싶은 이유 아니에요?"

"살아야 뛰어들죠. 죽는 건 그다음이고. 그러니 뛰어들기 전까진 살아야죠. 반드시."

또 말장난이다. 그리 싫지 않은 말장난. 지윤은 입술을 내밀며 투덜댔다.

"싱겁네요. 그러니까 블랙홀에 뛰어들 방법은 없으니까 계속 살아라 이거죠? 뛰어들 용기로 살면 다 잘 살 수 있을 거라고. 네. 충고 고맙습니다."

"걱정 마세요. 제가 방법을 찾아볼 테니까. 약속했잖아요. 찾아본다고."

"진짜예요? 진짜 찾아볼 거예요? 번지 점프 이런 거 말고?"

"그럼요. 뛰어들고 싶으면 뛰어드셔야죠. 여기까지 오셨는데."

민혁은 지윤을 바라보며 미소 지었다. 정말 이상한 사람이라고 지윤은 생각했다.

*

뻔한 거짓말이라고 생각하면서도 지윤은 일단 민혁을 기다렸다. 시늉만 하는 건지는 몰라도 민혁은 정말로 무언가를 알아보기 위해 어딘가를 분주히 돌아다녔다. 그동안 지윤은 원하던 자유 여행을 했다. 순환 열차를 타고 다니다가 이름이 마음에 드는 역에서 내려 그리 넓지 않은 원통 내부를 구경하기도 하고 아무 식당에나 들어가 이름만 보고는 도저히 실체를 짐작할 수 없는 요리들을 주문해 보기도 했다. 그리고 민혁이 침이 마르게 칭찬했던 레테의 특별 요리들은 그나마 먹을 만한 것만 추린 목록이었다는 걸 깨달았다. 지루하고 실망스럽다가 아주 가끔 반짝였다.

천장이 열린 정원에 가서 우주를 들이마시는 일만큼은 언제나 만족스러워서 지윤은 여행에 지칠 때쯤이면 그곳에서 온종일 벤치에 누워 하늘을 도는 별들과 하얀 불빛들의 궤도를 구경했다. 그러다 오베르트 기동을 위해 이알카 궤도 안쪽으로 깊숙이 날아드는 우주선이 보이면 벌떡 일어나 조마조마하게 지켜보며 흰 연기를 내뿜으며 다시 솟아오르기를 기다리곤 했다. 번지 점프는 한 번 다시 해 보았다가 역시나 감흥이 오지 않아 그만두었다. 블랙홀 내부를 체험한다는 가상 현실 상영관은 차라리 망원경을 보는 것만도 못해 중간에 나와 버렸다.

이알카를 돌아다니며 지윤은 종종 민혁을 떠올렸다. 뭘 하고 있는 걸까. 정말 지윤이 블랙홀로 뛰어들 수 있는 방법을 찾고 있는 걸까. 왜 이런 말도 안 되는 요구까지 들어주려 애쓰는 걸까. 계약된 여행 기간이 거의 끝나갈 때쯤 민혁이 찾아왔다.

"방법을 찾았어요. 아. 이거 정말 힘들게 뚫은 거예요. 레테에 있는 제 인맥이란 인맥은 죄다 동원한 거라고요."
"정말… 블랙홀에 뛰어들 수 있어요? 번지 점프 같은 거 아니고 정말로?"
"그럼요. 전 거짓말 안 해요. 혹시 마음이 바뀌었어요?"
"아뇨. 바뀌긴요. 해 봐야죠. 여기까지 왔으면."

민혁은 약관이 잔뜩 적힌 서류를 지윤에게 내밀었다. 체험 도중 발생할 수 있는 안전사고에 대한 설명과 규정을 지키지 않아서 발생하는 사고는 체험자가 일체의 책임을 진다는 내용이었는데 지윤은 제대로 읽어 보지도 않고 서명을 끝냈다. 서류를 저장한 민혁은 무슨 비밀 작전을 하는 것처럼 지윤을 목적지로 데리고 갔다. 데모크리토스라는 역에서 내린 두 사람은 몇 개의 아이디 카드를 이용해 원통 사이사이로 연결된 좁은 통로를 지나갔다. 지윤은 완전히 방향 감각을 잃었지만 아래로 내려간다는 것만큼은 확실히 알 수 있었다. 중력이 눈에 띄게 증가해서 발걸음을 떼기도 쉽지 않았다.

"괜찮으세요? 좀 쉬었다 갈까요?"
"많이 남았어요?"

"거의 다 왔어요. 저 앞에 보이는 방에서 우주복을 갈아입으면 바로 나갈 수 있어요."

"그럼 그냥 가요. 그 정도는 버틸 수 있어요."

발걸음이 무거워서인지 지윤은 자신이 정말로 저승으로 가고 있다는 기분이 들었다. 이알카는 저승으로 가는 나루터. 레테는 저승의 강. 사건의 지평선을 건너면 지윤과 지윤을 구성하던 모든 원자는 이제 다시는 이쪽 우주로 돌아올 수 없게 된다. 그럼 민혁은 저승사자일까. 망자를 건네주는 뱃사공 카론. 저승의 뱃사공치고는 말이 너무 많기는 하지만.

우주복을 갈아입는 곳부터는 지윤 혼자 가야 했다. 해치를 열고 나가자 작은 우주선 한 대가 지윤을 기다리고 있었다. 스피커로 민혁의 목소리가 들려왔다.

"자. 저 우주선을 타시면 돼요. 블랙홀로 가는 우주선입니다."

"그런데… 민혁 씨 이런 일을 해도 돼요? 저 때문에 문제 생기는 건 싫은데…."

"문제라뇨. 이건 레테를 도는 타원 궤도를 체험하는 프로그램이에요. 우주선을 타고 나선을 따라 블랙홀을 향해 떨어지다가 오베르트 기동으로 추진하며 다시 빠져나오는 거죠. 물론 가끔. 아주 가끔 자동으로 추진체 분사가 되지 않으면 수동으로 분사 레버를 당겨 줘야 하긴 하지만요. 혹시라도 자동 추진장치가 작동하지 않으면 반드시 수동으로 레버를 당겨 주셔야 합니다. 아시겠죠?"

"아… 네. 네. 그럴게요."

그제야 지윤은 아까 몇 번이고 서명했던 서류가 생각났다. 레테에 접근할 때 실수인 척 보여 주었던 영상처럼 이번에도 그런 방법으로 지윤이 블랙홀로 떨어질 수 있게 해 주려는 모양이었다. 우연히 자동 추진장치가 작동하지 않으면. 그때 레버를 당기지 않은 건 지윤의 책임이다. 지윤의 선택이고. 민혁이 말했다.

"자. 그럼 출발합니다. 준비되셨나요?"

"네."

지윤은 짧게 대답했다. 엔진 소리가 들리며 우주선이 둥근 활주로를 따라 돌기 시작했다. 속도가 높아지자 지윤이 앉아 있던 좌석이 엉덩이가 바깥쪽을 향하도록 기울어졌다. 엄청난 원심력으로 좌석을 향해 몸이 짓눌리고 눈앞이 하얘질 때쯤 우주선을 붙들고 있던 잠금장치가 풀리며 지윤의 우주선이 격납고 밖으로 튀어 나갔다. 동시에 우주선 내부가 무중력 상태로 바뀌며 안전벨트로 단단히 고정된 지윤의 몸이 좌석에서 살짝 떠올랐다. 피가 돌며 시야가 다시 회복되었다. 정신을 차리자 지윤의 우주선은 이알카와 거의 비슷한 속도로 이알카의 아래쪽 면을 따라 돌고 있었다. 민혁의 목소리가 들렸다.

"괜찮으세요? 괜찮으시면 이름을 말씀해 주세요."

"나지윤. 괜찮아요. 전 괜찮아요."

"자. 지윤 씨. 지윤 씨의 우주선은 궤도를 유지하기에는 살짝 부족한 속도로 레테 주변을 돌고 있어요. 이제 곧 아래쪽으로 떨어지기 시작할 겁니다. 떨어지면서 점점 속도가 빨라지겠지만 여전히 궤도를 유지하거나 밖으로 빠져나오기는 부족할 거예요. 자체적으로 추진을 하지 않는다면요. 아시겠죠?"

"네. 알겠어요."

"자. 그럼 전 이제 통신을 끊겠습니다. 지윤 씨가 혼자만의 시간을 즐기실 수 있도록요. 지윤 씨. 마지막으로 비밀 하나 알려 드릴게요. 제가 왜 계속 살고 있는지 아세요?"

"글쎄요… 왜 살고 계신데요?"

"궁금해서요. 내일은 무슨 일이 생길지. 다음 관광객은 누가 될지. 레테 사람들이 새로 개발했다는 푸딩은 무슨 맛일지. 그냥 어느 날부터 그게 궁금하더라고요. 자. 그럼 진짜 출발입니다."

"저. 민혁 씨."

"네?"

"고마워요."

"하하. 뭘요. 자. 그럼. 행운을 빕니다."

통신이 끊겼다. 드디어 블랙홀로 떨어진다. 이쪽 우주를 떠난다. 지윤만이 존재하는 곳으로. 아무도 신경 쓰지 않아도 되는 곳으로.

기수가 아래쪽으로 꺾이며 이알카가 점점 멀어진다. 동시에 이알카가 뒤쪽으로 회전하기 시작한다. 사실은 지윤이 좀 더 빠른 속도로 레테를 돌고 있을 뿐이다. 지윤의 회전 주기가 더 짧아지면서 그렇게 보이는 거다. 우주선은 여전히 무중력 상태다. 지윤이 레테를 향해 자유 낙하를 하고 있다는 증거다. 지윤과 지윤의 우주선과 지윤을 둘러싼 모든 것들이 똑같은 중력을 받으며 똑같은 속도로 떨어지고 있다. 추진체를 내뿜는 우주선과 그에 연결된 좌석이 지윤의 등을 밀어붙이기 전까지는 아무런 가속도 느낄 수 없다.

계기판에 표시된 고도. 그러니까 레테와의 거리는 70km다. 조금씩 몸이 당겨지는 느낌이 든다. 차등 중력 때문이라고 했나. 10km 지점에서는 피가 제대로 순환되지 않고 1km 지점에서는 몸의 구조가 분해될 거라고 했다. 고통스럽진 않을 거라고. 그 전에 기절할 테니까.

50km. 레테와의 거리는 착실히 그리고 점점 너 빨리 줄어들고 있다. 지윤은 숨을 깊게 들이쉬며 눈앞에 있는 수동 추진 레버를 보았다. 저 레버를 당기면 다시 돌아간다. 살짝 손을 올려놓았다가 다시 내렸다. 돌아가든 돌아가지 않든 상관없다.

민혁의 말대로 죽어야 할 이유 같은 건 없었다. 있더라도 여기까지 묻어오진 않았다. 묻어왔더라도 레테에 던져 버릴 수 있을 것 같았다. 살아야 할 이유는 있을까. 글쎄. 잘 모르겠다. 민혁은 어떨까.

지윤은 문득 민혁이 궁금해졌다. 민혁이 레테에 두고 왔다는 소중한 건 무엇일까. 사랑하는 사람일까. 둘 사이에 무슨 일이 있었던 걸까. 궁금하기는 했지만 여전히 반드시 알아야 한다는 생각은 들지 않았다. 그걸 알기 위해 살아야 한다는 생각까지는 더더욱.

20km. 지윤의 시야가 하얘졌다. 그때 갑자기 지윤은 푸딩의 맛이 궁금해졌다. 어렸을 때 아빠가 만들어 주었던 푸딩의 맛이 생각나지 않았다. 맛없는 걸 억지로 웃으며 먹었던 걸까. 아니면 사실은 정말로 맛있었나. 생각이 나지 않았다. 감각이 마비되었던 모양이다. 마치 지금처럼. 이상하게도 지윤은 그 맛이 너무도 궁금했다. 지윤은 남은 힘을 끌어모아 앞을 더듬어 레버를 찾았다. 손이 마음대로 움직이지 않았다. 요란한 경고음이 울리기 시작했다. 어느 순간 그 소리조차 사라지며 지윤은 검은 어둠 속에 잠겼다.

*

지윤은 관처럼 생긴 캡슐에 몸을 밀어 넣었다. 어느덧 여행 일정이 끝나고 이제 지구로 돌아가야 할 시간이다. 다시 돌아갈 때는 자기 유체 감속터널은 지나지 않는다고 했다. 이알카 상공에서 지윤의 캡슐을 건네받은 우주선은 스윙 바이를 통해 레테에서 에너지를 얻은 뒤 힘차게 지구로 날아간다. 지구까지 가속되며 날아간 우주선은 이번에는 달을 이용해 스윙 바이로 감속하고 지구 상공을 도는 우주정거장에 안착할 계획이다.

민혁은 지윤에게 거짓말을 했다. 아니 거짓말을 하지 않은 셈이다. 민혁은 오베르트 기동을 하는 우주선이 자동으로 추진체를 분사하지 않는 건 아주 가끔 뿐이라고 했고 지윤이 탄 우주선은 정상적으로 추진체를 분사했으니까.

"그동안 정말 고마웠어요. 덕분에. 여행 즐거웠어요."

"하하하. 무슨 말씀을요. 이렇게 에너지를 얻고 돌아가시면 제가 즐겁죠."

민혁은 마지막까지 지윤이 왜 레테에 와서 죽으려 했는지 묻지 않았다. 지윤도 민혁이 어쩌다 레테에 정착해서 가이드 일을 하게 되었는지 묻지 않았다.

오베르트 기동으로 레테를 빠져나온 이후로 지윤은 훨씬 가벼워진 기분이었다. 우주를 들이마시고 별과 우주선의 궤도를 지켜보는 동안 가끔 추진체와 함께 레테에 버리고 온 게 무엇일까 생각했지만 콕 집어 무언가를 말할 수는 없었다. 그냥 아무래도 좋았다. 할부 대출이 기다리고 있을 지구에 돌아가는 일도 뭐 그리 대수인가 싶었다. 태양계 어딘가에는 수억 km를 날아온 아귀살을 블랙홀에 집어넣어 푸딩을 만드는 사람들도 있는데.

"뭐가 그렇게 재밌어요? 지구에 돌아가는 게 그렇게 좋아요? 뭐.

레테가 좀 지루하긴 하죠. 여기서 가이드 일을 하다 보면 가끔 사기를 치고 있다는 생각이 들기도 한다니까요. 하하하."

"아니. 아니에요. 정말 좋았어요. 힘을 얻고 가는걸요. 스윙 바이처럼. 멋진 일을 하고 계신 거예요. 민혁 씨."

"그 말 좋은데요. 스윙 바이처럼. 자. 그럼 출발합니다. 바로 동면하신다고 했죠? 지구에 도착할 때까지."

"네. 푹 쉬고 싶어요. 잘 있어요. 민혁 씨."

"잘 가요. 지윤 씨."

민혁이 캡슐 뚜껑을 닫았다. 덜컹하며 캡슐이 민혁의 우주선 안으로 밀려 들어갔다. 지윤은 눈을 감았다. 민혁의 우주선이 부드럽게 이알카 상공으로 솟아오르고 지윤의 캡슐이 민혁의 우주선에서 빠져나와 지구로 향할 우주선에 도킹하는 과정이 순조롭게 진행되는 동안 지윤의 몸이 물결 위에 실린 듯 가볍게 흔들렸다. 마침내 지윤의 우주선이 레테의 궤도를 떠나 지구로 향했다. 어쩌면 지윤은 엄마의 손을 잡고 푸딩을 먹으러 가는 꿈을 꿀지도 모른다고 생각했다. 기체가 새어 들어오는 가느다란 소리와 함께 지윤은 깊고 편안한 잠에 빠졌다.

과학 스토리
단편선

우수상

침묵만이 들렸다
양제열

양제열

대학에서 국문학과 심리학을 공부했다. 소거법으로 할 수 있는 일과 하고 싶은 일의 교집합을 찾다 보니 글쓰기가 남았다. 생업이 바빠 말들이 몸속을 돌고 돌아 쓰지 않고는 버틸 수 없을 때 글을 쓰고 있다. 꾸준히 더 많이 쓰는 삶을 위해 노력하는 중.

하나님께서 나에게 웃음을 주셨구나.

내가 아들을 낳았다고 모두들 나와 함께 기뻐하게 되었구나.

(창세기 21:6)

01

혜인은 조용히 호흡을 골랐다. 심박수가 낮아지고 아드레날린이 잠잠해질 때까지. 그리고 배심원들의 얼굴을 한 명씩 주의 깊게 바라봤다. 배심원들은 잔뜩 상기된 표정으로 변론 자료를 뒤적거리고 있었다. 세간의 이목이 쏠린 사건을 맡았다는 부담감과 흥분이 고스

란히 전해졌다.

다음으로 혜인은 고개를 돌려 자신의 의뢰인을 바라봤다. 두 달 후면 법적으로 성인이 될 소년. 만 18세에 가깝지만, 껑충하게 키만 크고 마른 남자아이. 저 아이는 나를 변호사로 고용해서 제 아버지를 고소했다.

이제 혜인은 소년의 아버지이자 유전자의 증여자이며, 이 사건의 피고인 남자를 바라봤다. 남자는 소년과 얼굴 윤곽이 닮았지만, 키가 작고 뚱뚱했다. 남자는 이 모든 소동을 여전히 믿을 수 없다는 눈치였다. 가능하기만 하다면 당장이라도 아들의 손목을 억세게 붙들고 집으로 끌고 가, 호되게 야단치고 싶은 심정처럼 보였다. 남자는 아들에게 연신 시선을 건넸지만, 아들은 고집스레 아버지의 시선을 외면했다.

두 사람을 차례로 본 혜인은 생각했다. '저 남자를 매끈하게 다듬으면 이 아이처럼 되겠구나. 확실한 업그레이드 버전이네.' 곧 방송이 시작된다는 신호가 들어왔다. 이제 변론을 시작해야 한다.

"인간 배아에 대한 유전자 강화가 허가된 지 한 세대가 지났습니다. 일명 'GMO 베이비'들이 성인이 되고, 그들이 다시 아기를 낳고 부모가 된 이 시대에 인간 배아에 대한 유전자 강화가 옳은지 논의하는 일은 불필요할 것입니다. 저도 오늘 이 자리가 유전자 강화의 정당성을 논의하는 자리가 아니라는 점을 잘 알고 있습니다." 혜인은 카메라를 응시하며 말했다.

"오늘 이 자리에서 논의할 문제는 인간 배아의 유전자 강화에도 한계가 존재하는지입니다. 인간의 가치를 결정하는 것은 결국 인간입니다. 그래서 법률 인공 지능 대신 존경하는 배심원들을 모셨습니다." 혜인은 배심원들이 일순간 긴장하는 것을 보며, 오늘 변론이 잘 먹힐 거라는 감이 왔다.

"우리는 아이를 키우면서 아이에게 영향력을 행사합니다. 아이는 사회가 약속한 규칙을 배울 필요가 있고, 그걸 가르치는 건 부모의 의무이기 때문입니다. 따라서 부모는 아이의 판단이 그에게 해로운 경우엔 아이를 제재해야 합니다. 아이가 좋아한다고 매일 인스턴트 음식만 먹도록 내버려 두면 어떨까요? 건강을 해칠뿐더러, 커서도 균형 잡힌 식사를 할 수 없을 겁니다.

인간 배아에 대한 유전적 강화도 양육자가 아이에게 행사하는 영향력의 연장으로 볼 수 있습니다. 인공 지능이 인간의 일자리를 잠식한 상황에서, 많은 양육자가 자녀의 지능과 창의력을 높일 수 있는 유전자 강화를 고려합니다. 또한, 양육자는 아이가 건강하게 장수하기를 바라므로 치명적인 질병에 면역력을 가지도록 유전자를 강화합니다. 하지만 여기에도 넘으면 안 되는 선이란 게 있지 않을까요?

피고는 난자를 기증받아 자신의 정자와 결합한 수정란을 만들고 유전적 강화를 시행한 후 대리모를 통해 원고를 낳았습니다. 피고는 태어날 아이의 신경계 발달에 관여하는 유전자를 수정하여 뇌의 회백질이 더 잘 생성되도록 했습니다. 지능 향상에 탁월한 효과를 발휘하죠. 이 정도는 흔하게 이루어지는 유전자 강화입니다. 그러나 피고는 여기에 그치지 않고 식욕을 잘 느끼지 못하도록 유전자를 수정했습니다. 덕분에 원고는 아무리 맛있는 걸 먹어도 곧잘 질립니다. 입이 짧은 원고는 피고와 달리 호리호리한 체격을 갖게 되었습니다. 피고는 원고의 도파민 회로에도 손을 댔습니다. 도파민은 성취욕을 높이고 목적의식을 또렷하게 만드는 신경 전달 물질입니다. 원고의 성취에 대한 강박도 이러한 유전자 강화 때문일 가능성이 큽니다. 그것도 모자라 피고는 각종 중독과 쾌락에 관련된 유전자의 발현을 막았습니다. 곧 성인이 될 원고는 술을 마셔도 취한 기분을 영영 알 수 없을 겁니다." 혜인은 배심원들이 자신의 변론을 곱씹을 수 있도록 잠시 침묵했다.

"피고는 원고를 목적의식이 아주 높고, 감각적 쾌락은 쉽사리 즐길 수 없는 사람으로 디자인했습니다. 하지만 원고도 사람입니다." 혜인은 소년을 향해 시선을 던졌고, 배심원들도 혜인의 시선을 좇아 소년에게 눈길을 주었다. 혜인이 입힌 오버 핏 박스 티 덕분에 소년은 더 마르고 어려 보였다.

"원고는 법적으로 미성년자이고, 예의를 잠시 미뤄 두고 말하면 그냥 어린아이죠. 저 아이가 지금까지 살면서 만족감을 얻는 방법은 아버지가 정한 목표를 성취해서 아버지의 관심을 끄는 것밖에 없었습니다. 사탕보다 아버지의 칭찬이 말 그대로 더 달콤하게 설계됐으니까요. 하지만 피고가 저 아이에게 정해 준 목표를 정작 피고는 성취해 본 적이 없습니다. 나는 못 해도 너는 해야 한다! 왜? 내가 그렇게 만들었으니까. 제게는 이 아이의 지난 17년 삶은, 살기 위해 재주를 부려야 하는 서커스장 동물과 다를 바가 없어 보입니다." 남자는 혜인의 발언에 격분해서 얼굴이 붉게 달아올랐다.

02

"원고 측 변호인은 학대는 침습적이고 영구적인 흔적을 남기지만 훈육은 그렇지 않은 것처럼 말하고 있습니다." 남자의 변호사가 변론을 시작했다.

"또한, 침습적이고 영구적이라는 이유로 자녀에 대한 피고의 유전자 강화 조치가 학대인 것처럼 몰아가고 있습니다. 그러나 아이를 양육하는 과정에서 벌어지는 일들은 대개 침습적이며 영구적 흔적을 남깁니다. 예를 들어 아이들에게 지속해서 수학 문제를 풀게 하면 뇌의 시냅스 구조가 변합니다. 아이에게 백신을 접종시키는 건 침습적 개입입니다. 따라서 중요한 것은 양육자의 개입이 영구적인가 침습적인가의 문제가 아니라 아이에게 이익이 되는가 입니다. 피고가 원고에게 베푼 유전적 강화는 피고 자신을 위해서가 아니라 원고의 이익 때문이었습니다."

피고 측 변호사가 남자를 향해 섰다.

"피고는 원고의 유전자를 수정해서 감각적 쾌락과 관련된 회로를 둔감하게 만들었습니다. 대표적으로 알코올과 관련된 회로를 수정했죠. 어떤 의도였습니까? 아이를 공부만 하는 인형으로 만들 작정이었습니까?"

"제 아버지는 알코올 중독자였습니다. 이런 얘기를 공개적으로 꺼내는 것은 처음입니다." 남자는 눈시울을 붉혔다. 꽤 호소력 있는 제스처였다.

"아버지는 중독에서 벗어나려고 여러 번 노력했지만, 매번 실패했고 그때마다 깊은 우울증에 빠졌습니다. 결국에는 제 어머니와 저를 때리기 시작했죠. 다정하고 강인했던 아버지는 생의 마지막을 회한과 자기혐오 속에서 마치셨습니다. 저는 아버지를 보며 음주가 얼마나 파괴적인지 뼈저리게 배웠습니다. 그래서 저는 살면서 술을 한 방울도 입에 대지 않았습니다. 아버지가 무너지는 꼴을 크면서 진절머리 나게 봤고, 아버지의 유전자를 물려받은 저 역시 술을 마시기 시작하면 똑같은 꼴이 날 걸 알았거든요. 하지만 저 아이는 어떡합니까? 저는 술을 전혀 마시지 않습니다. 그렇다면 알코올이 사람을 얼마나 추레하게 만드는지 저 녀석에게 어떻게 교육하겠습니까? 제가 술을 마시지 말라고 훈계하면 저 아이는 술을 더 매혹적으로 여기지 않겠습니까? 인생을 모두 탕진하고 파괴한 후에야 저 아이가 깨달아야 할까요? 유전자 강화를 의뢰하면서 제가 술과 중독에 관여하는 신경 회로 유전자를 수정한 것도 이런 이유 때문이었습니다."

신파 같아도, 사람의 마음을 건드리는 이야기였다. 혜인에게 배심원들의 마음이 흔들리는 것이 보였다. 혜인은 감정의 파고가 배심원들이 평정을 찾을 때까지 잠시 기다렸다가 반론 심문을 시작했다.

"피고는 아이를 기르면서 언제 가장 뿌듯함을 느꼈습니까? 매우 뛰어난 재능을 가진 아드님을 두셨잖아요?"
남자는 그 '아드님'이 고소해서 법정에 서 있다는 사실을 잠시 잊은 듯, 곧바로 표정이 밝아졌다.
"중학생 때 편미분을 이해하고 유체 역학을 기술하는 방정식을 푸는 아이를 보고 얼마나 기뻤는지 모릅니다."
"피고는 그 방정식을 풀 줄 아시나요?"
"아뇨. 저는 그렇게 머리가 좋지 않습니다. 저 녀석이 저렇게 똑똑한 것도 제가 다…" 혜인은 남자의 말끝을 잘랐다.

"피고는 원고의 성취를 진심으로 기뻐했습니다. 피고가 아들을 사랑한다는 점은 분명합니다. 하지만 이 법정은 사랑을 판결하는 자리가 아닙니다. 정말 가슴 아프지만 피고의 사랑과 관심을 원고는 전혀 다르게 받아들였습니다."

혜인은 소년을 바라봤다.

"원고는 자신이 할 수 없는 걸 아들이 해내길 강요하는 아버지가 어떻게 보였습니까?"

"한심하고…" 소년은 혜인이 알려 준 대로 잠시 뜸을 들였다.

"…멍청해 보였어요." 배심원들이 술렁거렸다.

"원고는 열세 살 때부터 불행하다고 느꼈다고 했습니다. 그 이유는 무엇인가요?"

"아버지의 칭찬을 받을 때 유일하게 행복했는데, 아버지는 제가 성취한 것을 이해하지 못하기 시작했어요. 그걸 알아차리니까 아버지의 칭찬이 칭찬 같지가 않았어요. 다른 아이들은 맛있는 것을 먹거나 빈둥거리면서 스트레스를 푸는데 저는 그 애들을 따라 해도 즐겁지가 않아요. 그래서 불행해요." 소년도 혜인을 바라보며 또박또박 말했다.

혜인은 소년이 처음 사무실에 찾아온 순간이 떠올랐다. 혜인은 나이보다 너무 앳된 아이의 생김새에 놀랐고, 자기가 원하는 것을 정확하게 정리해서 또렷하게 전달하는 소년의 야무짐에 놀랐다. 소년은 혜인의 눈을 쳐다보며 또박또박 용건을 말했다.

"제 아버지에게 손해 배상을 청구하고 싶어요. 아버지가 제게 시행한 유전적 강화는 제 신경계를 변형시켰어요. 덕분에 저는 강한 집중력과 높은 지능을 갖게 되었지만, 성취에 대해 비현실적인 강박을 갖게 되었어요." 소년은 잠시 말을 골랐다.

"태어나기 전부터 지금까지 제가 받은 신체적, 정서적 학대에 상응하는 보상을 받고 싶어요."

혜인은 소년에게 아직 GMO 베이비의 입장에서 배아의 유전자 강화 행위를 다룬 판례가 없어서 아버지를 고소해도 어떤 결과가 나올지 장담할 수 없다고 알려 주었다.

"1심과 2심은 법률 인공 지능을 통해 진행하고 싶어요. 3심에서 국민참여재판을 신청할 거예요. 그때 변호를 맡아 주세요."

법률 분야에 인공 지능이 도입된 이후, 방대한 판례를 학습한 후 탄탄한 법리를 빠르게 구성하는 법률 인공 지능은 법률 시장을 잠식했다. 그러나 재판이 법률 인공 지능의 알고리즘 성능 다툼이 되어 버리면서, 대중은 재판 결과에 대해 저항감을 가지게 되었다. 게다가 체스나 바둑에서 인공 지능이 두는 수를 인간이 직관적으로 이해할 수 없는 경우가 생기는 것처럼, 법률 인공 지능의 법리 역시 대중의 법 감정과 동떨어진 경우가 생겼다. 법률 인공 지능이 관여한 재판에 불복하는 사람들이 늘어나면서, 사회적 합의를 이끌어 내기 위해 점차 논란이 될 법한 사건들은 최종심에서 국민참여재판을 진행했고, 국민참여재판은 엔터테인먼트 쇼가 되어 버렸다.

아버지를 고소한 아들이라. 충분히 흥행할 쇼였다.

"그래서 날 찾아왔구나."
"네. 변호사님은 국민참여재판의 스타니까요. 기억이 죄인에게 사실상 유일한 형벌이라면, 그리고 기억이 범죄가 있었다는 사실상 유일한 증거라면, 우리는 그들이 기억을 손쉽게 지우도록 내버려 두어서는 안 됩니다. 정말 감동적인 연설이었어요."

아이는 혜인에게 유명세를 안긴 최종 변론의 한 구절을 정확하게 인용했다. 그러나 아이가 감동적이라는 단어를 발음할 때, 아이의 새되고 과장된 어조는 마치 혜인을 놀리는 것 같아 신경에 거슬렸다.

혜인은 기억 삭제 약물을 이슈화시켜 국민참여재판으로 끌고 가면서 일약 스타 변호사가 되었다. 기억 삭제 약물은 기억을 형성하고 저장하는 해마의 신경 회로에 국소적으로 작용해 외상을 일으키는 기억을 와해하고, 변연계의 감정 회로와 해마의 연결을 약화시켜 해당 기억과 연결된 감정도 약화한다. 결과적으로 기억 삭제 약물을 투여한 사람은 외상 사건을 좀 더 흐릿하게 회상했고, 기억이 떠올라도 좀 더 무던하게 반응했다.

그런데 혜인은 기억 삭제 약물이 출소를 앞둔 성범죄자들에게 광범위하게 처방되고 있다는 사실을 알게 되었다. 성범죄자들은 기억 삭제 약물을 사용하면 성 인지 치료를 통해 얻은 죄책감에서 벗어날 수 있고, 제약 회사 처지에서는 돈이 되니 괜찮은 장사였다. 혜인은 성범죄 피해자를 모집하여 소송을 냈고, 국민참여재판으로 진행된 최종심에서 제약회사를 상대로 승소했다.
"기억이 죄인에게 사실상 유일한 형벌이라면, 그리고 기억이 범죄가 있었다는 사실상 유일한 증거라면, 우리는 그들이 기억을 손쉽게 지우도록 내버려 두어서는 안 됩니다." 혜인의 변론은 유명해져서 여기저기서 회자되었다.

그런데 행정부의 법률 인공 지능이 이 판례를 학습한 후, 전쟁터에서 돌아온 군인들에게 기억 삭제 약물을 처방하는 것은 위법이라는 판결을 내놨다. 행정부의 법률 인공 지능의 해석에 따르면 국회의 동의를 얻은 합법적인 전쟁이라도, 20세기와 21세기의 사례를 볼 때 사후에 불법적인 전쟁으로 판명이 날 수 있고, 따라서 전쟁터에서 돌아온 군인들은 '잠재적 전범'이었다. 그러므로 법률 인공 지능은 '기억이 범죄가 있었다는 사실상 유일한 증거라면, 우리는 그들이 기억을 손쉽게 지우도록 내버려 두어서는 안 되므로' 군인들에게 기억 삭제 약물을 처방하면 안 된다고 결론지었다.

법률 인공 지능이 인간의 직관과 어긋나는 판결을 내릴 때도 막상 판결을 뜯어보면 법리가 탄탄해서 결과를 뒤집기에 너무 오랜 시간이 걸렸다. 이번 경우도 마찬가지였다. 외상 후 스트레스 장애 예방과 치료를 위해 기억 삭제 약물을 제때 처방받지 못한 군인들이 자살하거나 총기 사고를 잇달아 벌이면서 혜인의 명성은 악명으로 변했다.

03

광고가 방영되는 동안 배심원의 의견을 모아 판사가 최종 판결문을 작성했다. 방송 시작 신호가 떨어지자, 판사는 큐 사인을 받은 배우처럼 최종 판결문을 읽기 시작했다.

"GMO 베이비는 지난 세기에 크리스퍼 유전자 가위가 발견되면서 가능해졌습니다. 유전자 가위는 동식물의 DNA 부위를 자르는 데 사용하는 인공 효소인데, 이를 사용하면 표적 DNA를 잘라 내고 원하는 DNA로 갈아 끼울 수 있습니다.

여기에 개별 유전자가 어떻게 개체 발생에 영향을 주는지 상세히 밝혀지면서 인간 배아에 대한 유전자 강화가 허용되었습니다. 그로부터 한 세대가 지난 지금, 인간 배아에 대한 유전자 강화는 되돌릴 수 없는 사회적 흐름이 되었습니다.

우리는 인간 배아에 대한 유전자 조작이 훗날에야 법적 권리자가 될 인간 배아의 기본적인 선택권을 박탈하는 것인지 논의하였습니다. 한편, 원고는 피고로 인해 생을 취득하는 원초적 이익을 얻었습니다. 게다가 원고가 받은 유선자 강화로 획득한 형질은 사회적으로 유리한 특징이며, 피고는 원고의 의사를 물을 수 없는 상황이었다는 것도 고려해야 할 것입니다. 요약하자면 미래에 법적인 자격을 갖게 되는 원고의 권리를 미리 인정할 수 있을지, 그리고 원고에게 피고가 원하지 않을 혜택을 베푼 것이 부당한지가 본 재판의 주요 논점이었습니다.

첫 번째 논점에 대해서는, 수십 년 전 기후 변화를 억제하기 위해

도입된 강력한 탄소세 부과 정책이 정당하다고 결론 내린 판례에서 도움을 받았습니다. 이 판결은 아직 태어나지 않는 세대의 기본권을 선제적으로 광범위하게 인정하면서, 기후 변화가 파국으로 치닫기 직전에 인류를 구해 냈습니다. 인간의 수정란 하나가 무사히 태어나서 권리를 행사할 수 있을지 우리는 확신할 수 없습니다. 그러나 집단으로서, 한 세대로서 인류는 앞으로 태어나서 권리를 행사할 것이 거의 확실합니다. 우리는 GMO 베이비들에게도 기본권이 선제적으로 존재한다고 판단합니다.

다음으로 원고와 같은 GMO 베이비들은 유전자 조작으로 많은 이득을 얻는 것은 부정할 수 없는 사실입니다. GMO 베이비들은 아름다운 외모, 각종 질병에 대한 면역, 높은 지능을 갖추고 삶을 시작합니다. 그러나 이번 사례에서 유전자 강화는 정체성의 핵심을 건드리는 데까지 나아갔습니다. 욕구와 욕망은 인간의 정체성을 결정짓는 핵심 요소입니다. 그런데 이 부분을 수정하는 것은, 아무리 얻는 바가 크다고 해도 삶을 스스로 결정할 권리를 심각하게 훼손합니다. 피고 측은 수학 교육을 예로 들면서 모든 훈육은 영구적인 개입이며 침습적이라고 주장합니다. 그러나 교육을 통해 시냅스의 배열을 재구성하는 것과 뇌의 설계도 자체를 수정하는 것에는 간과할 수 없는 차이가 있습니다. 피고는 유전자 조작 대신 원고에게 술과 약물에 대한 상담 교육을 할 수도 있었습니다. 그리고 누가 봐도 상담 교육이 유전자 조작보다 훨씬 덜 침습적입니다.

우리는 우선 피고가 악의 없이 자식을 위하는 마음으로 유전자 조작을 의뢰했다는 사실을 인정합니다. 그러나 동시에 우리는 원고 측의 주장을 받아들여, 피고가 원고 스스로 자신의 인생을 결정할 권리를 폭넓게 박탈했다는 것도 인정하지 않을 수 없습니다.

따라서 우리는 피고가 원고, 정확히는 원고의 기원인 수정란에 시행한 유전자 조작은 원고에 대한 학대라고 판단합니다. 피고는 원고가 입은 육체적, 정신적 피해를 배상해야 하며 원고를 접견할 권리도 제한합니다. 피고는 오직 원고의 허락이 있어야 원고를 만날 수 있습니다."

판사가 의사봉을 세 번 내리쳤다. 카메라는 이 장면을 클로즈업으로 찍었다. 사람들은 운명이 노크하는 듯한 이 장면을 좋아했다.

"이제 뭘 할 거니?" 혜인이 법정을 나서는 아이를 불러 세웠다.
"취한 기분이 뭔지 알아 보고 싶어요."
"멋진 대답이네. 내 경험으로는 취한 기분이 그렇게 좋기만 한 건 아니야."
"그래도 직접 겪어 보는 건 다르니까요."
소년은 무언가 혜인에게 말을 하려다 입을 다물었다.

04

 "이백 년 전에 어느 미친 과학자가 새끼 원숭이를 가지고 애착 실험을 한 적이 있어. 새끼 원숭이를 어미로부터 강제로 떼어 낸 다음에 우유를 주는 철사 원숭이 인형과, 푹신하지만 아무것도 주지 못하는 헝겊 원숭이 인형 중에 하나를 선택하게 한 거야. 새끼 원숭이는 먹이를 포기하고 헝겊 원숭이 인형을 선택했어."
 혜인은 지예의 팔을 베고 누워 지예의 이야기를 들었다. 혜인은 일을 마치고 잠이 들기 직전, 지예와 이야기를 나누는 순간이 좋았다. 지예는 잠자리에서 잡다하고 재밌는 이야깃거리를, 어머니가 아이에게 동화책을 읽어 주듯 혜인에게 들려주곤 했다. 이때만큼은 뒤틀린 소음으로 가득 찬 바깥세상을 지예와 함께 헤쳐 나가면 될 것 같았다. "끔찍한 실험이네." 혜인이 중얼거리듯 지예에게 대답했다.

 혜인과 지예는 같은 대학교에 다녔다. 둘은 거의 모든 면에서 달랐다. 특히 혜인이 그 차이가 더 클 거라고 여겼다. 지예는 GMO 베이비 중에서도 유독 예뻤고, 성격도 쾌활해서 인기가 많았다. 사람들은 지예의 남자친구가 누가 될지 궁금해했다. 지예는 모두의 추측을 깨고 혜인에게 데이트를 신청했다.

 "맞아. 그 과학자는 실험 결과를 바탕으로 아기에게 필요한 것은 먹이보다 부모의 사랑이라고 결론 내렸어. 하지만 진짜 흥미로운 문제는 부모는 왜 아기를 사랑하는지야. 아기가 부모를 사랑하는 건 당연한 거잖아."

'부모는 왜 아기를 사랑하는가.' 혜인은 지예가 말한 문장을 되뇌며, 가슴 한구석이 저리는 것 같은 통증을 느꼈다. 왜 부모는 아기를 낳을 결심을 할까? 왜 살면서 본인이 느낀 이 모든 고통을 자식을 통해 반복하려는 걸까? 이 세상이 그렇게 가치 있다고 믿는 것일까? 내 어머니와 아버지는 왜 날 낳으려고 했을까?

혜인은 유전자 강화 교정을 받지 못한 non-GMO 베이비다. 그는 자라면서 아무리 노력해도 유전자 교정을 받은 친구들을 모든 영역에서 이기기 힘들다는 걸 체득했다. 이 경험은 혜인에게 큰 패배 의식으로 남았다. 과정의 고단함을 차치하고 혜인은 국민참여재판 전문 변호사로 꽤 높은 성취를 이루었지만, non-GMO 베이비들은 사회의 변두리로 밀려나고 있었다.

GMO 베이비는 대개 날씬한 체형으로 평균 신장도 컸다. 늦게 성적으로 성숙하되, 오랫동안 동안을 유지하는 유형 성숙이 흔했고, 당뇨 등 성인병에 저항성이 강했다. 신경계를 건드려서 지능이 높았고, 그 소년처럼 신경학적으로 중독이 힘든 신경계를 가진 경우도 생겼다.

유당을 분해하는 유전자 변이는 수천 년 전 북유럽인 사이에 한 번 일어났지만, 생존에 너무나 유리한 형질이어서 진화에 돌풍을 일으켰고, 수백 년 만에 북유럽인 사이에 널리 퍼졌다. 1년이 지나면 젖을 떼던 인간이 평생 젖을 먹는 '젖 흡혈귀'가 된 셈이다.

GMO 베이비도 마찬가지였다. 다만 더 많은 종류의 유전자가 동시에 퍼지고 있을 뿐이었다. 어떤 사람들은 인류의 유전자 다양성이 파괴되는 것을 경고했지만, 대부분의 사람들이 이를 무시했다. '왜 내 아이가 인류의 유전적 다양성을 위해 탄수화물 저항성이 약한 유전자를 가져야 하고 당뇨의 위험에 노출되어야 하는가?'

혜인과 지예가 결혼한 후, 혜인은 몇 번 인공 수정으로 임신을 시도한 적이 있었다. 일반적인 시술이었다. 하지만 매번 실패를 거듭하면서 자신을 의심했다.

'임신에 대한 내 공포가 자꾸 아기를 잃게 만드는 게 아닐까. 그래서 어떤 아기도 내 몸에서 자라길 거부하는 건 아닐까. 하긴 내가 세상을 무서워하는데 누가 내게 오겠어.' 혜인은 이런 공포와 자조를 지예에게도 털어놓지 못했다.

05

두 달 후, 혜인에게 상담을 요청하는 의뢰인이 찾아왔다. 초로에 접어든 남녀였다. 그들은 자신을 아들을 키우고 있는 부부라고 소개했다.

"저번 판결을 봤어요. 훌륭한 변론이었습니다. 변호사님이 이끌어

내신 판결이 저희에게 큰 힘이 되었어요." 아내가 먼저 이야기를 꺼 냈다.

"저희에게 이삭이라는 아들이 하나 있어요. 이삭이는 저희가 마흔 다섯 때, 이스라엘로 성지 순례를 갔을 때 잉태한 아이입니다. 저희는 하나님이 아브라함의 아내 사라에게 늘그막에 아들 이사악을 내려 주신 일을 떠올렸습니다. 그래서 저희도 아들 이름을 이삭이라고 지었습니다." 혜인은 어떤 예감이 들었지만, 잠자코 들었다.

"이삭이는 천사 같은 아이랍니다. 다운 증후군이고요."
"임신하면 보통 병원에서 아이의 건강을 확인하지 않나요? 마흔다섯에 아이를 자연적으로 잉태하셨으면 더욱 검진을 고려하셨을 텐데요."
"이삭이는 하나님의 선물입니다. 만약 병원에서 아이에게 유전적 문제가 있다는 걸 발견했다면, 저희는 꼼짝없이 정부에 말려드는 겁니다. 이삭이를 낙태하거나 이삭이에게 유전자 조작을 해야 했겠죠." 남편이 입을 열었다.

"학교에서도 치료를 받으라고 교사가 권유하지 않던가요?"
"홈스쿨링을 했어요. 그리고 그 치료라는 것이 유전자 조작 기반이어서 이삭이에게 받게 할 수가 없었어요. 우리 교회에는 유전자 치료에 반대하는 의사 분들이 있으셔서 이삭이가 아프면 그분들께 데려갔습니다." 여자가 말했다.

혜인은 자신을 찾아온 부부가 어떤 부류인지 파악할 수 있었다. 이들은 성경을 문자 그대로 해석하는 종교 근본주의자로, 국가 행정력을 피해 여태껏 아들을 길렀으리라.

"그런데 무슨 문제가 생겼습니까?"

"저희가 아동 학대 혐의로 고발되었습니다. 법률 인공 지능이 변호사를 대행한 2심까지 모두 패소했습니다. 사실 이삭이가 다운 증후군이라는 것은 신앙이 없는 이웃들도 모두 알아요. 그래도 이삭이가 원체 밝고 사람을 잘 따르니까 다들 이삭이를 좋아해 줘서 그다지 문제가 안 된다고 생각했습니다. 그런데 이삭이를 못 견딘 사람들이 있었던 것 같습니다."

"아동 학대 혐의라면 두 분이 아드님에게 적절하고 올바른 치료를 제공하지 않았다는 혐의인가요?"

"네, 맞습니다."

"유전자 치료가 옳지 않다고 생각하세요?" 혜인은 에둘러 말하지 않고 핵심을 물었다.

"네, 그건 잘못된 일입니다." 이번에는 남자가 나섰다. 단호한 목소리였다.

"우리는 하나님의 피조물입니다. 성경에도 나와 있듯이 우리는 하나님의 형상대로 지음을 받았어요. 그것을 우리 마음대로 고치는 것은 용서받을 수 없는 죄입니다." 그동안 무표정했던 남자의 표정이 분노로 일그러졌다.

"하지만 아드님이 배아 상태였을 때 유전자 치료를 받았다면, 혹은 태어난 후에라도 적절한 조치를 받았다면 다운 증후군에 동반되는 질환들을 피할 수 있었을 텐데요."

"변호사님께서는 유전자 조작에 반대하시는 것이 아닙니까?" 남자의 목소리에 실망감이 묻어났다.

"저는 기본적으로 유전자 치료나 강화에 반대하지 않아요."

"변호사님께서 변호하신 그 불쌍한 아이는 아버지의 욕심 때문에 평생을 불행하게 살 뻔했어요. 변호사님은 그 사실을 모두에게 아주 잘 보여 주셨잖아요."

"저는 다만 유전자에 개입할 때 좀 더 신중해야 한다는 의견이었어요."

부부는 지난 재판을 보고 혜인을 유전자 조작에 반대하는 투사로 이해한 것 같았다. 더불어 혜인은 커밍아웃한 레즈비언으로서, 성경을 문자 그대로 현실에 대입하는 사람들과 엮이고 싶지 않았다.

"죄송하지만 제가 도와 드릴 일이 없을 것 같습니다." 혜인은 거절 의사를 밝혔다. 그러자 여자가 뜻밖의 제안을 했다.

"한 번만 우리 집에 들러 주시겠어요? 이삭이가 있는 그대로 사랑받는다는 걸 변호사님께 보여 드리고 싶어요."

혜인의 마음속에서 반발심과 호기심이 동시에 솟았다. 아이를 있는 그대로 사랑하는 것이 가능하다고? 혜인은 이제 열두 살이 된 아이가, 짧지만은 않은 그 시간을 어떻게 지냈는지 궁금했다. 신경계를 강화하지 않으면 일을 얻기 힘들고, 사회의 밑바닥으로 밀려난다. 그 아이는 어떻게 이 세상을 헤쳐 나갈까? 이미 노쇠하기 시작한 부모가 아들을 언제까지 돌볼 수 있을까? 한 줌도 안 될 그의 종교 공동체가 그 일을 해 줄까? 부부의 얼굴에는 노화의 흔적이 얼굴에 드러나기 시작했다. 분명 그들은 유전자 치료에 기반한 항노화 치료도 받지 않을 것이다.

만일 이 사건을 맡는다면, 혜인은 또다시 스포트라이트를 받게 될 것이다. 사람들은 혜인을 반기술주의자라고 확신할 것이고, 거센 비난에 한 번 더 직면할 것이다. 이 모든 소동을 견딜 수 있을까? 그리고 견뎌야 할 가치가 있을까? 생각은 꼬리에 꼬리를 물었다.

혜인은 잠시 고민하다, 고개를 끄덕였다.

06

혜인이 부부의 아파트에 들어서자마자 이삭이 혜인에게 달려와 안아 주었다. 그게 이삭의 인사법 같았다.

"낯선 사람을 안는 것은 실례라고 이삭이에게 얘기했는데 쉽게 배우질 못하네요." 여자가 말했다. 되레 혜인은 이렇게 쉽게 마음을 여는 성향이 이삭에게 위험하지 않을지 걱정이 먼저 들었다. 그래도 이삭이 천진하게 활짝 웃는 모습을 보니 복잡한 마음이 녹아내리는 것 같았다.

"이삭이가 올해 열두 살이죠?" "네, 맞아요." 이삭은 열두 살보다 훨씬 어려 보였다.

여자는 차와 쿠키를 내어 왔다. 남자와 이삭, 그리고 혜인이 탁자에 앉자, 여자는 한 잔씩 차를 따라 주곤 자리에 앉았다. 혜인이 고마움을 표시하며 쿠키에 손을 가져가려는데, 다들 기도를 시작했다. 신기하게도 장난치던 이삭도 기도에 경건한 자세로 집중했다. 혜인은 입술을 달싹이며 작게 기도하는 가족을 조용히 지켜보았다. 기도가 끝나자 이삭은 놀이방으로 뛰어 들어갔다.

"이삭이에게 친구가 있나요? 어떻게 지내요?"
"애가 명랑하고 밝아서 다들 이삭이를 좋아해요. 이웃에 짓궂은 애들도 있지만요."

짓궂은 애들이라고 말하면서 여자의 얼굴이 어두워졌다. 왜 아니겠는가. 유전자 강화로 슈퍼맨이 된 아이들에게 이삭은 손쉬운 먹잇감일 것이다. 단지 non-GMO 베이비라는 이유로, 사립 학교에 다니던 청소년기에 혜인은 GMO 베이비들에게 무시당하곤 했다.

이삭이 놀이방에서 그림 하나를 가져왔다. 적갈색 토양을 배경으로 키가 큰 열대의 나무와 잎이 넓은 화초가 빽빽이 들어섰고 보라색 나비들이 그 사이를 날아다니는 그림이었다. 여자의 말로는 며칠 전 이삭이가 식물원에 소풍을 갔다 와서, 하루를 꼬박 들여 이 그림을 그렸다고 했다. 혜인은 그림을 살펴보면서 이삭이 가진 창조적 감각에 감탄했다. 동시에 사회적 기준에서 이삭이의 재능이 돈을 벌기에는 얼마나 부족한 것인지에 생각이 미치자 속이 상했다. 나름의 개성과 재능이 있지만, 사회적으로 인정받는 성취를 거두긴 어렵다. 이건 이삭뿐 아니라 GMO 베이비가 아닌 모든 보통 사람들이 처한 현실이었다.

다운 증후군을 질병으로만 본다면 이 부부는 분명 부모로서 의무를 방임했다고 비난받을 것이다. 부부에게는 여러 번 기회가 있었다. 배아 상태에서 유전자 치료를 하거나, 이삭이 태어난 후에도 유전자 치료와 신경 전달 물질 시스템에 작용하는 약물을 쓸 수도 있었다. 그러나 다운 증후군에 수반하는 특징을 개성이라고 본다면 이 부부는 아이의 개성을 그대로 인정해 주었을 뿐이다. 여기까지 생각이 이르자, 이미 혜인은 자신이 이 사건 변론의 큰 얼개를 짜고 있다는 걸 깨달았다. 혜인은 만약 자신이 다운 증후군이었다면 어떻게 되었을지 상상해 보았다. 유전자 강화를 해 줄 만한 돈이 없던 혜인의 부모는 끝내 임신 중단을 선택했을 것이다.

혜인은 빈 찻잔을 만지작거리다 입을 열었다.
"드릴 말씀이 있어요. 이 사건을 맡겠습니다."

혜인의 말에 부부의 얼굴에 놀란 표정이 떠오르다 안도의 미소가 퍼져 나갔다. 부부는 혜인에게 고마워하며 성경책 한 권을 혜인에게 선물했다.

"아브라함과 사라가 아들 이사악을 낳는 장면이 창세기에 나와요. 앞쪽인데 제가 표시해 뒀어요. 시간이 되면 꼭 읽어 보세요." 혜인은 꼭 읽어 보겠다고 약속하며 성경책을 받았다.

07

"오늘 롤백 요청을 세 건이나 진행했어." 지예가 피곤한 듯 기지개를 켜며 말했다. 지예는 인공 지능 애완동물의 성격을 디자인하는 일을 했다. 귀엽고 독특하게 생긴 알파카, 겁이 많지만 호기심도 많은 토끼, 활달하지만 사고뭉치인 비글, 느긋하지만 그 느긋함 때문에 오히려 괴롭히고 싶어지는 레트리버 등이 지예의 작품이었다. 지예의 비결은 장점과 단점을 같이 부여하는 것이었다. 만약 장점과 단점이 동전의 양면처럼 한 몸이라면 반드시 히트를 쳤다.

"사람들은 처음에는 내가 설계한 성격 중 단점을 싫어해. 알파카는 처음 만나는 사람들에게 침을 뱉어. 가상 세계이지만 침을 맞은 아바타는 옷을 세탁해야 하니까, 여러모로 골치 아픈 일이지. 근데 이 단점을 없애 버리면 사람들은 자기 애완동물에 대한 애착이 줄어들고, 예전 단점을 그리워해. 오늘도 그런 불만을 느낀 고객들에게 롤백해 준 거였어. 사람이 다른 누군가를 사랑하는 건 장점 때문이 아니라 단점 때문이야."

지예가 혜인의 머리를 쓰다듬으며 말했다. 혜인은 그 말이 진실임을 알았다. GMO 베이비인 지예가 같은 GMO 베이비 대신 자신을 사랑하는 것은 혜인의 장점보다는 단점 때문이었을 것이다.

기술이 발전하면서 사람들은 번식 과정의 매 단계 개입했고, 점차 양육을 자아의 확장으로 여겼다. 어느 IT 대기업의 총수는 자신의 클론을 만들어 아들로 입양했다. 한편 노화 연구가 가속화되면서 영생에 가까운 삶이 눈앞에 나타났다. 기대 수명을 세 배 가까이 늘려주는 수명 연장 치료가 상용화를 눈앞에 두고 있으며 거액의 돈을 내야 치료를 받을 수 있다는 뉴스에 젊고 가난한 세대가 박탈감에 격분했다. 그들이 보기에 노인 세대의 덕목은 젊은 세대에게 재산을 남기는 것이었다.

존재 자체로 사람을 사랑해야 한다는 가르침은 이미 과거의 유산이 됐다. 그래서 혜인은 자식을 있는 그대로 받아들인다는 그 부부에게 끌리는지도 모르겠다고 생각했다.

08

뉴스 피드를 살펴보다 혜인은 잠시 아득해졌다. 키가 껑충하고 마른, 이제 갓 열여덟 살 생일을 넘겼을, 혜인이 변호했던 소년의 죽음을 알리는 뉴스였다. 그 아이는 인더스트리얼 크랙을 사용하다 숨졌다. 혜인이 로스쿨을 다닐 때 약물 범죄를 조사하면서 마약의 종류를 공부한 적이 있다. 인더스트리얼 크랙은 산업 폐기물을 갈아 만든 가장 지저분한 밑바닥 마약이었다. 왜 그렇게 똑똑하고 명민한 아이가, 그것도 거액의 보상금을 받은 아이가 왜 그런 걸 구했을까?

"이제 뭘 할 거니?"
"취한 기분이 뭔지 알아 보고 싶어요."
"멋진 대답이네. 내 경험으로는 취한 기분이 그렇게 좋기만 한 건 아니야."
"그래도 직접 겪어 보는 건 다르니까요."

혜인은 가슴이 아려 왔다. 소년은 그저 조금 취해 보고 싶었을 거다. 그러나 아버지가 막아 놓은 쾌락 통로들이 죄다 작동하지 않는다는 것을 알게 됐을 테고, 남은 쾌락 통로를 찾다가 위험하고 더러운 약물에 손을 뻗쳤으리라. 거리의 부랑자들은 아주 싸게 구할 수 있는 것을, 그 아이는 분명 거액의 돈을 주고 얻었을 것이다. 이 죽음은 소년이 아버지에게 하는 반항이었고, 아버지가 말을 듣지 않은 소년에게 하는 복수였다.

09

한 달 후, 부부의 재판이 열렸다. 예상대로 그들을 변호하는 일은 쉽지 않았다. 배심원들이 그들을 별종으로 생각해 덮어 두고 미워하는 게 눈에 훤히 보였다. 혜인은 모험해 보기로 마음을 먹었다. 혜인은 배심원석 앞으로 걸어 나갔다.

"존경하는 배심원 여러분. 그리고 이 재판을 지켜보고 계신 존경하는 시청자 여러분. 많은 분이 이런 의문을 가지고 계실 것 같습니다. 독선적이고 비과학적인 신앙 때문에 왜 무고한 어린아이가 당연히 받아야 할 치료를 받지 못하고, 또 이로 인해 국가가 막대한 보건 비용을 지출해야 하는 걸까?

하지만 제가 겪어 본 의뢰인들은 친절하고 이웃을 사랑하는 평범한 시민이었습니다. 괴짜 종교인과는 거리가 멀었습니다." 혜인은 부부를 향해 미소를 지어 보였고, 그들도 미소로 화답했다. 괜찮은 샷을 건졌다는 감이 왔다.

"이 자리에 계신 대부분이 아실 겁니다. 제가 레즈비언이라는 것, 그리고 제가 지난 세기 가속화된 세속화 현상의 수혜자라는 것 말입니다. 그런데도 저분들은 제게 변호를 요청하셨습니다. 저를 이웃으로 인정하지 않았다면 불가능했을 일입니다. 여기서 저는 존경하는 배심원께 생각의 전환을 요청합니다." 혜인은 잠시 뜸을 들였다.

"혹시 다운 증후군을 제 성 정체성처럼 일종의 정체성으로 간주할 수는 없을까요? 다운 증후군에 수반된다고 알려진 일련의 특징들이 정체성을 이루는 핵심이어서, 만약 피고의 아들로부터 그 특징들을 제거한다면 더는 예전의 그가 아닐지도 모른다고 생각할 수는 없을까요?" 배심원들이 웅성거리기 시작했다. 혜인은 본격적으로 감정에 호소하기로 마음먹었다.

"저는 피고의 집을 방문한 적 있습니다. 거기서 명랑하고 친절한 피고인의 아들을 보았습니다. 그는 존재 자체로 받아들여졌고, 귀하게 대우받았습니다. 있는 그대로 받아들여진다는 것이 요즘에는 얼마나 받기 힘든 사랑인지 많은 분들이 공감하실 겁니다. 그런데도 피고에게 아동 학대 혐의를 적용할 수 있을까요?"

그때, 검사가 입을 열었다.
"존경하는 재판장님. 피고의 첫째 딸을 증인으로 요청합니다." 피고에게 첫째 딸이 있다는 것을 몰랐던 배심원들은 당황했다. 혜인은 본능적으로 위기감을 느꼈다. 혜인은 그 아이를 좀 더 잘 달래서 돌려보낼걸, 후회했다.

수진을 처음 만났을 때, 혜인도 당황했다. 이삭의 부모는 또 다른 자식이 있다는 말은 하지 않았다. 그들은 마치 이삭이 유일한 아들인 것처럼 굴었다.

"저는 이삭이의 누나예요. 일자리 플랫폼에서 이런저런 일을 구하고, 온라인 과정으로 학점을 따고 있어요." 유전자 강화를 받지 못한 아이들은 대부분 일자리 플랫폼이 중계하는 일일 노동으로 밀려났다. 이 청년도 예외는 아니었다.

"저는 솔직히 변호사님이 변호한 남자애를 보고 화가 났어요. 부모가 그렇게 많은 무기를 장착시켜서 태어났으면 부모한테 고마워해야 하는 거 아니에요?" 이 청년은 아직 그 뉴스를 보지 못한 것 같았다.

혜인은 수진에게 왜 이 변론을 맡지 말라는 건지 이유를 물었다.
"그분들은 변호사님 생각처럼 이상적인 부모가 아니에요."
혜인은 수진의 눈동자 너머에 일렁이다 사그라드는 분노를 보았다.

"이삭이라는 이름부터 웃기지 않아요? 이삭이라니, 그럼 나는 뭔가요? 아브라함의 혼외자식이 이스마엘인데 나는 이스마엘인가요? 그리고 유전자 치료를 거부하는 건 옳지 않아요. 이삭이가 어렸을 때부터 치료를 받았더라면 훨씬 좋아졌을 거예요."
"수진 씨의 부모님은 이삭이를 있는 그대로 사랑하신 건 아닐까요?"
"밝고 붙임성 좋은 이삭이를 부모님은 좋아했어요. 그것 자체는 칭찬받아야 할 일이겠지만, 부모님의 사랑이 종교적 망상이랑 연결되었다는 게 문제죠. 부모님은 이삭이를 신의 계시라고 생각했어요.

한쪽에는 유전자가 조작된 타락한 피조물이 있다면, 다른 한쪽에는 순수한 신의 피조물이 있는 거예요. 이 이분법을 부모님은 무척 좋아했어요. 그리고 물론 자신이 신의 편에 서 있다는 자부심도 대단했고요.

저는 이삭이를 부모님이 낳은 후부터 찬밥 신세이긴 했지만, 제가 유전학을 공부하고 싶다고 얘기를 꺼내고 나선 완전히 눈 밖에 났죠. 저는 아까 말한 이분법에서 어느 쪽에도 속하지 않는 애매한 아이였어요. 그런데 제가 악마의 기술을 배운다고 하니까, 저를 깔끔하게 타락한 쪽으로 저를 쓸어버렸어요.

그리고 부모님이 이삭이를 언제까지 돌볼 수 있을까요? 당장 당신들도 수명 연장 치료를 받지 않는데요." 혜인은 수진을 보며 자신이 걸어온 인생 경로를 다시 복기해 보았다. 만약 부모가 자신을 그토록 닦달하지 않았더라면, 혜인은 수진과 비슷한 삶의 경로를 밟았을 것이다. 혜인은 수진에게 계속 번호를 밑을 것이라고 말해 주었다.

"수진 씨, 이 자리에 오기가 쉽지 않았을 텐데 나와 주셔서 감사합니다. 수진 씨는 어떤 일을 하고 있죠?" 검사가 말했다.
"일자리 플랫폼에서 이런저런 일들을 하고 있어요. 제가 유전학과 관련된 마이크로 학위를 딴 적이 있어서 그쪽 연구 보조를 하기도 해요."
"수진 씨는 GMO 베이비입니까?"

"아니요, 저는 부모님으로부터 유래한 유전자만을 소유하고 있습니다."

"부모님의 신념 때문이겠죠?"

"네, 맞아요. 그것 때문에 부모님이 원망스럽거나 그렇진 않아요."

검사는 증인이 열심히 일하고, 유전자 조작의 힘을 받지 않고도 학위를 따고, 부모를 원망하지 않는 건실한 청년임을 효과적으로 잘 보여 주었다.

"좋은 부모님이셨나 보군요?"

"최악은 아니었어요."

"나쁜 점도 있었다는 건가요?"

"동생이 태어나면서부터 부모님이 바뀌셨어요. 좀 더 믿음에 충실해지셨죠. 본인들이 뭔가 선택받았다는 믿음을 갖기 시작하셨어요."

"그래서 소외감을 느끼셨습니까?"

"네. 하지만 그것도 섭섭하진 않아요. 동생은 여러모로 도움이 필요하고, 늦둥이니까 관심을 독차지하는 걸 제가 불평할 수는 없죠. 하지만 부모님이 믿음에 충실해지면서 제 진로에도 영향을 주기 시작했어요."

"수진 씨의 꿈은 무엇이었습니까?"

"유전학을 공부하고 싶었어요. 이미 분화가 완료된 개체에 유전자 치료를 적용하는 기법에 관심이 있었어요. 부모님은 생물학이나 유전학에 대해 부정적이었지만 그래도 저를 존중해 주셨죠. 그런데 동생이 태어나고 동생을 순수한 신의 선물로 여기게 되면서 제게 적대적으로 변하셨죠."

"부모님이 바랐던 수진 씨의 진로가 있었습니까? 수진 씨의 동생 말고요, 수진 씨에 대해서요."

"그게…"

"말씀해 주시겠습니까?"

"창조론에 기반한 대안 의학 공부를 권유하셨어요. 부모님이 다니는 교단에서 설립한 대안 대학교에서요."

"이상입니다."

수진은 퇴장하며 부모를 쳐다보았지만, 부모는 수진을 외면했다. 별로 좋은 그림은 아니었다. 검사는 의뢰인들을 실은 정이 많고 선한 부모로 보여 주려던 혜인의 시도를 단숨에 무위로 돌려 버렸다. 무엇보다 혜인은 검사가 의뢰인이 자식을 차별하는 부모임을 폭로한 것이 뼈아팠다. 검사는 곧바로 부부를 심문했다.

"진화론은 사실이라고 생각합니까?"

"진화론은 사실이 아닙니다. 우리는 신의 형상대로 창조되었습니다." 곧바로 남편이 답변을 내놓았다.

"동성애는 죄입니까?"

"네, 동성애는 죄입니다." 아내가 대답했다.

"그렇게 생각하는 이유는 무엇인가요?"

"구약의 레위기와 신약의 로마서가 동성애가 죄라는 사실을 분명히 말해 줍니다."

"그렇군요. 그럼 만약에 아드님이 동성애자로 성장할 가능성이 크다고 가정한다면, 그리고 그 사실을 출산 전에 아셨더라면 아드님을 낳으셨을까요?" 이번 질문에는 부부가 모두 침묵을 지켰다.

"혹시 치료법이 있었다면, 아드님에게 치료를 받게 했을까요?"

"동성애는 질병도 아니고 따라서 치료법도 없습니다." 혜인이 반론을 제시했다.

"저는 다만 피고인에게 사고 실험을 제안했을 뿐입니다. 변호인은 피고가 존재 자체로 자식을 사랑한다고 했지만, 피고도 자기 나름의 기준이 있는 것 같군요. 이상입니다."

재판장이 검사의 마지막 발언에 경고를 주었지만 누가 승기를 잡았는지는 확실했다. 내가 변론을 맡은 저들은 누구일까? 내게 변론을 부탁하면서 속으로는 나를 경멸하고 있었을까? 혜인은 언제나 자신이 받아들여지고 있는지 확인해야 하는 자신의 처지가 지겨워졌다.

10

광고가 나가는 동안 판사는 배심원의 의견을 모아 판결문을 작성했다. 이번에는 GMO 베이비 소년 때보다 광고 시간이 길었다.

"배심원들은 우선 어려운 상황에서 아들을 위해 헌신한 피고의 노력에 존경을 보냅니다. 설령 피고의 노력이 어리석거나 낡은 것처럼 보여도 말입니다. 지난 세기, 배아에 대한 유전자 치료가 대중화되기 전에는 유전병이 있는 아이들은 낙태되곤 했습니다. 다운 증후군의 경우 오직 8%의 부모만이 아이를 그대로 낳기로 결정했습니다. 그러니 부부가 아들을 그 자체로 받아들인 것은 놀라운 일입니다. 그러나 우리는 동시에 피고가 들여야 했던 막대한 노력과 피고가 겪어야 하는 어려움이 꼭 필요했다고 보지 않습니다.

 피고 측은 다운 증후군에 따른 여러 특성이 피고 자녀의 핵심적인 정체성을 구성한다고 주장하였습니다. 그전에 우리는 성 정체성과 다운 증후군을 등치할 수는 없다고 생각합니다. 다운 증후군은 21번째 상염색체가 하나가 더 많을 때 발생하지만, 성 정체성은 그 성향을 결정짓는 단일한 유전자는 존재하지 않으며 개인과 환경의 복잡한 상호 작용을 통해 발현되기 때문입니다. 하지만 다운 증후군이 핵심적 정체성이 될 수 있다는 주장 자체는 가능합니다. 다운 증후군 아이들은 대부분 상대방에 대한 친절함, 유머러스함, 낙천적인 성격 등을 공유하고 있기 때문입니다." 재판장은 잠깐 숨을 골랐다.

"그럼에도 우리는 피고인이 가능한 치료를 거부하면서 양육자의 의무를 의도적으로 소홀히 했다고 판단합니다. 왜냐하면, 피고의 정체성만큼 중요한 것은 피고 자녀의 복지이며 피고 자녀가 자신의 한계까지, 혹은 한계 너머까지 탐험할 수 있도록 돕는 것이 피고의 의

무이기 때문입니다. 피고는 꼭 필요한 검사와 치료를 회피함으로써 피고 자녀의 인지 기능이 향상될 가능성을 차단하였습니다.

　피고인의 아들은 이제 열두 살이고, 인지 기능 향상을 위한 후속 조치들이 아직 남아 있습니다. 재판부는 피고의 아들이 이 조치를 접할 수 있어야 한다고 생각합니다. 그러나 피고의 아들을 피고로부터 분리하지 않으면 피고의 종교적 믿음 때문에 피고인의 아들은 이러한 조치로부터 소외될 가능성이 매우 큽니다. 따라서 우리는 피고인으로부터 피고 아들의 양육권을 박탈하는 것이 불가피하다고 생각합니다. 피고의 아들은 치료를 받게 될 것이며, 필요하다면 유전자 치료도 거기에 포함될 것입니다."

　혜인이 패배의 쓴맛을 느끼고 있을 때, 부부로부터 쪽지 하나가 왔다.
　'저희가 아이와 작별할 시간을 가지게 해 주세요.'
　혜인은 재판부의 마무리 발언을 끊었다.
　"정말 죄송합니다, 재판장님. 판결의 집행을 며칠만 뒤로 연기해 주시기를 부탁드립니다. 아들이 부모님과 헤어질 준비를 할 수 있게 해 주세요. 마지막으로 호소합니다."
　"요청을 받아들입니다. 주문의 내용은 그대로 유지하되, 사흘간 선고가 유예될 것입니다." 재판장이 혜인의 요청을 받아들였다. 재판장과 배심원 모두 자신들이 인정머리 없는 사람으로 보이고 싶지 않았을 것이다.

방송 중계가 종료되고 카메라가 꺼지자 사람들이 법정을 빠져나갔다. 그러나 부부는 자리에 앉아 기도하듯 눈을 감고 있었다. 혜인은 그들을 남겨 두고 법정을 나왔다.

11

패소 후 삼 일째 되는 날, 부부는 이삭을 목 졸라 살해하고 자수했다. 경찰은 범행에 약물을 사용했는지 수사하고 있다고 발표했다. 혜인의 머릿속에는 부부가 했던 말이 플래시백처럼 떠올랐다.

아브라함과 사라가 아들 이사악을 낳는 장면이 창세기에 나와요. 앞쪽인데 제가 표시해 뒀어요. 시간이 되면 꼭 읽어 보세요.

혜인은 부부가 혜인에게 선물한 성경책을 찾았다. 성경책을 펼치자 귀퉁이를 접어 둔 창세기의 한 대목이 눈에 들어왔다.

야훼께서는 약속대로 사라를 돌보셨다. 사라에게 하신 약속을 이루어 주시니, 사라가 임신하여 하나님께서 약속하신 바로 그때 늙은 아브라함에게 아들을 낳아 주셨다. 아브라함은 사라가 낳아 준 아들을 이사악이라 이름지어 불렀다. (…) 사라가 말하였다. "하나님께서 나에게 웃음을 주셨구나. 내가 아들을 낳았다고 모두들 나와 함께 기뻐하게 되었구나!"

혜인이 얇은 페이지를 한두 장 넘기자 아브라함이 이사악을 하나님께 제물로 바치는 장면이 나왔다.

하나님께서는 이렇게 분부하셨다. "사랑하는 네 외아들 이사악을 데리고 모리야 땅으로 가거라. 거기에서 내가 일러 주는 산에 올라가 그를 번제물로 나에게 바쳐라."

혜인은 손가락으로 빽빽한 성경 구절을 훑어 내려가다 아브라함이 칼로 아들을 찌르려는 장면에서 멈췄다.

아브라함이 손에 칼을 잡고 아들을 막 찌르려고 할 때, 야훼의 천사가 하늘에서 큰 소리로 불렀다. "아브라함아, 아브라함아!" "어서 말씀하십시오." 아브라함이 대답하자 야훼의 천사가 이렇게 말하였다. "그 아이에게 손을 대지 말라. 머리털 하나라도 상하지 말라."

그들은 이삭을 있는 그대로 사랑하지 않았다. 혜인의 머릿속에서 키가 껑충한 소년의 무표정한 얼굴과 해맑게 웃는 이삭의 얼굴이 포개졌다. 혜인은 결국 두 소년을 모두 지켜 주지 못했다. 혜인은 어쩌면 자신이 두 소년을 죽게 한 것일지도 모른다고 생각했다.

12

 이삭과 그의 부모 사건이 비속 살해로 종결되자 대중들은 혜인과 재판장을 맹비난했지만, 곧 다른 사건에 밀려 잊혔다. 수개월이 흐르고 법률 인공 지능 회사가 혜인에게 은밀히 스카우트 제안을 해 왔다. 회사가 제안한 역할은 가상 인간의 카운터 파트너였다. 이제 인공 지능 회사들은 자신들이 개발한 가상 인간들을 국민참여재판에 참여시키려 하고 있었다. 인간과 닮은 가상 인간은 법률 인공 지능과 달리 대중들에게 거부감이 적을 터였다. 혜인은 가상 법정에서 가상 인간들을 상대로 변론을 펼치고, 가상 인간들이 일정 승률을 거둘 때까지 꽤 짭짤한 돈을 받을 것이다. 그리고 가상 인간들이 어느 정도 승률을 확보하면 혜인은 해고될 것이다. 혜인은 큰 고민 없이 제안을 받아들였다. 분명히 무척 바쁠 것이고, 그 와중에 최근 사건들을 잊게 될 것이므로.

 지예는 혜인에게 수많은 커플이 시도한 최종 해결책을 제안했다. 바로 둘만의 아이를 갖는 것. 혜인이 임신하기 힘들다면 본인이 하겠다고 나섰다.
 "체세포에서 정자를 분화하는 기술이 안정화 단계에 접어들었어. 이제 바보 같은 남자 녀석의 도움 없이 우리 아이를 만들 수 있어. 너와 나를 반반씩 닮은 아이를 말이야. 나도 알아. 미친 짓처럼 보인다는 거. 하지만 많은 커플이 이 미친 짓을 통해 구원받았어."
 "기분 전환할 거리가 필요한 거야?"

"맞아. 우리 아이는 우리 기분을 들었다 놨다 할 거야. 아주 행복하게, 아주 비참하게. 우리는 그 아이에게 몰입해야 할 거고, 그 와중에 삶의 불행과 무의미를 잊는 거야."

"그럼 그 아이는 우리의 도구인 거야?"

"영원히는 아니야. 그 아이는 어른이 돼서 우리 곁을 떠날 거야. 쉽진 않겠지만 우린 아이를 우리 품에서 잘 떠나보낼 거야. 우린 네가 만났던 그 이상하고 끔찍한 사람들보다 훨씬 잘 해낼 거야."

"그 아이는 GMO 베이비인 거야?"

"그건 네 의견을 따를게. 무조건."

'아이가 부모를 사랑하는 것은 당연한 거지. 먹을 것을 주고 돌봐주고 사랑을 주니까. 진짜 흥미로운 것은 부모가 왜 아이들을 사랑하는지야.' 혜인은 상념에 빠져들었다.

혜인은 지예와 자신을 반반씩 닮은 사랑스러운 아이가 자신을 보며 웃고 재롱을 피우는 장면을 떠올린다. 아이는 각종 질병에 대해 면역을 갖추고, 수려한 외모와 뛰어난 정신적 특질을 지닌 채 태어날 것이다. 남자아이라면 탈모 유전자가 제거되었을 것이고, 여자아이라면 여성 암으로부터 자유로울 것이다. 당뇨 저항성을 가질 것이고, 천식부터 HIV까지 온갖 질병을 걱정할 필요도 없다. 적당히 조심스러우면서 충분히 호기심이 많은 낙관적인 기질을 가질 것이다. 그리고, 그리고….

그러나 혜인의 상상 속에서 아이가 울기 시작했다. 아직 태어나지도 않은 아이의 얼굴에 천사처럼 웃던 이삭의 얼굴과 겹쳐졌다. 혜인은 아이를 달래다가 거부할 수 없는 충동에 이끌려 아기의 목을 조르기 시작했다. 손아귀에 점점 힘이 들어가자 작고 여린 아기가 버둥거렸다. 혜인은 소리를 지르고 눈물을 흘리며 손을 떼려 하지만 멈출 수 없었다. 혜인은 창세기에서 읽었던 구절을 생각해 낸다. 하늘에서 들려온 신의 목소리. 아브라함과 이사악을 모두 구원한 목소리.

"그 아이에게 손을 대지 말라. 머리털 하나라도 상하지 말라."

아브라함에게 그랬던 것처럼, 혜인은 자신에게도 신의 단호한 목소리가 들리기를 간절히 바랐다. 그러나 아무리 귀를 기울여도 침묵만이 들렸다. 오직 침묵만이.

우아한 우주인
과학 스토리 단편선

초판 1쇄 펴낸날   2020년 12월 21일

지은이   전민석 채성민 원희재 남세오 양제열
기획   DiCiA 대전정보문화산업진흥원 (김진규 이정근 김영훈)
펴낸이   이용원
펴낸곳   월간토마토
편집   황훈주
디자인   이송은
인쇄   영진프린팅
등록   2019년 11월 26일 (제2019-000027호)
주소   34625 대전광역시 동구 대전천동로 574, 2층
전화   042.320.7151   팩스   0505.115.7274
이메일   mtomating@gmail.com   홈페이지   www.tomatoin.com
페이스북   월간 토마토   인스타그램   @wolgantomato

- 이 책은 대전정보문화산업진흥원이 수행한 '지역특화 스토리 육성 지원사업(문의 042-867-9882)'으로 제작되었습니다.
- 이 책은 대전정보문화산업진흥원, 월간토마토가 공동으로 발행하였습니다.
- 이 책의 전부 또는 일부 내용을 재사용하려면 저작권자와 대전정보문화산업진흥원, 월간토마토의 서면 동의를 받아야 합니다.
- 파본이나 잘못 만들어진 책은 구입하신 곳에서 교환해 드립니다.
- 이 도서의 국립중앙도서관 출판예정도서목록(CIP)은 서지정보유통지원시스템 홈페이지(http://seoji.nl.go.kr)와 국가자료공동목록시스템(http://www.nl.go.kr/kolisnet)에서 이용하실 수 있습니다.(CIP제어번호: CIP2020053169)

ISBN 979-11-969273-8-7 (03810)